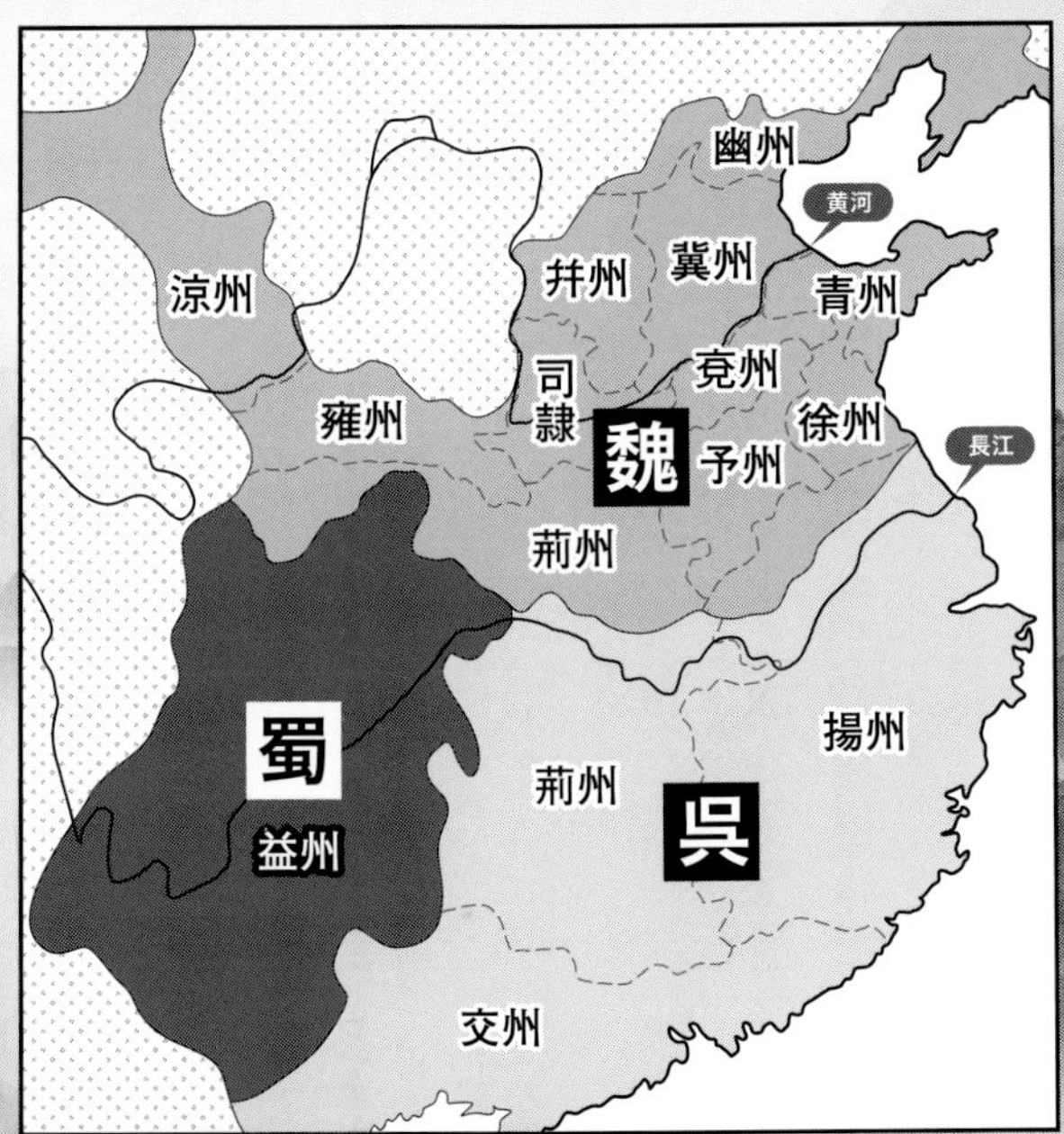

三国時代

主な英傑の出身地

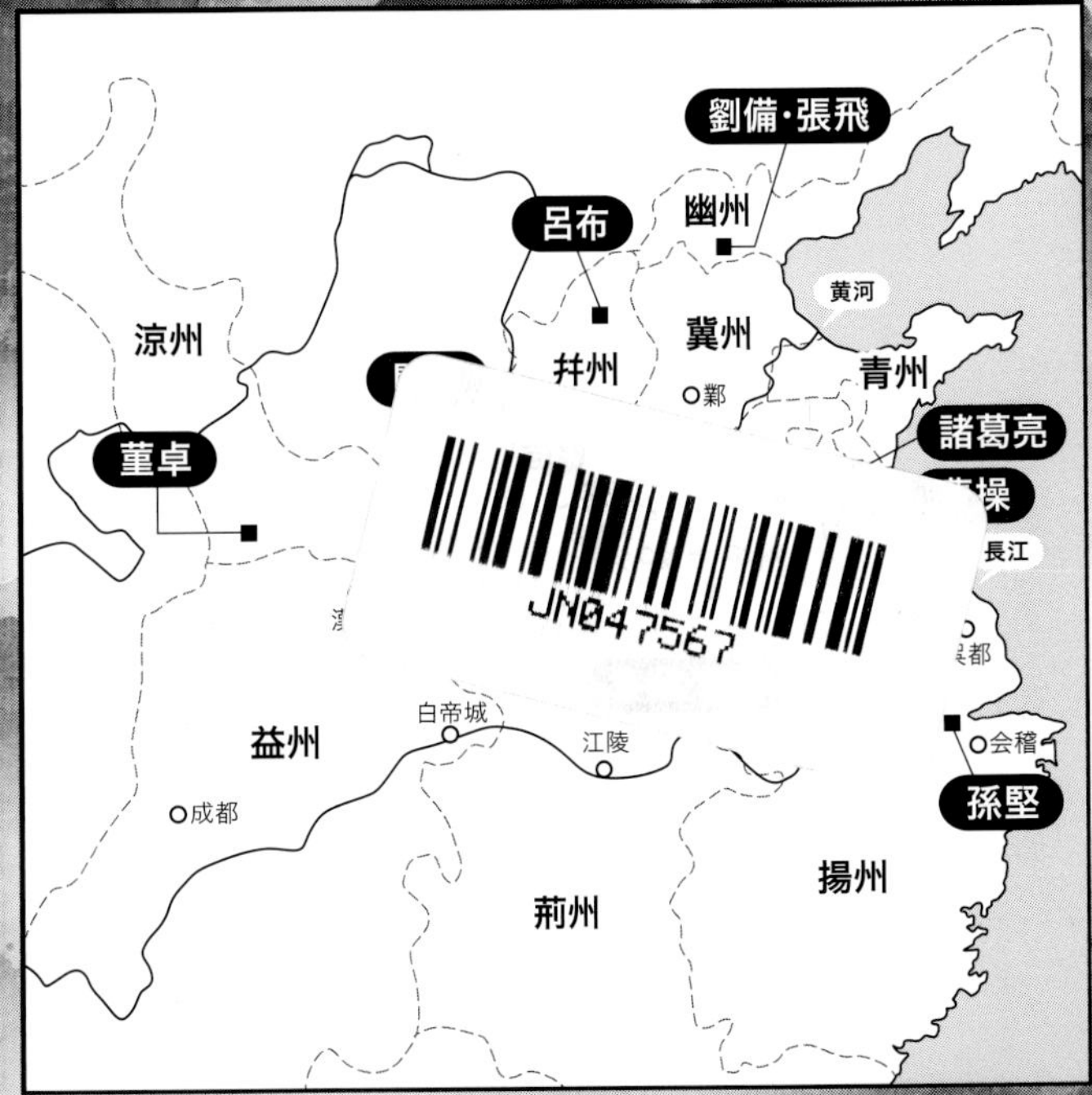

劉備【玄徳】……涿郡涿県出身。漢の中山靖王劉勝の子孫。一八四年、関羽、張飛と義兄弟の契りを結び、黄巾討伐に参加。曹操に反旗を翻し、荊州の劉表を頼るが、劉表の死後、孔明の献策で江夏に逃れる。

諸葛亮【孔明】……琅邪郡陽都県出身。〝臥竜〟と呼ばれ、劉備に軍師として仕える。

関羽【雲長】……河東郡解県出身。劉備、張飛と義兄弟になり黄巾討伐を行う。一九一年、董卓討伐軍に加わり、華雄を斬って勇名を馳せる。官渡の戦いでは顔良を斬る。

張飛【翼徳】……涿郡涿県出身。劉備、関羽の義兄弟。

趙雲【子龍】……常山郡真定県出身。公孫瓚の配下であったが、主君を求めてさすらい、劉備に従うようになる。

麋竺【子仲】……東海郡朐県出身。徐州刺史陶謙の死後、劉備に仕え、生死をともにすることになる。

董香……張飛の妻。男勝りの武術の達人。

曹操【孟徳】……沛国譙県出身。黄巾討伐、董卓討伐ののち、一九六年、献帝を許都に迎え政権を握り、呂布を打ち破る。二〇〇年、官渡の戦いにおいて袁紹軍を壊滅状態にし、大勝利を収める。

夏侯惇【元譲】……沛国譙県出身。曹操の従弟。戦いで左目を失う。夏侯淵とともに曹操の両腕として活躍。

張遼【文遠】……雁門郡馬邑県出身。呂布配下の部将だったが、戦いに敗れて曹操の部将となる。

賈詡【文和】……武威郡姑臧県出身。張繍に仕えていたが、曹操の側近となる。

許褚【仲康】……沛国譙県出身。曹操の護衛。忠勇無双の武人。

孫権【仲謀】……呉郡富春県出身。孫堅の次男。二〇〇年、暗殺された兄・孫策の志を受け継ぐ。

周瑜【公瑾】……廬江郡舒県出身。孫策の義兄弟。孫策亡きあと、孫権とともに天下を目指す。

魯粛【子敬】……臨淮郡東城県出身。周瑜の推挙により、孫権の重臣となる。

張昭【子布】……彭城郡出身。孫策の死後、孫権を支え内政に力を注ぐ。

黄蓋【公覆】……零陵郡出身。黄巾討伐の頃より孫堅に従い、孫策、孫権と仕える老将。

劉琦……山陽郡高平県出身。劉表の長男。

蔡瑁【徳珪】……南郡襄陽県出身。劉表が荊州入りしたときの地元の豪族。荊州の実権を握るが曹操に降伏する。

伊籍【機伯】……山陽郡高平県出身。劉表の幕客。その後劉備の配下となる。

張魯【公祺】……沛国豊県出身。五斗米道の三代目教祖として漢中を支配。

張衛【公則】……沛国豊県出身。張魯の弟。五斗米道軍を指揮。

馬騰【寿成】……扶風郡茂陵県出身。西涼の太守。董卓討伐の諸侯の一人。

馬超【孟起】……扶風郡茂陵県出身。馬騰の長男。〝錦馬超〟と呼ばれる勇猛な武人。

三国志

七の巻 諸王の星

新装版

北方謙三

時代小説文庫

角川春樹事務所

目次

本書は、二〇〇一年十二月に小社より時代小説文庫として刊行された『三国志 七の巻 諸王の星』を改訂し、新装版として刊行しました。

新装版

三国志

七の巻

諸王の星

＊編集注　本文中の距離に関する記述は、中国史における単位に従い、一里を約四〇〇メートルとしています。

千里の陣

1

夏口から柴桑へ、駈けた。

魯粛には五名の従者が付いていたが、諸葛亮には関平という若者がひとりいるだけだ。関羽の息子だというが、養子らしい。

諸葛亮は、黙々と馬を進めてきた。魯粛と喋るのも野営の時ぐらいで、それも言葉数は少なかった。兄の諸葛瑾とは、あまり似たところは感じられなかった。兄よりも、ずっと激しい。野望も胸に秘めている。魯粛には、そう感じられた。

まだ若い。孫権と同じぐらいの年齢だろうか。しかし、圧倒してくるような気配を、全身に漲らせていた。孫権に、それはない。周瑜に感じるものに似ていた。

柴桑まで、五百里（約二百キロ）ほどの道のりである。野営をしながら進んだ。

魯粛は、野営にあまり馴れていなかったが、諸葛亮は屋根がないことを気にしているようではなかった。焚火のやり方など、従者たちよりも手際がよかった。

秋も深まっている。夜になると、さすがに冷えた。思わず、焚火に手を翳したくなるほどだ。

「静かですね。これからの戦で、どれほどの人が死ぬかわからないというのに」

焚火を挟んで諸葛亮とむかい合い、魯粛は言った。ほんとうは別のことを言いたかったが、じっと火を見つめている諸葛亮の前では、そんな言葉しか出てこなかった。

「周瑜将軍とは、どういう方です、魯粛殿？」

「当代の英雄のひとりだと、私は考えていますよ。先代の孫策様と二人で組まれたら、天下の情勢はまるで違うものになっていた、と思います」

「孫権様とは、あまり合わないのですか？」

「とんでもない。わが主は、周瑜殿に対して兄のような感情をお持ちです。孫策様と違って、足もとをまず固めていくという、堅実なお方ですが、周瑜殿はそれをしっかりと補佐してこられた」

「領土は、拡げればいいものではない。国の力がまとまりにあることを、確かに孫権様は証明しておられます。しかし、曹操もそれをよく知っている」

「曹操が強大すぎる。それは、わが家中でも文官を中心にして根強く主張されています。ここで、便宜上の降伏をすべきではないかとね」

諸葛亮の表情は、まったく動かなかった。孫家の幕僚の中にある降伏論は、まったく気にしていないようだ。それとも、ただそう装っているだけなのか。

諸葛亮という青年の肚の内が、二日一緒に旅をしても、魯粛には読みきれていなかった。これまでの劉備軍の動きを見ていると、戦術としては頷けないものが、数多くある。第一、十万の人民を連れて江陵にむかうことは、どう考えてみても無謀だった。

さらに深く考えると、曹操軍を江陵にむかわせるようにしむけた、とも思える。十万の人民を囮にしてだ。しかし、そんなことがあるだろうか。

大軍で荊州に攻めこんだ曹操に対して、闘う姿勢を示したのは、劉備だけだった。しかし、曹操が荊州を制したいま、劉備軍はほとんど損害を受けず、荊州の兵も加えて兵力だけは四倍になっている。

そして江陵を難なく奪った曹操は、荊州の全水軍を掌握することになった。曹操が水軍を掌握したことで、揚州攻めは必至だろうと魯粛は思ったのだ。

曹操は、大軍を出しながら、まだ戦をしていないに等しい。江陵を難なく曹操に奪らせたのは、揚州を攻めさせるためだったと考えられないか。荆州で、単独で曹操に対抗するより、揚州と結んで闘うという発想が、劉備軍にははじめからあったのではないか。

それを、この青年が考えたというのか。

江夏に黄祖がいたので、魯粛も周瑜も、そして孫権も、荆州の動きは注意深く見守っていた。劉備軍が、南陽郡新野に駐屯して、八年である。精強なのはわかっていたが、寡兵であった。曹操に対する前衛、という位置も変っていなかった。

いまは、違う軍を見ているような思いがする。

「ひとつ、伺ってもよろしいかな、諸葛亮殿？」

思いきって、魯粛は言った。

「なんなりと」

「樊城から、十万の民を伴って江陵にむかわれたわけは？」

「第一に、劉備軍の騎馬隊一千余騎では、江陵を奪れないと考えました。全軍でむかったとしても、難しいものがあったでしょう。歩兵は、曹操の軽騎兵に追いつかれたかもしれません。それで、劉備様に付いてくるという民を、伴うことにしたのです。十万が近づいてくれば、江陵の守兵も城を開けたかもしれませんし。そうなれば、その守兵も加えて、曹操に対抗することはできました」

「なるほど」

「夏口に、関羽殿の二万数千がいます。それも劉備様が江陵を奪れば、四万にも五万にも増えたでしょう。荊州の中には、闘わずして降伏することを、潔しとしない豪族は多くいたのですから。いかに大軍とはいえ、曹操は遠征軍。その態勢が作れたら、どこかに勝機は見えたかもしれません」

「しかし、結果としては追いつかれ、曹操は江陵を手に入れました」

「そうなることも、考えていました。その時は、ひたすら逃げて、関羽殿と合流し、揚州と手を結ぼうと思っていました。逃げる時、十万の民を巻き添えにした。その責めは、劉備玄徳にではなく、献策したこの諸葛亮にあります」

「十万は、江陵で武装させるつもりだったのですか？」

「原野戦ではなく、籠城というかたちなら、調練を受けていない者でも役には立ちます。曹操もそれを警戒して、張遼の軽騎兵を先行させたのでしょう。驚くべき速さでした」

嘘を言っているわけではない。しかし、すべてがほんとうだとも言いきれない、と魯粛は思った。曹操が江陵を奪るようにしむけたのではないか。拭いきれない思いだが、さすがに訊くことはできなかった。

もし自分が考えた通りなら、この大きな戦は、諸葛亮が思い描いた通りのはじまり方をしていると言っていい。とてつもない男とむかい合っている、という漠然とした思いは会った時からずっと続いていた。それをどう扱えばいいか、魯粛はわからずにいる。

「わが主と会って、諸葛亮殿は、対等の同盟を求められますか？」

「別に、求めはいたしません。同盟すべき者が会う。ただそれだけのことです」

孫権は、揚州の盟主だった。それと較べて、劉備は流浪の軍である。確かに名は知られているが、劉表の客将にすぎなかった。

「わが主が、すでに曹操との講和を決めていたら？」

「すでに天下が決したということです。揚州も、荊州同様に闘わずして敗れるわけですから」

「私は講和と言ったのです。降伏と言ったのではありません」

「曹操は、中原から河北四州まで制し、いま荊州も手中にしました。揚州だけで、どういう講和があるというのです。講和、すなわち降伏ではありませんか」

「そうとも言いきれますまい。講和で時を稼ぐ。その間に、もっと戦の準備を整える。そういう方法もある、と揚州の文官たちは主張しています」

「いま、揚州が最も困るのは、曹操が荊州を治め、しっかりと腰を据えてしまうことではないのですか？」

確かに、諸葛亮の言う通りだ、と魯粛は思っていた。曹操が荊州に腰を据えれば、益州の劉璋も曹操に靡く。すでに、兵糧などを曹操に贈ったりもしているのだ。すると、揚州だけが孤立することになる。いまより、ずっと情勢は厳しいと考えざるを得なかった。

いまなら、荊州が完全に治まっているとは言えない。劉備がいるのだ。劉表の長男の劉琦を擁してもいる。つまり、劉備と結ぶことで、揚州は孤立を回避できる。そして、益州が、全面的に曹操に降ることもないだろう。この国の南を、いまだ曹操が制してはいないというかたちを、流浪の将軍である劉備と孫権が結ぶことで、作りあげることができるのだ。

曹操が荊州に腰を据えないうちに、戦をはじめなければならない。すべては、そんなふうに動いている。

どこまでが、この青年が思い描いていることなのか、と魯粛は思った。

「諸葛亮殿は、どこで軍学を学ばれました？」

「古今の書物を読み漁りはしましたが、本気で軍学について考えるようになったのは、劉備軍の軍師となってからです」

かすかに、諸葛亮が笑ったようだった。

黙々と馬を進めてきたが、今夜は諸葛亮はよく喋った。多い言葉が、また底知れない威圧感を魯粛に与えた。

「なぜ、劉備様に仕官なされたのです？」

訊くと、諸葛亮はまたほほえんだ。劉備に仕官せずとも、孫権のもとには兄の諸葛瑾がいるではないか。その思いは、会った時からずっと抱いていた。劉備は、徳の将軍という名声と、わずか六千ほどの兵しか持っていない。

「劉備様は、諸葛亮殿を動かす、なにをお持ちだったのです？」

「さあ。力はお持ちではない。軍勢は、ずっと六千のままですから。確かに徳はお持ちですが、それはではない。したがって、富もない。余人にない、軍略もお持ち劉備様だけが持っているものでもありません」

「しかし、仕官された」

「志、ですかね」

「なるほど。志というものが、人にはありますな」

「天下を取るというような、小さな志ではなく、この国の百年先、二百年先を見据えた志ということになりますか」

「天下を取るという志が、小さい？」

「私は、そう思っています」

「百年先、二百年先ですか」

「劉備様も私も、生きてはいませんがね」

「そういう志は、夢のようなものだ、と私には思えますが」

「そう、夢ですね」

諸葛亮の澄んだ瞳が、魯粛を見つめてきた。不意に、わけのわからない戸惑いに襲われ、魯粛は眼を伏せた。自分とは違う。周瑜とも、違う。いままで出会った、誰とも違う。

それをどう扱えばいいかも、魯粛にはわからなかった。

「明日は柴桑です、諸葛亮殿。兄上もお待ちでございましょう」

「兄に、会うつもりはありません」

無表情に、諸葛亮が言った。

「私は劉備玄徳の名代として、孫権様にお目にかかり、同盟の約定を確認しなければなりません。そのあとは、劉備軍の軍師として、戦に備えるだけです」

「そうですか」

「いま気になるのは、周瑜将軍がどう闘おうと考えておられるかだけです」

「周瑜殿は、揚州の水軍をひとりで作りあげられた。だからこそ、自分の闘い方を貫こうとされるでしょう。それでいいのだ、と私は思っています。勝利も敗北も、実は孫権様のものではなく、周瑜殿のものです。それほどに優れた将軍だと、私は思っています」

「忘れません。いま魯粛殿が言われたことは」

「とにかく、明日はもう柴桑です。周瑜殿は鄱陽に駐屯中でおられません。まず孫権様にお会いになることになります」

炎を見つめていた諸葛亮が、ほほえみ、かすかに頷いたようだった。

2

夏口から樊口にむかう間に、軍の態勢を整えた。

劉備軍六千が核であることは間違いないが、騎馬隊は四千になっている。歩兵が二万三千。総勢で三万弱である。劉琦の周囲は、騎馬で護らせた。一応は、総帥である。

劉琦は、戦場の雰囲気に呑まれて、おどおどとしていた。それを、伊籍や簡雍が宥めているようだ。二人がいなければ、戦場から逃げ出しているだろう。

樊口は、夏口からほぼ百五十里（約六十キロ）下流である。夏口は漢水と長江の合流点であり、長江を下ってくる曹操を迎え撃つのに適したところではなかった。

決戦場がどこだか、まだ決定してはいない。孫権軍との合流点を、樊口としただけである。合流点といっても、同盟が成立しないかぎり意味はない。同盟の成否は、孔明にかかっていた。劉備は、必ず成立すると思っていたが、劉琦などはそれが不安でならないらしい。

樊口は、長江の南岸である。関羽が襄陽から奪ってきた数百艘の船で、兵を渡渉させた。陣を敷いた。はっきりと真西にある、江陵にむけた陣である。

「劉琦様を、どこか遠くへお移しするというわけには、やはり参りませぬか」

簡雍が本営へ来て、言った。劉琦の陣舎は、本営のさらに後方である。

「どうしておられる？」

「怯えておいでです。曹操軍八十万などという流言を真に受けて。できるだけ、余計なことが耳に入らぬようにしているのですが」

「劉琦殿は、いわばわれらが旗だ。降伏に不満を持つ荊州の豪族の拠りどころであるし、降伏して曹操軍に組み入れられた者たちも、劉琦殿がいるとなると矛先が鈍ろうというものだ。御自身のためには、ここは気持を奮い立たせていただかなければならん」

「いつまでも、もちませんぞ、殿。いまは、伊籍殿がなんとか支えておられますが」

「できるだけ、戦陣の空気が感じられないところを選んで、お移ししろ。しかし、わが陣営の中でなければならん。伊籍殿と、よく相談して、おまえが決めろ」

「弱い方です。憐れになるほどに」

「しかし、われらにとっては、大事な旗だ。とにかく、踏ん張って貰わねばならん」

「敵の間諜の警戒だけは、怠っておりません」

「わかった。とにかく、私は劉琦殿に気を遣うどころではなくなるだろう。おまえと伊籍殿に任せるしかない」

簡雍には、鷹揚なところがあった。民に親しまれる人柄でもある。それが関羽や張飛にはいい加減な性格だと見えるようだが、この際はそれが幸いしていた。劉琦に伊籍と簡雍を付けようと言ったのは、孔明だった。さすがに人をよく見ている。簡雍に代って糜竺を付けていたら、劉琦はもうもっていないだろう。

二万数千の軍は、三十万の曹操軍と較べると、いかにも少なかった。これに孫権軍が十万加わったとしても、まだ半数にも満たない。それでも、曹操とは闘わざるを得なかった。ここで屈すれば、すべてが終るのだ。忍耐の歳月も、無駄になる。

しかし、勝てるのか。相手は、曹操なのである。

関羽や張飛や趙雲は、混成となった軍の調練に忙殺されていた。戦を目前に控えているので、激しい調練ではない。合図を徹底させること。動きを素速くすること。その二つを中心に行っているようだ。

兵糧は、樊口の南十里（約四キロ）の地点で、糜竺と孫乾が確保していた。闘う準備は、すべて整っている。

勝てるのか。劉備は、また考えた。揚州の水軍は、強い。それはわかっているが、相手はいままでになかった大軍なのだ。陸上の、しかも野戦ということになれば、ひとたまりもなく呑みこまれるだろう。水軍の戦で、どれだけ曹操軍に打撃を与えられるかで、かなり戦のありようは違ってくるだろうが、劉備軍に水軍はなかった。まずは、揚州水軍の戦を待つということになるのか。

負けることには、馴れていた。しかし今度負けると、間違いなく曹操の天下は決する。負けることは、絶対にできない。勝つということも、できないという気がする。曹操が揚州を攻めながら、攻めきれずに一度退く。それが、望み得る最上のことだろう。圧倒的な大軍を擁した曹操が勝てなかったとなると、それは負けも同じだ。まず、荊州内で息をひそめていた豪族が、一斉に立ちあがることが期待できる。河北や中原でも、叛乱が起きてくる可能性もある。

そうなったとしても、そこから先どうすればいいのか、劉備には見えてこなかった。その状況を作るために、なにができるのかということばかりを考えてしまう。思いつくのは、曹操の本陣を劉備軍が衝くということだった。そのためには、水軍の戦がまず優勢に進む必要がある。

やはり、水軍だった。

揚州水軍の総帥は、周瑜である。まだ若い。自分や曹操と較べると、息子のような若さだ。それは、孔明も同じだった。若い者たちが力をつけてくる。自分の年齢を思うと、そんな感慨に劉備はとらわれる。

曹操も同じだろうか。それとも孔明や周瑜を、たかが小僧と考えているだろうか。

「一応、軍勢の動きはできるようになりました。もともと、蔡瑁に反撥していた者たちや、降伏を潔しとしない者たちですから、闘おうという気持は強いようです。数カ月鍛えれば、精強な軍にもなり得ると思います」

関羽が、劉備の幕舎に報告に来た。騎馬隊は、張飛と趙雲が、一刻を惜しんで調練を続けているようだ。

「曹操軍、三十万か」

「数を気にするのは、やめにしましょう、兄上。気にして、減るものではありません」

「そうだな。三十万の軍勢がどういうものか、私には想像もできぬし」

「とにかく、曹操とむかい合うかたちにはなるのです。死中に活を求めるつもりで、私は闘います。張飛も趙雲もです」

「揚州軍が、どれほどの規模かは気になる」

「そうですな。孫権が領地をあげて兵を出せば、十数万には達するでしょう。そして、孫権はそうすべきです。敵は曹操しかいないのですから」

「揚州には、まだ降伏論も根強いようだぞ」

「そのあたりは、孔明殿の説得にもよりますな。曹操とこうなる前に、兄上は諸葛亮孔明という男を得られました。それは天運とも言っていいものだ、と私は思います」

劉備も、そう思っていた。負ける時さえ、戦略に沿った負け方をすべきだ、などということは考えたこともなかった。それを、孔明は劉備に考えさせた。襄陽で抵抗せず、樊口まで全軍で来ているのも、その戦略に沿ってだ。ただ、今度の戦だけは、実際にはじまれば、負けることは許されない。負けることは、すなわち滅びなのだ。

「ここさえ、乗り切れば」

関羽を見て、劉備は言葉を切った。

「私は、なんとかなる、という気がしている。理由はない。しかしここを乗り切れば、道は平らになる気がするのだ。いままで、おまえたちにはずいぶんとつらい坂ばかり、登らせてきたと思う」

「つらい坂ではありましたが、兄上が先頭で登られたので、われらも続いて登ったのです。平らな道であろうと、坂であろうと、われらはただ兄上についていくだけです」

「そうだったな。おまえたちは、いつも私についてきた。そして私は、坂道しか選ぼうとしなかった」

涿県を出て、何十年になるのか。あのころは、孔明のように若かった。闘って、闘い疲れるということもなかった。闘いの先には、いつもなにかが開けていると思うこともできた。

「孔明が、揚州と同盟を結んでくる。まだ数日はかかるだろう。私も、おまえたちの調練に出ることにしよう。ここにひとりでいても、大軍に勝てる方法を思いつくわけではなさそうだ」

「張飛が、張り切ります」

「心の痛みを、どこかで耐えようとしているのだろう、張飛も。私は、いい弟たちを持った。これが終りかもしれぬと思う戦の前では、素直にそう思うことができる」

いつ死ぬかわからない。それが戦だということは、身に沁みている。しかし今度の戦だけは、いままでとは違う。負けても生き延びる。そんな戦はしていられないのだ。負ければ、滅びだった。

「数えきれないほどの戦場を、おまえたちと駈け回った。戦が人生であった。そんな気さえしてくる」

「私もです。そして、まだこの人生は続きます」

声がかけられ、応累が幕舎に入ってきた。ここでは、劉備の従者ということになっている。

部下を、二人連れていた。

「江陵での出撃態勢が、いよいよ整いつつあります」

「そうでなくては、困る」

江陵に曹操が腰を据え、時をかけて揚州を締めつける、という事態だけは避けたかった。そのため、無傷で荊州水軍を江陵に残しておいてもいたのだ。

「水陸両面で来るようですな。荊州の軍船のすべては、編成を終えております。曹操は水軍の主力とともに長江を下るようですが、その先鋒は蔡瑁がつとめるようです」

「なるほど。蔡瑁か」

曹操の幕僚の中に、長江に詳しい者はいないのだろう。水軍の指揮も、馴れていないはずだ。したがって、蔡瑁が使われる。当たり前のことだが、蔡瑁という男についで曹操はなにも見抜いてはいないようだ。

「あれだけの大軍になると、どこか硬直してくるのだな」

「以前の曹操ならば、蔡瑁がどういう男か、瞬時にして見きわめたと思います。少なくとも、どこかで試したでしょう」

「それもしていないとなると、大軍である弊害が出はじめているのだ。それと、曹操はやはり急いでいる。すでに、天下に手をかけたという気持なのだろう」

「おっしゃる通りだと思います、殿。全軍の陣立てを見ても、すべて定石で、意外な配置というものがありません」

「ただ、曹操は襄陽に曹洪、江陵に曹仁を残すというではないか。荊州をしっかり押さえておくことは、忘れておらん。やはり、隙はない男だぞ、応累」

「襄陽も江陵も、曹操の直轄軍が残されると思います。すると、いかに大軍とはいえ、攻撃軍にはかなりの荊州兵が入っているということです」

　降伏した荊州兵に、それほどの戦意があるとは思えなかった。所詮、勝者に駆り出された兵にすぎないのである。戦をしたくなくて降伏したのに、戦をさせられる。かたちとしてはそういうことだ。

「孔明殿の周辺にも、私の手の者が十名ほどおります。すでに柴桑に到着されているはずです。そろそろ、孫権軍の情報も入って参りましょう」

三十万は、驚愕するほどの大軍ではない。曹操軍二十万。そのうちの五、六万は荊州に残される。大軍といえど、その質が問題ではないか、と劉備は思った。

幕舎を出た。

遠くに、土煙が見えた。騎馬隊があげている土煙だろう。夕刻近くだが、張飛と趙雲はまだ調練を続けているようだ。

「曹操を、戦に誘い出した。孔明が狙った通りのことだが、私はなかなかそう思えずにいた。しかし、思うことにしよう。われらが、曹操を戦に誘い出したのだとな」

応累が、かすかに頷いたようだった。

空が赤く染まりはじめている。調練の土煙。かけ声や馬蹄の響きも、風に乗って時々聞えてくるようだ。

追いつめられて、ここにいるのではない。これから、曹操を誘い出すのだ。

劉備は、もう一度自分に言い聞かせた。

3

三十万の軍勢を、一糸乱れず動かすのは、至難だった。

これが全部自分の兵ならば、と曹操は何度も思った。半数近くは、荊州兵なのである。荊州の、全兵力を集めた。わずか二万ほどが劉備に従っただけで、あとは全部集まった。荊州の守備は、襄陽の曹洪と、江陵の曹仁に任せることになる。つまり、各地の城の守りについていた兵も、ほとんど集めたのだ。その方が、叛乱の危険は少ない。五千の叛乱を鎮圧するのには、一万の兵は必要になる。

それにしても、荊州兵の動きは悪かった。あまり調練を積んでいない。自分の兵と較べると、それが歴然とした。

劉表は、武将というより、文官と言った方がいい男だったのだろう。荊州の民政は、自分が攻めこむまで安定していたのだ、ということははっきりわかった。

しかし、乱世なのである。劉表のような男は、長生きしすぎたほどだ、と曹操は思った。民政の手腕があると言っても、乱世を勝ち抜かないかぎり、それを振う資格はない。

一日に一度は、曹操は軍中の視察をした。あまりにひどい動きをする部隊は、指揮官の首を刎ねた。十六人の首は刎ねている。それでも、南征前に領内を視察した時と較べると、耐えに耐えたのだ。

揚州の孫権を討てば、ほぼ覇業は完結する。益州と涼州が残っているが、益州の劉璋はすでに兵糧などを贈ってきて、恭順の色を見せはじめている。涼州には馬超がいるといっても、叩き潰すのにそれほどの時はかかるまい。あるいは、馬超も矛を捨てるかもしれない。父の馬騰は、許都にいるのだ。

馬騰は、ただの衛尉（朝廷の警固の役）でありながら、堂々と帝と会ったりしているようだった。朝廷の前例とか格式とかには、およそ無縁の男だ。口うるさい廷臣たちも、それに圧倒されているという恰好らしい。

許都には、荀彧がいる。留守の間、全体の守備を任せてきた、夏侯惇もいる。

馬騰がなにかをやるというより、帝が馬騰を利用するということが考えられるが、あの二人がいるかぎりおかしな真似はできないだろう。あの帝に利用価値があるのも、あとしばらくの間だった。

ひとりになると、曹操はしばしば長江の地図に見入った。江夏郡周辺に関してだけは、かなりの軍事情報も入った地図だった。江夏には黄祖がいて、長年揚州の孫家と対立していたのだ。平和だった荊州の中で、江夏郡だけはいつも戦時の緊張に包まれていたのだとわかる。

三十万の移動には、おびただしい物資も必要だった。兵糧など江陵には充分蓄えられているが、陸上の移送には無理があった。いま、輸送に適した船を集めさせている。

兵の移動も、半数は船の方がよさそうだった。それだけの船は、揃っている。

孫権が、水戦に持ちこもうとすることは、容易に想像がついた。それ以外に、闘う方法を持っていない、と言っていいだろう。

揚州全域の兵を出しても、せいぜい十万程度だ。各地に、守兵は残さなければならない。徐州や予州には曹操も兵力を展開させているので、そちらにも三万は必要だろう。

敵が水戦を望むなら、それを逆手に取る方法はあった。とにかく、多少の犠牲を出しても、一度敵の船隊を打ち破ればいい。そのまま、長江を下って揚州に進攻できることになるのだ。同時に、陸上からも進攻する。

とにかく、一度打ち破ることだった。犠牲を恐れなくてもいいだけの兵力はある。

揚州水軍を統轄している、周瑜という将軍については、調べられるだけ調べた。孫策のころから、水軍の育成に力を注いでいた。非凡なものを感じさせる。自分の幕僚に、ひとりはこういう男が欲しい、と思わせるような非凡さだった。

孫策が袁術のもとから独立する時に合流し、たえずその片腕であり、孫策死後は、孫権を見事に補佐している。孫策と孫権という、まるで性格が反対の二人を、見事に操ってさえいると思えた。孫策の死後、曹操が揚州に食いこめなかった大きな原因は、やはり周瑜の存在なのである。

　孫権は、周瑜に扶けられて、孫策のころよりはるかに領土内を強固にした。揚州が豊かであるというだけでなく、幕僚の結束も堅い。ここ何年も、幕僚に手をのばして、なんとか揺さぶりをかけようとした試みは、すべて潰えていた。

　そして、やはり水軍だった。その力を見るかぎり、比肩し得る水軍はどこにもない。荊州水軍で拮抗できるのは、船の数だけと言っていい。そのすべての中心に、周瑜という若者がいるのだった。

　しかし、負けはしない。負けるはずもない。積み重ねてきた戦が、若い者とは較べものにならないのだ。切り抜けてきた修羅場も、ひとつやふたつではない。

　この戦は、とにかく押すことだった。大軍の利を、十二分に活用することだ。長期戦に耐え得る準備もあるが、それほど長くはかからない、と曹操は見ていた。

　気になるのは、夏口に集結した劉備の軍だった。いまは夏口からさらに下流の樊口に移動しているという。明らかに、揚州軍と合流する構えだった。六千に過ぎなかった劉備軍が、いまは三万弱に達しているという。

兵力は、問題ではない。劉備だから、気になるのか。この乱世のはじめから、一軍を率い、いまもなお戦場にあるのは、自分と劉備だけなのだ。首を取ろうとして、取りきれぬままここまできてしまった。

孫権が劉備との同盟に動くかどうかは、どういう作戦を取るかによるだろう、と曹操は考えていた。揚州へ深く引きこんで自分と闘おうとするなら、必ずしも同盟は必要ではない。いまいる柴桑を防衛線とするつもりなら、劉備軍の存在は側面勢力として有効である。

孫権は、いや周瑜は、どこで自分を防ごうと考えているのか。曹操は、長江の地図に見入り続けた。

三十万の出撃態勢は、四日や五日で整うものではなかったが、兵糧輸送の船の編成を終えれば、すべて整う。すでに、曹操の命令を待つ状態と言ってもよかった。陣立てに伴った兵の動きの調練も、かなり進んでいる。

軍議は、二日に一度開いた。

参加するのは四十名ほどで、その中には荊州の降兵をまとめている蔡瑁もいる。降伏が速やかになされたので、蔡瑁の軍の掌握はなかなかのものかもしれないと期待したが、むしろ荊州兵の戦意の低さが、降伏の大きな要因だったようだ。思ったほど、蔡瑁には指揮の能力もない。ただ、誰よりも長江をよく知る将軍であることは確かだろう。

このところ軍議では、出撃をいつにするかということばかり話し合われている。降伏を待つべきだという意見も、かなり根強く残っている。曹操は、そのひとつの根拠を聞くだけで、自分の意見は述べなかった。降伏を待とうという意見は、揚州の文官の動向を睨んだものが多い。張昭を中心とする文官たちは降伏に傾き、孫権の本質もどちらかというと文官に近いというのである。したがって、孫権は降伏ということを、間違いなく視野に入れているはずだ。

その意見にも、説得力はあった。

「あの書簡に、多少の効果はあったのかな?」

自分の幕舎に呼ぶのは、荀攸、程昱、賈詡の三名だった。むこうからやってくることはあっても、曹操が呼ぶのはこの三人である。つまり、今度の戦の軍師役が、この三人だった。

先日、荀攸が起草した曹操の書簡を、孫権に届けてある。

荊州をすでに制し、これから揚州にむかおうと思う。ついては、どこかで孫権と会猟したい、という内容である。会ってともに猟をする。言葉はそうだが、一戦交えようという意味だった。つまりは、恫喝と挑発である。それに対して、孫権はいまのところなんの反応も示していない。

「私は、孫権には武将の部分と文官の部分が、同程度にあるような気がいたします」

程昱が言った。揚州の文官に対する工作を担当しているが、なかなか思う通りにはいかないようだ。曹操が放っている五錮の者も、動きがとれないでいる。

「文官の部分で、孫権はあの書簡を恐れたでありましょう。武将の部分では、逆に闘争心をかき立てられたと思います」

「文官と武官の押し合いがどうなるかで、揚州の態度が決まる、と程昱は言うのだな」

「まさしく、その通りでございます。ただ、私は揚州がかなりしたたかだと、いまは思いはじめております。つまり、降伏を唱える文官たちも、最後は勝つことを考えているのではないかと思うのです」

三十万という大軍を、いつまでも揚州に置いておくことはできない。一度降伏というかたちを取り、揚州の曹操軍が少なくなった時に、各地で叛乱の兵を挙げる。その準備をしておくぐらいにはしたたかだ、と程昱は感じているようだ。

「くどいことを申しあげますが、丞相は即戦とまだ思っておられますか？」

荀攸が言った。荊州を治めれば、益州はすぐにも靡き、やがて揚州も闘わずして靡くしかなくなる、というのが荀攸の最初からの意見だった。

それに、三年かかるのか。あるいは、五年かそれ以上か。荀攸の考えは確かに正しいが、時がかかりすぎるのである。

「私はこれまで、自分では果敢に闘ってきたと思っておる」

「それはもう、われらが付いていくことができないほど、丞相は果敢であられました。どんな戦でも、前線に立たれましたし」

「それこそが、私の戦だろうと思うのだ。覇業の達成が、目前まで来ていることはわかっている。そこで腰を据えろという、荀攸の意見もわからぬではない。しかし、ここで自分の戦のやり方を、変えたくないという思いが強いのだ」

荀攸が眼を閉じ、一度頭を下げた。

「つまらぬことを、申しあげました、丞相。私が思うよりずっと深いお考えを、お持ちでございます。いま、恥じ入っております」

やり方を、変えたくない。確かに、それはあった。しかし、待つべき時は待ったし、耐える時は耐えてもきたのだ。

二十万の大軍を率いた遠征である。それが三十万に増え、しかもまだ本格的な戦は一度もしていない。そのことが、ひっかかってはいないか。たとえどれほどの大軍でも、退く時は退くのが、自分のやり方ではなかったか。束の間、曹操はそう思った。

しかし、勝てるはずだ。勝てないはずがない。

三人ともそう思っているのかどうか、曹操は訊きたい衝動に襲われた。

しかし、賈詡が、拡げられた地図を指し、作戦の話をはじめた。戦はすでに決まったことだ、という口調だった。

「明るい間、船隊は進みます。夜は、長江北岸に沿って、停泊いたします。この季節、北風が強いので、奇襲ではまず火攻めを考えてくると思います。北岸の陸地を歩兵が進めば、およそ奇襲は無駄にしかなりますまい」

曹操が考えていた進み方も、同じようなものだった。長江を下れば、いずれ揚州の水軍もどこかで迎え撃とうとするはずだ。

「敵は、水戦に馴れております。ですから敵と遭遇したら、やはり北岸に船隊を集めます。陸でも水上でも闘える。そういうかたちに引きこむべきでしょう」

「まず、そういうところだな」

「すぐに、ぶつかろうとしないことです。小さな負けでも、好ましくありません。対峙し、敵の力をしっかりと測る。それが大事だろうと思います」

「水上の陣構えは、どうするのだ、賈詡殿？」

「陸上と同じです。先鋒が突出し、中軍、後軍と続くのです。北岸に陣を構える時も、同じようにします。船は、小さなひとつの砦。それを密集させることで、巨大な砦を築くのと同じことになりませんか、程昱殿」

「それで、風を背に受けるわけだな。火攻めは難しい。船で襲えば、燃えるのは自分たちの方だ。陸には大軍がいる。敵は動けず、やがて体力を失う」

「それが、最も堅実な戦法だろう、と私は思います、程昱殿。それに、こちらから攻める時は、常に風上に位置することになります」

「敵が北岸を占めたくとも、陸には大軍がいる。どうしても、敵は南岸に密集するしかなくなる。火攻めの機は、こちらにあるということになるな」

「急いで進むことはありません。ゆっくりでいいのです。一日三十里（約十二キロ）進んでも、十日で三百里。長江の流れを下るのですから、実際はもっと速く進めましょう」

賈詡の言う策に、隙はなかった。こちらは、いつも流れに乗り、敵はいつも流れに逆らう。建業まで、ずっとそういうことになるのだ。

揚州と荊州とどちらを先に攻めるか、曹操は迷った時期があるが、常に上流を取れるという点でも、荊州を先に落としたのは間違いではなかった。

「荀攸は、どう思う」

「水軍は五万。あとは二手に分かれ、長江の両岸を進むのがよろしいかと」

それも、曹操は考えていた。しかし、長江にはおびただしい支流が注ぎこんでいる。両岸を進めば、渡渉の回数は倍になるのだ。陸兵の渡渉には、相当の時がかかる。

「三人の考えは、わかった」

曹操は言った。

「長江沿いには、湿地も多い。そこを兵が行軍することは、困難をきわめよう。陸上先鋒の于禁に、進軍路の調査を命じてある。夏口あたりまでの進軍路の報告は、二、三日で入るはずだ」

「その報告が入ってから、水上と陸路の割合いをお決めになればよい、と思います」

荀攸が言った。

「そのつもりだ。ただ、揚州へ入ったら、荀攸が言うように進みたい。長江沿いにある、陸上の砦を叩きながら進むのだ」

三人を軍師という立場に置いているが、軍略では誰にも劣らないという自負が、曹操にはあった。これまで、最後の決定はすべて自分でやってきたのだ。

三人が退出すると、曹操も幕舎を出た。

許褚が、ぴったりと寄り添ってくる。

「視察だ、許褚。今日は、江陵城外を何カ所か回ってみる」

三十万の大軍になると、一度で回るのは難しかった。城内に七万、城外に二十三万。江陵一帯は、駐屯する兵で充満している。

許褚は、一千騎を率いてくる。荊州の降兵がいるところは、やはり油断すべきではなかった。

許褚の兵は、すべて兜に赤い房を付けている。馬の胸当ても赤い。馬は全部黒馬で、一団となって駈けると、黒い巨大な獣が、血を流しながら疾駆しているように見える。

曹操の周囲にいる許褚の軍は、全員騎馬で三千に達している。戦場ではその三千騎がまとまっているが、視察などでは、五百騎から千騎が出てくるのだ。

「この大軍を、どう思う、許褚？」

「見事な」

「そういうことではない。おまえが見て、感じたままを言ってみろ」

「わが軍の兵が、三人にひとり混じっていれば、まず浮足立つことはありません」

「そうか。では、心配はないな」

「よほどのことが起きないかぎり」

「その、よほどのこととは？」

「人も馬も、火をこわがります。大きな火がそばにあれば、避けようとするでしょう」

火攻めを警戒しろ、と許褚は言っているようだった。いつも、言葉は少ない男だ。そして、どういう状態になっても、動転することはない。

多分、死ぬまで、許褚は許褚のままだろう。

「私がやる大きな戦は、これが最後になるかもしれん」

「はい」

「おまえは、よく私に尽してくれた。寝食を忘れるというが、まこと、おまえのためにあるような言葉だ」

「私はただ、丞相のお側にいるだけです」

許褚の表情は変らない。

快い速さで、一千騎の騎馬隊は動きはじめていた。

4

眼の前にいるのは、自分とそれほど変らない年齢の男だった。しっかりした眼をしている。こういう眼は、あまり見たことがなかった。幕僚の中にも、いない。周瑜の眼には、もっと気力が溢れ出している。

「諸葛亮か。諸葛瑾の弟だと聞いた」

孫権は、じっと諸葛亮を見据えた。劉備の使者として、魯粛が連れてきた。

いま劉備は、荊州兵もいくらか加え、三万足らずの兵力で樊口に駐屯しているという。陣構えは、すべて西の曹操にむいていることは、すでに潜魚の手の者が報告してきている。魯粛がなにか言う前から、同盟の使者の任を帯びていることはわかった。

「諸葛瑾は確かに異腹の兄で、年に一度ほどは音信もありました」

声は、静かである。その静かさの中に、孫権にはっきり感じられる気魄があった。

「劉備殿の軍師というが」

「いまだ、軍師と呼ばれるほどの働きは、いたしておりません」

部屋には、魯粛ひとりが控えていた。

会議で、主戦派の中心は魯粛である。劉表の弔問という名目で荊州にやっていたので、会議の雰囲気は講和に近づきつつあった。講和と言っても、降伏である。孫権は、そう思っていた。

講和派は、降伏ではないと主張している。揚州全域に、重立った将軍を潜伏させる。三十万の大軍が消えてから、各地で叛乱の兵を挙げるというのである。

三十万の大軍を相手に、勝てるわけがない。文官なら、そう考える。そして、三十万の大軍の維持がどれほど困難かということについても、文官の方がずっと敏感だろう。

「劉備殿の、御用件を伺おうか」

「なにも、ございません」

「なにもない？」

諸葛亮は、じっと孫権を見つめていた。魯粛が、驚いたような表情をしている。

「なにもないとは、どういうことだ」

「劉備軍は、最後の一兵まで、曹操軍と闘います。私は、それをお伝えに参っただけでございます」

「最後の一兵までか」

「曹操とともに天を戴かず。わが主、劉備玄徳はそう決めております。ですから、最後の一兵まで闘うのです」

戦は前提である。言外に、その意味がはっきり籠められていた。同盟を求めるわけではなく、救援を乞うわけでもない。劉備軍は、闘う。孫権軍が闘うのなら、ともに闘おう。かたちとしては、そういう申し入れである。闘わぬと言えば、平然と頭を下げて、諸葛亮は帰っていくだろう。

「曹操は、三十万の大軍だという」

「三十万が百万の大軍であろうと、劉備軍は闘います。男の志と、誇りを賭けているのでございますから」

「志と誇りだと」

「当然ながら、曹操もそうでございましょう」

諸葛亮の表情は、まったく動かなかった。魯粛が、じっと諸葛亮を見つめている。

「私は、私の志と誇りを賭けろ、と言っているのだな、諸葛亮。そうする時が、いまだと」

「その結果、孫権様はわれらをお討ちになるかもしれません。曹操の作る国がいいと思われるならばですが」

「姑息な理屈を並べるではないか、諸葛亮。志と誇りがなければ、戦はできぬというのか。私は、孫家を守るために、戦ができる。私自身を守るためにも、戦ができる。そして、戦はもともとそういうものだ、とも思っている。志や誇りなどで、戦ができるという人の気持が、私にはわからぬ」

「わが主は、そうでございます」

「私は、違う」

「人は、それぞれ違うものでもあります」

「もういい」

「ならば、これ以上は申しあげません。わが主、劉備玄徳は、最後の一兵まで曹操軍と闘います」

「揚州には、会議というものがある。そこでの決定は、私といえども覆せぬ。会議には、主戦派もいれば、講和派もいる。それぞれの者たちと、おまえが話をするのは認めよう」

「ありがとうございます。しかし孫権様とも、明日もお目にかかりたいと存じます」

「いつでもいい。ここへ来い。姑息な理屈を聞く耳は持たぬが」

諸葛亮が拝伏し、退出していった。

魯粛は残っている。孫権は、一度息を吐いた。人と喋って、心がささくれたのは久しぶりのことだった。

自分は、なんなのか。それを考えた。揚州の領主なのか。それとも、天下を争う人間のひとりなのか。男の志と誇りを、持っているのか。

「異腹と言っていたが、兄とはだいぶ違うようだな」

「激しいものを、心の底に秘めていると、私は思いました」

魯粛が、かすかに首を振りながら言った。

「同盟してくれ、とひと言も申さなかった。そこは見あげたところだ」

「対等の同盟を望んでいるので、言い出せないのでしょう」

劉備軍のいまの状態なら、自分に頼むしかないはずだった。それを頼まず、ただ心をささくれさせた。あまり考えないことを、考えるようにしむけられた、という気もする。

「劉備軍の状況は、切迫しておるのであろう、魯粛？」

「それはもう、曹操の大軍を、三万足らずで迎え撃とうというのですから」

「それでも、同盟してくれとは申さぬか」

同盟を乞われ、それを受けてやる。孫権の心の底のどこかには、そういう思いがあった。それを見透かしたような、諸葛亮の言い方だったという気がする。

降伏ということが、孫権の頭にはなかった。同時に、会議が割れたままでの開戦、ということも避けたかった。だから会議ではなにも発言せず、出てくる意見にじっと耳を傾けているだけだ。

「張昭らとも、諸葛亮は語るのであろうな。それを、許してしまっていた。やはり、志と誇りなどと申すのかどうか、知りたい」

「できるかぎり、私が立会うようにいたしましょう」

魯粛が言った。

「しかし、殿と語ったこととは、まるで違う言葉を、諸葛亮は口にするような気がいたします」

「私もだ、魯粛」

戦になったら、揚州を戦場とすることを、孫権は避けたかった。それは、躰を触れられることはいやだという感情に似ていて、そうしなければならなくなった時は、耐えられるはずだ。

しかしいまのところ、曹操を迎え撃つなら、こちらが荆州に出て行くべきだと思っている。そうなれば、同盟の約定を交わすかどうかは関係なく、自然に劉備軍とはともに闘うことになるのだ。

言葉ひとつでも、諸葛亮は主君の不利になる言い方は避けた、と孫権は思った。しかし、なぜなのか。いま劉備軍は、伏しても揚州の力を求めなければならないのではないのか。志と誇り、などと言っている場合ではないはずだ。

孫権は、かすかな苛立ちに襲われていた。

曹操との戦となった場合、三十万という大軍とむき合うということになる。それについては、苛立ちどころか、恐怖心もなかった。どう闘えばいいのか、ということに頭が行くだけである。

魯粛も退出すると、孫権はひとりで部屋の中を歩き回った。なにが自分を苛立たせるのか、ずっと考え続けた。会議が割れているといっても、両方とも揚州のためを考えてである。数年前のように、孫家の揚州支配というものに対する、反撥から出ているのではないのだ。民は豊かになりつつあり、軍備は整っている。曹操のように、巨大ではないというだけのことだった。

翌日、魯粛が報告に現われた。

幕僚たちと諸葛亮が、方々で議論し、それが柴桑の話題になりはじめているというのだ。兵や文官だけでなく、民の間でも噂になっているという。

議論は、あらゆる方面にわたっていた。民政から戦、古今の事例、果ては農作のやり方にまで及んでいるという。

幕僚の中で、諸葛亮に論破されなかった者はいないという。張昭などは、はじめから議論に加わらず、いつも黙然として聞いているようだ。

「諸葛瑾を呼べ」

孫権は、壁の一点を見つめて言った。

主要な幕僚のほとんどは、柴桑の本営にいる。建業に残っているのは、戦になってもそのまま留守部隊となる者たちだけである。

諸葛瑾は、その特徴的な長い顔で、緩慢さがいっそう強調されて見える、のっそりした仕草で現われ、無表情に拝伏した。

「おまえの弟に、私の臣下がみな論破されている。おまえは、弟と議論をしたか?」

「いえ。まだ会っておりません」

「なぜ？」

「弟は、劉備玄徳様の使者として、柴桑に来ているものと思われます。ならば、兄弟の再会など、するべきではないと考えるでありましょう。劉備玄徳様が私に会う、ということになりますので」

「そんなものか？」

「弟は、多分そう考えます」

「おまえが弟と議論したとして、勝てるか？」

「さあ。考えてみても、弟に勝る知識が私にあるとは思えません。幼いころ、ほんのわずかな期間ともに暮した記憶がございますが、その時でさえ、知識は私を上回っておりました。それ以後、何人もの学者について、学問をきわめたと聞いております」

「そうか。ならば、なぜ昨日私を論破しようとしなかったのであろうか？」

「無意味だからでございましょう」

「幕僚を論破することは、無意味ではないのか？」

「会議の行方を、多少は左右いたします。しかし、弟はやはり、殿と最も重要な話をしたと思っております。だから論破せず、本心を語ったと思うのですが」

自分が論破されたところで、同盟が成立するわけではない。不快な思いが、募るだけであろう。しかし、志と誇りが、諸葛亮の、いや劉備玄徳の本心だというのか。諸葛瑾は、無能な男ではなかった。それどころか、張昭の跡を継ぐのは、諸葛瑾だと考えている。民政については、軍事よりも自分はよくわかる、という自負が孫権にはあった。

「誰にも、諸葛亮を論破はできぬか」

「誰にも、というわけではありますまい。しかし、弟を論破できる者を見つけ出しても、なんの意味もございません。ただの論破に過ぎないわけですから」

「諸葛亮は、わが幕僚の知識を測っているのではないのか？」

「それも、大きな意味はございません。気にされるだけ、無駄でございます」

「なぜだ？」

「知識は、知識にしか過ぎないからです。それを競うのは、凡人のなすことです。張昭殿は議論されようとしませんし、周瑜殿がおられたらやはり同じでしょう」

幕僚たちの方から、議論を吹っかける場合がほとんどのようだ。

大軍を前にして、開戦か講和かという緊張した状況の中で、どういう意見を持った幕僚も、興奮を抑えきれないでいるのだろう。相手を間違っている。そう言いたかったが、昨日は孫権自身も議論をする気でいた。諸葛亮が、それに乗ってこなかっただけである。

夕刻になって、張昭が孫権の居室に顔を出した。目通りを願い出てきた諸葛亮を、会議を待てと言って、会わずに追い返したばかりの時だ。

「おまえは、諸葛亮とは、名乗り合っただけで議論はしなかったそうだな」

「別に、考えなければならないことがございましたので」

「講和のやり方か？」

孫権は皮肉を浴びせたつもりだったが、張昭は大きく頷いた。

孫権が、戦をしたがっていることに、張昭は気づいているだろう。張昭が講和の意見を持っているのも、怯懦からではなく、孫家のためを考えてだということを、孫権はよく知っていた。

「私は、最後まで講和を考えます。たとえ開戦となっても、戦況のいいところでの講和ということも考えられますし」

「私が、闘うと思っているのか？」

「さて、劉備のところから来た、あの若者の顔には、決戦と書かれていましたが」

「諸葛亮が、そう言ったのか？」

「いえ」

「ならば」

「殿、あの若者は、殿のどこかに、屈しないものを見たのだと思います。武将として屈しない、というなにかを」

志と誇り。そんなことはない。志と誇りを捨てるか、滅びを選ぶかと問われれば、たやすく捨てられるものではないのか。

「私は、これ以上、なにも申しあげません。たとえ開戦となっても、私は講和の道を探り続けるでしょう」

「そうか」

「裏切りと思われるなら、早目にこの皺首を刎ねられることです」

「笑わせるな。なぜ、おまえの首を刎ねなければならん。会議で講和と決まれば、私はそれに多分従うだろう」

多分だ、と孫権はもう一度言おうとした言葉を呑みこんだ。

張昭は、じっと孫権を見つめている。この老人の視線は、慈愛に満ちて感じられる時もあれば、肌に痛いほど鋭い時もある。

「ひとつ、御報告がありました」

鋭かった張昭の視線が、ふっとやわらかなものに感じられた。

「明後日、周瑜殿が、鄱陽からこの本営へ来られます」

「ほう、周瑜が。しかし、なぜ張昭に？」

明後日は、会議だった。いままで、周瑜は柴桑の会議に出てこなかった。鄱陽で水軍の調練を続けることで、無言の意思表示を会議に投げかけているのだ、と孫権は思っていた。周瑜のいない会議は、孫権にとっては気の入らないものでもあった。

「なぜ、周瑜殿が私に知らせてきたのか、私にはわかるような気もいたします」

頭を下げ、張昭が退出していった。

翌日、孫権はほんの短い時間だけ、諸葛亮を呼んで会った。

諸葛亮は、穏やかな物腰で、二、三の孫権の質問に答えただけだ。兄とは会わないのかとか、妻帯はしているのかとかいう、他愛ない問いである。諸葛亮の中に、孫権はなにかを見つけ出そうとしたが、見つからなかった。自信、不安、決意、懇願。どの言葉も、諸葛亮を見ていて、思い浮かびもしなかったのだ。

「明日が、会議である」

孫権は、それだけを言った。周瑜が来る、ということも言わなかった。

諸葛亮は、かすかなほほえみを見せただけである。

そして、会議の日になった。

はじまっても、周瑜の席は空いたままだった。孫権が座り、その前にむかい合うようにして、周瑜と張昭の席がある。中央には人が通れるように道があり、二人以外の幕僚は適当に自分の席を占める。

魯粛は、空いた周瑜の席の、すぐ脇に座っていた。張昭がまた講和を主張したら、反論しようという構えに見えた。

孫権の前の文机には、なにも置かれていない。硯や筆さえもなかった。

講和派の幕僚たちが、これまでの意見を声高にくり返しはじめた。諸葛亮に論破された者たちだが、会議でその負けを取り戻そうとでもするように、熱が入っていた。無論、諸葛亮はこの会議には出られない。

「いま、樊口で曹操軍に備えて布陣している劉備殿から、諸葛亮という使者が来て、同盟を求めていることを、方々は御存知だと思うが」

魯粛がそう言いはじめると、講和派の幕僚たちの声が、さらに大きく熱を持ったものになった。ただ、張昭だけは、眼を閉じ、黙然としている。

苛立っても、表情に出さない習練は積んでいるが、不思議に孫権はこれまでの会議よりも平静でいられた。

「周瑜将軍、御着到です」

声があがった。

会議の場が、水を打ったように静まり返った。やはり来た、と孫権は思った。いつか、周瑜は会議に来るはずだった。それが今日だということを、昨日からは疑ってさえいなかったのだ。

具足を付け、赤い幘（頭巾）を被った周瑜が、静かに姿を現わした。父、孫堅が与えたという幘だろう、と孫権は思った。

周瑜の後ろには、程普と淩統の二人の部将がついていた。こちらの方は、戦場の匂いを、すでに強すぎるほど放っている。

「会議の時ではありませんぞ、殿」

周瑜の声は、静かで澄んでいて、しかし心を揺さぶるような響きがあった。

「私は、剣を執って、ここへ参りました。孫堅将軍は流れ矢に当たり、孫策殿は刺客の手にかかって果てられました。あのお二人の志を、そして揚州に独力で立ったというわれらの誇りを賭けて、闘おうではありませんか」

誇り。志。まさしく、そうだ。口にしたくても、できなかったもの。自分の心の底で、しっかりと自分を支えているもの。孫権は、雄叫びをあげたい思いに襲われた。

「誇りを捨てようと言う者は、まさかこの会議にはいまいな」

ゆっくりと、周瑜が一座を見回した。顔を伏せなかったのは、張昭だけである。

「孫堅将軍の、この赤い幘。そして孫策殿が佩いていた、この剣。私には」

「待て、周瑜」

孫権は立ちあがった。

「その先は、私が言おう」

孫権は、剣を抜き放った。

「会議の決定を伝える。われらは、これより曹操と開戦する。それが、唯一の私の道だ。降伏は、死ぬことである。命があってもなお、男は死するという時がある。誇りを、捨てた時だ」

孫権は、剣を振りあげ、渾身の力で振り降ろした。文机が、きれいに二つになった。

「私の決定を伝えた以上、これから先、降伏を唱える者は、この文机と同じになると思え。私は、わが手で、この乱世を平定する」

声があがり、やがてどよめきになった。

「ふるえる者は、去れ。立ち尽す者は、死ね。これより、戦だ。男が、誇りを賭ける時ぞ」

三人、四人と立ちあがった。

孫権は、剣を頭上に高々とかかげた。

5

柴桑の本営は、にわかに活気づいたようだった。

鄱陽から船で到着した時は、重苦しい雰囲気に包まれていたのだ。孫権の決定が伝えられた時から、将兵の躰には血がめぐりはじめたように見えた。

指揮してきた二百五十艘の船が、整然と投錨を終えていることを確認して、周瑜は孫権の部屋にむかった。何度も、周泰が迎えにきたのだが、周瑜は船がどうのと理由を並べて、愚図愚図していたのだ。

「旗本の大将に、何度も手間をかけさせた」

「いえ。ただ、殿が子供のようにはしゃいでおられるのです。私も、戦という決定が下って、血が熱くなりました」

「そうか」

それだけ言い、周瑜は孫権の居室に入った。孫権は、周瑜の手をとって、何度も力をこめた。

「周瑜が来てくれたので、私はようやく自分に正直になれたという気がする。これまでの会議は、実に憂鬱であった」

「これから、もっと憂鬱になりますぞ、殿」

「じっとしているより、戦場で苦しむ方がずっとましだという気がする」

「殿の戦がいつになるか、私にはまだ読めておりません」

「それでも、曹操は近々に進発するであろう。すべて整っている、と潜魚の手の者も報告してきている。こちらの陣立ても、早く決めてしまった方がよさそうだ」

「陣立ては、私が決めて参りました」

「なに。そうか。ならば早く、周瑜の策を教えてくれ」

周瑜は、机上に拡げられた、長江の地図の前に立った。孫権は、毎日ひとりでこの地図に見入っていたのだろう。

「殿は、この柴桑を動かれません。この地で、じっと戦況に眼を注いでおられるのです」

「しかし、曹操はいつも先頭に立つぞ。それが、あの老人のやり方だ。私とおまえが先頭に立たなくて、誰が立つ。相手は大軍なのだ。兵たちの士気にも関わる」

「曹操は、曹操の戦をいたします。われらは、われらの戦をいたしましょう」

孫権を宥めるようにほほえみ、周瑜は机の前に座った。

「私は、考えに考えました。あらゆることを、考え尽したと思います。そして、殿はこの柴桑におられるべきだと思ったのです」

「周瑜、おまえは？」

「私は、水軍を率い、先頭で曹操にぶつかります」

「私を生き延びさせようと、そういうことを考えたのか？」

「違います」

「ではなぜ、おまえが先鋒で、私はこの柴桑にいなければならぬのだ？」

孫権の声には、厳しいものが滲みはじめていた。こういう時は、さすがに孫策の弟と感じられる強さがあった。

「われらが生涯でむかい合う、最大で最強の敵でございましょう、いまの曹操は」

「わかっている。覚悟もしている。闘って散ることに、悔いはない」

「散ることを考えるのは、闘いではございません。私は、勝つことを考えます。殿、まずは、作戦の全体を説明させてください」

「聞こうではないか」

孫権が、周瑜とむき合って腰を降ろした。二人の間の机には、長江の地図がある。周瑜は、長江を辿るように、指を地図に走らせた。孫権が、覗きこんでくる。もう一度、同じことを周瑜はくり返した。

「これが、われらの陣です」

「陣と言っても、周瑜」

「夏口から、皖口あたりまで。これを、われらの陣といたします」

「なにを言っている。一千里の陣を、われらは構えるのだぞ」

「そうです。一千里（約四百キロ）はあるのです。曹操は、その一千里を抜かぬかぎり、われらに勝つことはできません」

「どういうことなのだ？」

「揚州軍、十五万。そのうちの十三万を、この戦に投入します。水陸混成の、五千の部隊を二十編成します。その二十の部隊を、夏口から皖口まで、点々と配置するのです。それで十万。私は、三万を率いて曹操とぶつかります」

「三十万だぞ、曹操は」

「緒戦では、勝てないかもしれません。勝てなければ、曹操は攻め下ってくるでしょう。しかし、到るところで、側面から、後方から、敵を受けることになります。もし負けても、私はそれほど船を失わずにいられる自信はあります。そのために、血の出るような調練を積んできました。夜襲もできます。急流でも動けます」

「しかし」

「長江を攻め下りはじめたが最後、曹操は、長く果てることのない罠に嵌りこむのです。一千里の罠です」

孫権が、低い唸り声をあげた。孫権の指が、夏口から皖口までを、ゆっくりと撫でるように動いた。呼吸が、いくらか速いようだ。

「おわかりですか。柴桑は陣の中央。つまり本陣なのです」

「一千里の罠」

孫権が呟いた。

「よくぞ、考えたものだ」

「長江の、一千里の罠に引きこみさえすれば、われらは必ず勝てます」

「勝てる。確かに、勝てる」

「鬼神でもないかぎり、千里の罠は突き破れますまい。まして、場所はわれらが熟知したる長江。地形や、川の状況に応じて、どんなことでもできます」

「曹操の三十万が、長く長くのびきってしまえば、寸断して討つことはたやすい」

孫権が、顔を上にむけた。二、三度、大きく息をした。

「こういう作戦ならば、私は自分の身を柴桑に置くことも肯んじられる。考え抜いたと言ったが、私などいくら考えたところで、思い及びもしないな。この陣が、美しいものにさえ思えてきた」

「殿、そのような甘い考えはお捨てください」

「しかし、長江に乗り出してくるということは、曹操にとっては地獄に踏みこむようなものではないか」

「歴戦の武将です、曹操は。かつては、わずかな兵力で、青州黄巾軍と対峙して降し、呂布を破り、袁紹の大軍と果敢に闘っております。場数では、われらは曹操に遠く及びません」

「しかし、この陣ならば」

「これが地獄だと、曹操は見抜くかもしれないのです」

「見抜いたとしたら？」

「わかりません。その場に応じて、なにかやるでしょう。こちらも、それは頭に入れておくつもりです」

孫権が、また低い唸り声をあげた。

「戦なのです、殿。それも、いま最強にして最大の武将との。迅速無比の軽騎兵もいれば、重装備の歩兵もいます。そして、荆州水軍のほとんど全部を手に入れてもいるのです」

「うむ、張昭でさえ、まずは講和をした方がいいという意見を持つほどだった」

「ここに、われらの分岐があります。この戦を凌ぎきれば、われらには天下が見えてくるでしょう。凌ぎきれなければ、滅びしかありません」

「わかった」

「こんな戦に、生涯のうちにめぐり会えた。勝敗は別として、武人として幸福である、と私は思っています」

周瑜が言うと、孫権は眼を閉じた。

こういう時代に、生まれてきたのだ。戦が厳しいと嘆くことに、なんの意味もなかった。終らせたければ、勝ち抜いていくしかないのだ。

「久しぶりに、周瑜と一献酌み交わしたい。明日からは酒も飲めぬ。そういう顔をしていいるからな。とにかく、作戦がひとつしかないことだけは、よくわかったつもりだ」

「私も、殿との酒を愉しみに、鄱陽での調練に臨んでおりました」

孫権が従者を呼び、酒を運ばせた。

こんなふうにして、孫策とも飲んだことがあるような気がした。しかし孫策は、ひとりで死んでいったのだった。

孫権は、ふだん以上に杯を重ねていた。周瑜も同じだった。そして、二人ともまるで酔ってはいなかった。

「劉備が、諸葛亮という使者を寄越した」

孫策の思い出話をしている時、不意に孫権が言った。

「一度、会っておいた方がいい、と思う。夏口に三万弱の兵を集結させ、いまは樊口に駐屯している」

「諸葛瑾殿の弟にして、水鏡先生こと司馬徽に、臥竜と称された俊才ですな」

「わが幕僚は、みな論破され、沈黙した。私と議論することは、避けていたようだが」

「殿は、どう見られました？」

「正直なところ、わからぬ。わが幕僚が沈黙させられたということには、いささかひっかかるものを覚えているが」

「この際、二万であろうと三万であろうと、わが軍にとっては貴重な兵力です。同盟すると、すでに伝えられているのですか？」

「いや、おまえと会ってからだ、と思っていた」

「会いましょう。会って、その性根を見据えてみます」

「兄上が亡くなられてから、私はさまざまなことに力を注いできた。早く成長しなければならぬと、自分に鞭打っていたのだ。その中でも、人を見る眼を養わなければならぬというのは、最も大きな思いであった」

「殿の人を見る眼は、私などより遥かに確かです。これだけは、孫策殿に欠けているものでもありました。その殿が、会ってみろと言われるのですな」

「正直、私は会ったあと、苛立っていた。自分の未熟さに苛立ったのかもしれぬ。人に会って、そういう思いに襲われたことはないのだ。たとえば周瑜と、いまはじめて出会ったとしたら、そんな思いに襲われるのかもしれない、という気がする」

孫権の碧い眼が、じっと周瑜を見つめていた。

曹操にむかい合った時、孫権が正面から戦を挑みたがるということは、周瑜には見えていた。同時に、会議の趨勢が降伏に傾くであろうことも、読めていた。

会議を、力で押さえつけるかもしれない、という懸念は、魯粛を荊州にやったと聞いた時、杞憂だったと知った。魯粛は、最も強力な主戦派だった。力で会議を押さえつけようとするなら、常に側に置いておくはずだ。それを荊州にやり、自分は講和派の中でじっとその意見を聞いた。

かつて江夏の黄祖を攻めた時、戦に勝ちながらも、領内の叛乱によって兵を退かざるを得なかった。あの時の痛みを忘れず、周囲の者たちの肚の中をしっかり見据えよう、といつも自分に言い聞かせてきたに違いない。

「諸葛亮孔明。私も、心して会うことにいたします。劉備の軍が、にわかにしっかりしてきたと感じたのも、諸葛亮が軍師として入ってからです。樊城から兵力を増やしながら逃れ、江陵を奪れる状況にありながら、奪らずにこちらに逃げてきた。目先のものにすがろうとせず、長い眼で戦を見ようともしています」

「江陵は、奪れなかったのではなく、曹操に奪らせたのか。周瑜は、そう思うのか？」

「江陵を奪ったところで、善戦はしても曹操の大軍に呑みこまれましたろう。ほかに味方はいないのですから。それならば、江陵を無傷で曹操に奪らせる。そうすることで、一気に揚州も攻めようという気にさせる。揚州という、曹操の次に位置する勢力とともに闘えるのですから」

「利用されたか」

「それだけとも言えません。劉備軍が江陵に拠って善戦すれば、曹操は荊州で態勢を整え直す必要が出たでしょう。曹操が荊州に腰を据え、じっくりと揚州を攻める。それが、われらにとっても最も困ることでありました」

「確かにそうだ。荊州にしばらくいれば、曹操ほどの者、水戦がなにかも知り、荊州水軍を精強に鍛え直したであろうし」

「いま曹操軍に併せられた水軍は、一度は降伏した兵です。しかも、黄祖が潰れているので、ただ数だけの水軍に過ぎません。荊州水軍で、まともに戦ができたのは、黄祖しかおりませんでしたから」

「その黄祖も、われらの水軍の敵ではなかった」

「殿も劉備も、お互いにいま曹操と闘うことは、好都合なのですよ。少なくとも、あと二年後、三年後に闘うよりは、勝てる要素はずっと多いのです」

「同盟は、必然か。いまならば」

「確かに、いまならば」

孫権が頷き、鈴を鳴らして従者を呼ぶと、また酒を命じた。

「兄上が、私の重荷になる、そういうことはなくなった。兄上が生きておられたら、ともあまり切実には感じなくなった」

「私もです、殿。孫策殿は、孫策殿。殿に従うと決めた時から、そう思っております」

「天下が見えてくる、と言ったな、周瑜。この戦を凌ぎきったら、天下が見えてくると」

「荊州を、攻略できましょう。揚、荊二州があれば、益州も奪れます。劉表に奪る気がなかったので、益州は独立した国のようになっていたのですから」

「すると、この国は大きく二つに分かれるのか。中原に河北四州を併せた曹操と、南の広大な三州とに」

「雍州にまだ残る独立勢力、涼州の馬超。これは曹操につくとは思えません。われらにつくことも、ありますまい。南北のぶつかり合いの結果を、じっと見ているはずです。だから、この戦を凌ぎきれば、次には曹操と雌雄を決することになるのです」

「天下が、まず二つに」

「そこから、殿の天下統一も見えて参ります。そこまでつきつめて考えれば、いま曹操と講和をはかるなどということは、してはならないのです。私は、そう思い続けてきました」

「私は、素晴しい友を、兄を持ったと思う。それだけでも、生まれてきてよかったと思える」

従者が、酒を運んできた。本営は活気づいているが、孫権の居室は静かだった。

こういう思いで、酒を飲めるのは、最後になるかもしれない。待っているのは、滅びなのか。それとも、天下への道のとば口なのか。はじまる。はじまったら、もう終りなどは見えない。

孫権も、ほとんど言葉を発しなくなった。

天下への道。幻で終るのか。夢としてそれを掴むのか。心は、乱れてはいない。なんの迷いもない。孫権も、同じだろう。

陽が落ち、夜だけが静かに更けていった。

翌朝も、晴れていた。

その男の姿を見たのは、本営から少し離れた丘の上だった。

風にむかって、立っていた。眼下には、朝の光を照り返す長江が拡がり、遠く対岸まで望むことができた。

馬を降りて警固の者たちを止め、周瑜はひとりで男に近づいていった。

男は、そばに立った周瑜に気づき、一礼すると白い歯を見せて笑った。穏やかそうだが、眼に猛々しい光がある、と周瑜は思った。

「はじめて、お目にかかります。諸葛亮孔明と申します」

若い。まだ三十にはなっていないだろう。

「周瑜、字は公瑾と申します」

諸葛亮が、また笑った。

「実に、整然とした水軍です。長江が嬉しそうですよ」

「ほう、長江が」

「川も、自分にふさわしいものを求めるのではないだろうか、と眺めていてふと感じたのです」

「人も、そうでしょう、諸葛亮殿」

「空も、星も、そして天下もでしょうか」

「どうでしょう」

周瑜は、ほほえんだ。

猛々しい眼の光の奥に、なにか広々としたものを感じたのだ。

「しかし、北風が強い」

なにげなく、という感じで諸葛亮が言った。かすかな戦慄に似たものが、肌を走るのを周瑜は感じた。

「そうです。北風の季節なのですよ」

諸葛亮と眼が合った。

もう、笑ってはいなかった。

風下の利

1

出撃。

城塔に揚がる旗が、曹操のいる旗艦からもはっきりと見えた。

はじめての、水上への出撃である。

すでに、先鋒は動いているはずだ。遥か陸上からは、騎馬隊のあげる土煙が見える。

覇業。その言葉も、曹操はしばし忘れた。兵は美しい。軍勢は美しい。それだけが、心をとらえている。

「進発します、丞相」

賈詡の声で、曹操は楼台の胡床（折り畳みの椅子）から腰をあげた。艦が、ゆっくり動きはじめている。江陵の城壁に並んで見送る兵たちから、鯨波があがった。

先鋒の進軍。中軍の展開。すべてうまくいっている、と注進が入る。注進は、六挺艪の小船だった。陸上からの注進も、それで入る。見ていて、胸がすくような速さだった。

「軍の動きは、すべて遺漏はありません。丞相が思い描かれている通りの、進軍であります」

「かたちで、戦ができるか」

曹操は、頭の中を戦に切り替えた。兵の健気さや果敢さ。そんなものに心を動かしてしまう甘さが、心の底にあるのだという自覚が、曹操には以前からあった。それは、弱さと言ってもいい。自分で、それを押し殺してきた。

「陸兵を、遅らせるな。命がけで駈けさせよ。船隊に遅れたら、夜も駈けるのだ。賈詡、大軍だからこそ、これは大事なことだぞ」

「はい」

「寡兵で大軍にむかわざるを得なかった時から、私の戦は変ってはおらぬ。覇王の戦と言っている者もいるそうだが、私は、まだ耐える。耐え続けて、ここまで来たのだ」

周囲には、艦が十八艘いた。それぞれに、数百の兵が乗っている。先鋒にも、二十艘の艦がいて、後方はもっと多い。一艘の艦に、十艘ほどの中型の船がつき、それよりさらに多く、艨衝と呼ばれる攻撃用の船がいる。

劉備軍三万弱は、揚州軍と合流するようだ。揚州軍の総帥は、周瑜という若い将軍だろう。程昱にやらせた、孫権の幕僚への工作は、うまくいかなかった。どこかを切り崩すということも、いまのところ成功していない。

「丞相、船室へお入りいただけませんか。楼台は、風が冷たすぎます」

「この冷たさを、骨身に沁ませながら進軍するのだ。こういう時こそ、楽な戦をしてはならん」

賈詡が、頷いた。

曹操が船室へ入ったのは、五錮の者が報告のために小船から乗り移ってきた時だった。

荀攸と二人で、報告を受けた。

揚州水軍が、ついに柴桑を進発した。

「総帥は、周瑜。二日前の進発です。溯上のためか、進軍の速度はゆっくりしております」

総帥が周瑜であることなど、これまでの揚州軍の戦を見ていれば、考えなくともわかる。いつもの、五錮の者の報告らしくなかった。つまり、なにか異変があるということだ。

「全軍で、三万です」

五錮の者が言う。

曹操は、不意に肺腑を抉られたような気分に襲われた。

「どういうことだ。揚州軍十三万という報告を受けているぞ」

荀攸が言った。

「北の州境に二万。柴桑と鄱陽に十三万。そういうことだったではないか。十万は本隊であろう。それは、どうした？」

「三万を、周瑜が率いております。鄱陽あたりにいた十万は、消えました」

「消えたと。十万の軍が、たやすく消えるか」

「それを、いま懸命に探っております。わかっているのは、数万規模の船隊が、長江を下っていったということです」

「下った、というのだな」

五錮の者が、頷いた。さらになにか言おうとする荀攸を、曹操は押し止めた。

「孫権は、いずこに？」

「柴桑です。動いておりません。その姿も、確認しております」

「よし、新しいことがわかり次第、速やかに報告に参れ。昼夜を問わぬ」

五錮の者が、船室を出ていった。

「丞相」

「慌てるな、荀攸。まだ、敵と遭遇するのは数日後のことだ」

罠がある。埋伏の計か。しかし、水上である。とにかく、いまのところ、揚州軍の本隊は三万ということだ。劉備軍と併せても、わずかに六万足らず。

まだ若いというが、周瑜という将軍の胆力は、瞠目に値する。六万で、三十万に本気でたちむかう気ならばだ。

「次の報告を待とう、荀攸」

「はい。慌てて情況判断を誤らぬよう、自戒いたします」

その間も、艦は進んでいた。水の流れに乗っているので、かなり速い。

十万を、埋伏させた。ひとりになると、曹操はそう呟いた。

埋伏させようが、正面に出してこようが、十万は十万と思うことだ。そして、正確に情報を知ることだ。

その日は、江陵（こうりょう）から百里（約四十キロ）ほど下ったところで、進軍を止めた。陸上の進軍は、やはり遅れているようだ。唯一、張遼（ちょうりょう）の率いる軽騎兵だけが、錨泊地（びょうはくち）に到着していた。

「十万の行方を見定めるまで、張遼にはあまり先行するなと伝えよ」

曹操（そうそう）は、船室で長江（ちょうこう）の地図に見入った。十万の埋伏。しかし、陸上ではない。水の上なのだ。林の中で身を伏せるやり方では、済むはずがないだろう。第一、十万の水軍となると、おびただしい船の数だ。それを、平らな水の上で、どうやって隠すというのだ。

若造（わかぞう）が、思い切ったことをやる。曹操はそう呟いた。十万の兵と船を、いまのところきれいに隠している。

見張りを、厳重にさせた。錨泊は、すべて北岸である。風を背にし、長江の中央に舳先（へさき）をむけている。陸上には続々と兵が到着しはじめているので、そちらからの夜襲はどう考えても無理だ。

船室で、眠った。戦場では、眠れずに苦しむことはない。頭痛も情欲も、忘れてしまっている。

遮光してあるので、従者が起こしにきた時は、もう明るかった。陸上の兵は、すでに進発している。曹操は、抜錨の合図を出した。

艦が、動きはじめる。

「水が合わず、腹をこわす者が出はじめています」

賈詡の報告を受けた。

「夜間に、気になることはなにも起きていません」

水が合わない。遠征では、いつも気になることだった。江陵の水は、一度沸かして飲ませていた。船の上では、気軽に火を使うわけにはいかない。

艦はいつか長江の中央に出て、流れに乗っていた。

注進の小船が近づいてきたのは、四十里（約十六キロ）ほど進んだ時だった。五錮の者である。

「ほう、十万は長江を下ったか」

「はい、鄱陽や皖口にいますが、長江沿いに小船隊が展開している、ということのようです。柴桑から、三万の本隊を追うようにして溯上した船隊がおりましたが、四十里ほどのところで錨泊し、動く気配を見せません。およそ五千の兵力です」

つまり、長江沿いに、ずっと船隊を展開させたということだ。長い筒のような陣を敷いている、という見方ができそうだった。

「こちらの大軍に、わずか三万の船隊でぶつかろうという気か」

唸るように、賈詡が言った。

「ひと呑みにすればよい、と私は思います、丞相。揚州まで引きこんで叩こうというのでしょうが、あまりに陣がのびすぎています」

「そうも見える。違うかもしれん。さらに細かい、布陣の位置を調べさせよう」

いやな予感があった。

長い筒のような陣形の中に入っていけば、側面から、後方から、と攻撃を受けることになる。しかし、そういう陣が可能なのか。

「とにかく、三万とぶつかるところまでは、進むべきだと思います。陸上からも、圧倒的な軍勢が進んできているのですから」

三万の本隊だけが、突出しているという恰好だった。それを打ち破るのは、それほど難しくはなさそうだ。

「いまのままの速度で、進め。劉備軍は、樊口だ。途中でそれを拾うつもりなのだろうが、むしろ好都合と言っていい」

「ひとまとめにして、打ち破ることができます。劉備に、船はほとんどないはずです。陸上にはおられず、かといって水上では役に立たず、やはり稚拙な作戦としか思えません」

長江沿いの布陣を、どう見るのか。柴桑より上流ならば話はわかるが、主力は下流なのだ。

その日も、百里ほど下った。

夜間の、船の移動は禁物だった。船同士がぶつかれば、収拾がつかなくなる。このままなら、あと三日で洞庭湖である。海のように広い湖だという。船隊の編成を変えたければ、そこでじっくりとできる。流れを下るので、水上の兵の疲労はまったくない。

周瑜が、このまま三万だけで突出してくることは、あり得ない、と何度も曹操は考えた。十倍の兵力。それよりずっと多い兵力にたちむかった経験が、自分にはある。しかし、正規軍ではなかった。老人や女まで混じった、青州黄巾軍百万だったのだ。

いま、自分の軍にまともに立ちむかえる者が、何人いるのか、と曹操は思った。劉備でさえ、逃げる。部将の指揮ならばともかく、自分が指揮しているとわかれば、間違いなく逃げる。

周瑜という男は、揚州平定戦で確かに見事な戦をしているが、揚州外で闘った経験は、せいぜい江夏攻めぐらいのものだ。ほんとうのこわさを、まだ知らないのか。

しかし揚州には、程普、黄蓋、韓当といった者たちがいる。孫堅のころからの部将で、曹操もよく知っていた。さすがに孫堅、と思わせる者たちである。騎馬で揉みに揉んで揉み潰す孫家の戦は、その三人が築きあげたところもあるのだ。

その三人が、周瑜という若者の下風に立って、それを肯んじている。それだけのものを、周瑜は持っているということか。

「程昱」

不意に思いついて、曹操は呼んだ。

「何事でございます」

やってきた程昱は、眠そうな顔をしていた。どうやら、船にはあまり強くないらしい。

「孫家への工作で、武官は誰に当たった？」

「新参で、甘寧という者。ほかに恵まれていないと思われる部将二名ほどに。古くからの揚州の豪族で、孫家の支配に不満を抱きそうな者は、見事なほど全員が処断されております。それに、甘寧もそうでしたが、武官は主戦派です。つけ入る余地が、あまり見出せないのです」

「程普、黄蓋、韓当というあたりは？」

「揚州軍の、頂上にいる将軍たちでございますぞ」

「しかし、頂上にいるだけで、実権は周瑜のものではないか。孫策が独立したころから、揚州は水軍を育てはじめた。いまは、精強無比の水軍となっている。しかし、頂上の三人は、あくまで野戦の将軍なのだ。水軍では、役に立たぬ」

「その三人の心に、隙があるかもしれない、と丞相はお考えなのですね」

「当たってみても、無駄ではあるまい」

「そこまで、考えてはおりませんでした。揚州では、文官の降伏論が強かったものですから。降伏論のくせ、思いのほか文官は強固にまとまっている、というのが私の印象です。そうですか、老将軍三人を」

「陸を行け、程昱。その方が動きやすい。今夜のうちに、小船で上陸せよ」

程昱が、拝伏して退出した。皺の中にあるような眼が、一瞬だけ光を放った。

それから、曹操は床についた。

大きな艦でも、多少は揺れる。その揺れが、眠りを誘うようだ。

翌朝は、霧だった。

遠くが見通せない、というほどではない。出発した。霧は、川の中央の方が深いようだった。それでも、周囲の船影ははっきりわかる。陽が高くなるにしたがって、その霧も消えた。

注進の小船が近づいてきたのは、二十里（約八キロ）ほど下った時だ。五錮の者だった。ほかにも斥候をかなり出しているが、そちらからの報告はない。

「なんと、揚州軍が、すでに樊口へ到着しつつあると」

「はい」

「われらより遅いのに、なにゆえだ」

曹操がとっさに考えたのは、別働隊がいたということだ。しかし、別働隊が突如として姿を現わさなければならない理由が、どこにあるのか。

「間違いなく、周瑜率いる本隊です。夜を徹して、進軍していたものと思われます」

「この風の中、霧の中を、夜を徹して進んできただと」

長江の地図に、曹操は眼を落とした。確かに、昼夜兼行で進めば、柴桑から樊口に到着するころである。

急がなければならない理由が、なにかあるのか。それとも、こちらの攪乱を狙っているのか。いずれにしても、いまのところ意表を衝かれることが多い。

艦は動き続けている。曹操の命令がないかぎり、その動きを止めることはない。

はじめに思い描いた通りに、進むしかない。ひとりになると、曹操はそう考えた。

長い戦乱を闘い抜いた自分が、あらゆることを考えて決めたのである。

朝方、風がやんだ時は霧が多いが、大きく天候が崩れそうな気配はない。

周瑜は、なんのために急いでいるのか。もう一度考えてみたが、曹操にはやはりわからなかった。勝ち急ぐことは、死に急ぐことでもある。

いずれわかる、と曹操は自分に言い聞かせた。

2

揚州軍の船を見るのは、はじめてだった。

荊州の船とは、いくらか違う。艦の楼台の位置が違う。艨衝も荊州のものよりいくらか細く長い。長い分だけ艪を多く使え、速いのだろうと想像できた。

もとより、劉備は水軍については詳しくない。野戦を重ねて、ここまできたのだ。

揚州との同盟が成ったということは、孔明からの知らせでわかっていた。孫権が、降伏論を押さえて、開戦を決定したらしい。全軍十三万。攻撃軍の総帥は周瑜。知らせは、そこまでだった。

「大兄貴の方から、挨拶に出向かれるのですと。そんな必要はない、と俺は思います」

劉備が、陸上に幕舎を張った周瑜の陣に行こうとすると、張飛が意外そうに言った。

「大兄貴は、孫権と対等の同盟を結ばれた。周瑜は、孫権の部将にすぎない。いわば、俺と同格だ。違うかな、小兄貴?」

問われた関羽は、ちょっと考える表情をしている。

同盟といっても、細かい取り決めをしたわけではない。とりあえず、曹操の大軍にはともに当たろう、というだけである。

それでも、孤立していた劉備軍にとっては、大きな救いだった。孫権が、揚州の奥深く、建業のあたりまで曹操を引きこんでぶつかろうと考えたら、同盟などあり得ず、劉備軍はただ逃げるしかなかった。

戦術としては、あり得ないことではなかったのだ。大軍である曹操は、遠征路が長ければ長いほど、兵站の難しさを抱えることになる。曹操軍を疲弊させるだけの広さが、揚州にはあった。まして、北からの遠征軍なのである。そして、地の利も揚州軍のものとなるのだ。

荊州江夏郡内を戦場に選んだのは、孫権や周瑜が揚州を侵されることを嫌ったためか。それとも、孔明の説得が実ったのか。

「張飛、やはり私の方から行くべきだ。揚州軍が、ここまで来てくれたというかたちなのだからな。対等とか同格とか、そんなことを言い募っても、意味はない」

全体として、孔明が思い描いた通りの展開だった。江陵を奪った曹操は、やはり揚州を攻めることを、こらえきれなかった。揚州軍の力を最大限に利用して、曹操と闘うことができるのだ。

「兄上が行かれることに、私は異論がありません。ここは、つまらぬ見栄を張るべきではありますまい」

張飛はまだ不満顔だったが、それ以上言おうとしなかった。

従者を五名だけ連れて、劉備は周瑜の幕舎を訪った。

三十そこそこの青年だった。眼に不敵な光があるが、はっとするほど端正な顔立ちをしていた。部将たちが、周囲に控えている。

「見事な船隊ですな」

名乗り合ってから、劉備は言った。

「曹操の船隊は、もっと見事でしょう。外見だけは、ということですが」

「どれほどの兵力を、率いてこられました？」

「三万」

十三万ではなく、三万と周瑜ははっきり言った。

少なすぎる。多分、曹操軍の先鋒にも満たないだろう。劉備が見つめると、端正な顔がほころんだ。

「少なすぎる、と思っておられますね」

「失礼だが、そう思わずにいられません。戦にもならない、と私は思いますが」

「曹操も、思うでしょう」

「曹操の戦は、甘くはありません。何十倍の兵力があろうと、それを恃みにする男ではないのです。奇襲なども、通じにくい相手です」

「充分に、心得ています。とにかく、われらは三万です。そして、勝ちます」

周瑜の脇には、程普、黄蓋、韓当という老将も控えていた。孫堅のころからの部将で、一緒に闘ったことも何度かある。

この歴戦の老将たちが、黙って周瑜に従っているのか。とすれば、なにかを納得しているはずだ。長江で果てることを、納得しているわけではあるまい。周瑜の、戦のやり方に同意し、勝てるとさえ思っているということだ。

「劉備殿は、水戦はただ御覧になっていればよろしいのです。水の上は、やはりわれらが受け持つべきでしょう」

「しかし」

「陸戦に移れば、劉備軍の働きどころはいくらでもあるはずです」

　明晰な分析力と、完成された判断力を持っている、と孔明からの書簡にはあった。船を使った戦では並ぶ者がなく、弱点は多分陸戦にあるだろう、とも書いていた。

「われらは、さらに長江を溯上します。陸口あたりまで、当然ながら劉備軍も運びましょう」

「陸口が、決戦場になる、と見ておられるのですか？」

「それは、まだわかりません。戦は、相手があることですから。相手の動きによっては、また樊口まで引き返してくるかもしれません。ただ、いまのところ、陸口より下流域を決戦場にするつもりはないのです」

　陸口より下流になると、湿地帯が少なくなる。曹操軍の主力である騎馬隊が、働きやすいと周瑜は見ているのだろうか。

若いくせに、不思議な威圧感を持っていた。端正な顔立ちが、さらにそれを増幅させる。かつて出会ったどの武将からも、こんな威圧感は感じなかった。

「とにかく、水戦は任せていただくしかないのです、劉備殿」

「わかりました。もともと、三万の兵で曹操にむかわなければならない、と思っていたのです。周瑜殿がこられて、それが倍になった。おまけに、水軍もある」

劉備が笑うと、周瑜もほほえんだ。

「関羽殿や張飛殿は、御健在なようで」

程普が、口を挟んだ。黄蓋と韓当は、横をむいたままという恰好だ。

「あのお二人の勇姿は、いまだに私の夢に出てきます。まさに、一騎当千とは、あのお二人のためにあるような言葉ですな」

「いまは、趙雲と申す者も、幕下に加わっております。二人と較べても、勝るとも劣らない胆力を持っております」

「曹操ですら羨むような武人を、三人も擁しておられますか」

「しかし、不憫です」

「なにがです？」

「主君に恵まれていないのですよ。孫権殿、あるいは曹操のもとにいたとしたら、いまは三万、四万の兵を率いる部将でありましたろう。それが、いまだ流浪の身同然です」

「なにを言われます。関羽殿は、曹操に執拗に仕官を求められても、断り続けたという話ではありませんか」

「主君思い、というより兄思いなのですな。関羽と張飛は、私の弟ということになっております」

それから、趙雲のことについて、程普が二つ三つ問いかけてきた。答えている劉備の顔を、周瑜がじっと見つめている。

「とにかく、明日の夕刻、遅くても明後日の朝、物資を運ぶ船隊が到着します。魯粛が指揮して参りますが、同じ船に、諸葛亮殿も乗っておられます。そのお二人を拾いあげて、陸口にむかおうと思っております」

「承知いたしました。全軍が船というのも大変です。歩兵の一部は、明日の早朝には陸口にむかわせることにいたします」

周瑜が頷いた。

さすがに幕舎の外まで見送りに出てきたが、戦については結局一方的に伝達を受けただけだった。関羽も張飛も伴わなくてよかった、と劉備は思った。関羽は正論を並べはじめるだろうし、張飛は劉備の肚の中を読んで、代りに怒りはじめるだろう。

若造が、という気持はあった。しかし、自分が周瑜の年齢のころはどうだったのか、とも思う。いや、もっと若いころから、朱儁や皇甫嵩などという将軍より、自分の方がずっと優れていると思ってはいなかったか。黄巾討伐のころは、漢王朝の何人もの将軍に会った。その下で義勇兵として戦に参加しながら、いつも自分の方がと思っていたものだ。

あのころの朱儁や皇甫嵩の年齢に、自分はすでに達しかかっている。

「どうでしたか、軍議は？」

幕僚たちが待っていた。関羽、張飛、趙雲だけでなく、劉琦に従った者たちが三人いる。六人を前にすると、幕僚という感じにはなってくる。

「水軍の戦は、周瑜殿に任せることにした。船も、三万規模で、われらが乗ると重くなりすぎる。揚州軍は、ここからさらに陸口あたりまで進む気だ。一万はその船で運んで貰うが、残りは関羽と張飛が指揮をして、陸上を行く。それは、すぐに出発だ」

「とすると、陸口あたりが決戦場ですか？」

張飛が言う。

「あのあたりは、湿地が多いところですが」

「それは、大軍にとっては不利になる」

「なるほど」

周瑜の幕舎で戦術を話し合ってきた、とみんなに思わせるような喋り方だった。言葉は丁寧だったが、黙って見ていろという意味のことを言われた。それを、関羽たちに喋ったら、揚州軍との間に無用な反撥を招くだろう。

「水戦が先ですか」

「そうなるな、張飛。水軍がなければ、曹操も揚州へたやすく進めはしない。とにかく、水軍を叩くことが第一なのだ」

「しかし、三万ですか。後続は？」

「三万のみで、周瑜殿は闘う気らしい」

「曹操の水軍の大部分が、荊州の兵だと言っても」

「勝算はある。そういう言い方であった。とにかく、水戦は周瑜殿に任せるしかない」

「わかりました。二万の軍は、直ちに陸口へ移動します」

劉備は頷いた。

幕舎に入ると、ひどく疲れたような気分になった。

ぼんやりしていると、伊籍が入ってきた。

「劉琦様が、ほとんど食事もとられなくなりました。病というわけではないのですが」

劉琦がいる。劉備はそう思った。降伏し、曹操の先兵となっている荊州兵にとっては、前の主君の長男である。そうだというだけで、荊州兵の矛先は鈍いものになるだろう。懦弱でふるえていたとしても、兵一万でも及びもつかないほどの価値がある。

「曹操軍八十万と聞いたのが頭に焼きつき、夜も眠れぬという状態なのです」

「しかし、劉琦殿はここで踏ん張るしかないのだ。ここ以外では、どこにも受け入れて貰えぬ。曹操とて、劉琮の降伏を容れたからには、劉琦殿は受け入れられぬ」

「わかっております。劉琦様も、頭では理解しておられるのですが」

「勝敗が決するまで、それほど長くはかからぬ。伊籍殿に、なんとかして貰うしかない」

なんとか生かしておけ、という意味をこめていたが、伊籍はそう受け取りはしなかっただろう。深い息をついて、幕舎を出ていった。

なんとしても、劉琦を利用できるところまでは、もちこたえなければならない、と劉備は思った。いずれは、劉琦の名が生きる状況も、出てくるはずだ。

関羽と張飛が、陣を払って出発していった。

残りの一万弱は、趙雲の指揮下である。いつでも、船に乗れる態勢は整えていた。

輸送船で、孔明と魯粛が到着したのは、翌日の夕方だった。

すぐに、程普から乗船してくれと言ってきた。輸送船の荷は、すでに艦に振り分けて積みこまれている。

「いかがでしたか、周瑜将軍の印象は？」

孔明が、声をひそめて言った。

「私を、怒らせようとした、という気がする。しかし孔明、兵が三万とは、どういうことなのだ？」

「長江沿いに、点々と陣を敷いているのですよ。それがおよそ十万。そこへ踏みこめば、曹操は負けるでしょう。実に巧妙です」

「しかし、曹操はそれほど甘くはない」

「周瑜も、そのあたりのことは読んでいます。三万を叩こうとすると、罠ともいうべき陣の中に逃げこむ。そこへ追って踏みこむ危険はすぐ悟るでしょうから、結局はどこかで睨み合うということになります。その場合の要地は、陸口と蒲圻です。地図を思い浮かべてください、殿」

「なるほど」

長江は夏口方面へと大きく北へ迂回しているが、陸口さえ奪れば、真直ぐ東へ陸上を進んだら、柴桑である。柴桑の防衛に、まず陸口を固めるということだろう。

「陸口より上流を、水軍の決戦場にする。それは、柴桑を守るという意味もあったか」

「周瑜は、作戦の目的のすべては明しますまい。また、本心も見せますまい」

「しかし、驚いた。若いなどと、言ってはいられない」

「この作戦は、戦略に沿ったものだ、と私は見ています。つまり、戦略に沿って戦術を組み立て、なおかつ勝利も摑もうとしています。実に、並々ならぬ将軍です」

「その戦略とは？」

「戦術的には、揚州に曹操軍を引き入れ、これを叩くのが最上です。しかしこの場合、曹操は江夏あたりに大兵站基地を作るでしょう。ならば、たとえ曹操を叩けたとしても、江夏まで押し返すだけです」

「陸口の上流で叩ければ」

「江陵まで、曹操は退かざるを得ません」

「周瑜の戦略は、江陵の手前まで、つまり荊州の東を呑みこんでしまうということか？」

「なかなか。江陵を奪り、夷道に兵を進めます。夷道から、大きな道があるではありませんか。長江という、巨大な道が。そこを通行するための水軍は、充実しています。少なくとも益州水軍の十数倍、質も量も勝っています」

「まさか、益州を？」

「壮大な野望でございます。曹操が覇道の完成を目指して揚州を追いつめる。ただ防ぐ。ただ追い返す。周瑜の頭には、そんなことはありません。撥ね返す勢いを、そのまま揚州の覇道の出発にしようというのです」

「益州を奪れれば」

「揚、荊、益の三州は広く豊かで、国土の半分以上を占めます。南北で、雌雄を決するということになります。つまり、周瑜の天下取りの戦略は、天下二分」

劉備は、息を呑んだ。三十万という大敵を前にして、そこまで考えられるものなのか。しかも、聞くかぎりでは、きわめて現実的で実現は不可能ではない、と思える。

それほどの戦略を賭けた戦の中で、自分はなにをしているのだ、という思いが否応なく劉備を襲ってきた。生き延びることだけを、考えはじめていないか。

「周瑜の戦略が大きければ大きいだけ、われらにも動く道が見つけ出せると思います。曹操の水軍を、周瑜が破ったらの話ですが」

「私など、それをまず考え、そしてそこまでしか考えない。どういう頭をしているのだ、孔明も周瑜も」

劉備軍の乗船は、すでにはじまっていた。

「孔明、私はいずれ劉琦殿が役に立ちそうだというような、小さなことしか考えていなかった」

「役に立ちます。必ず」

「しかし」

「殿のお心と志を、戦略というかたちにするために、私がおります」

「そうだ。そうだったな」

「参りましょう。どうせなら周瑜の旗艦に同乗して、揚州水軍の動きを、しっかりと見てやりましょう」

孔明が笑った。

風が冷たい、と劉備は思っていた。

3

広いところに、迷いこんだ。

南にむかっているので、追風である。帆を張っていたので、かなりの速さになった。どこまで進んでも、岸はなかった。長江は広いというが、十五里（約六キロ）進んでも、まだ岸が見えないということがあるはずはない。曹操は、停船の合図を出した。

流れが急なところから、ほとんど流れがないところへ入った。そんなものかと思ったが、どうも湖に迷いこんだようだ。本来なら、長江は大きく曲がって北東に流れを変える。

「洞庭湖に入ったようだと、先鋒から注進が届きました。どういたしますか？」

部将のひとりが、問いかけてくる。

「入ったら、出ないわけにはいくまい。元の、流れの強い場所まで戻るのだ」

しかし、大船団の反転はたやすいものではなかった。ようやく全船が方向を変えたが、逆風が強く、遅々として進まない。

陽が落ちてきた。

曹操は、投錨を命じた。

「申し訳ありません、丞相。流れがなくなった時に、気づくべきでありました」

先鋒にいた徐晃が、小船で飛んできて平伏した。

誰のせい、という言い訳を、曹操は認めない。それをよく知っているので、徐晃はただ謝っている。しかしこれは、どう見ても先導を一任された蔡瑁の責任のはずだった。長江のことなら隅々まで知っている、と蔡瑁は豪語していたのだ。決して信用していい男とは思わなかったが、実際に長江を知っているのは蔡瑁だけだった。

「大きく迷ったものだ」

「逆風が強く、特に大型の船があまり進めません。明日には、必ず長江の流れを見つけ出します」

「蔡瑁が、そう申したのか？」

「いや、それは」

「おまえが、蔡瑁をそう言って脅している、というわけか？」

「水路を見つけ出すのは、先鋒隊の使命であります」

「もういい。とにかく、明日は長江へ出たい。私がそう希望している、と蔡瑁に伝えておけ」

徐晃はまた平伏し、船室を出ていった。

「荊州の水軍は、当てにならぬな」

両脇に控えた、荀攸と賈詡に、曹操は言った。二人とも、苦りきった表情をしている。

「蔡瑁の」

「お待ちください、丞相。蔡瑁には、まだ使い道があります。それに、やはり長江をよく知っているのは蔡瑁です」

賈詡が言った。曹操は、首を刎ねよと言おうとして、遮られたのだった。

「ここで首を刎ねられたら、荊州兵は自分たちがやはり降兵の扱いしかされていない、と思うだけでしょう」

荀攸も付け加えた。

「使い道とは、賈詡？」

「前線で闘わせ、その間に敵の実力を測ることができます」

「死に兵か、袁紹が好きであった」

「ただ死なせる、と言っているわけではありません。闘い抜けば、生き残れます。袁紹は、囮にするなど、まさしく死に兵でありましたが、少なくとも蔡瑁は闘えます」

「しかしな」

「丞相、わが軍の軍規を、そのまま荊州兵に当て嵌めても、理解はされないと思います。それより、賈詡が申すようにする方が、われらには得策です。水戦の経験のないわれらには、やはり防壁が必要なのではありますまいか」

「わかった。二人がそう言うなら、蔡瑁の首を繫げておこう」

不機嫌に、曹操はそう言った。

夜半まで、曹操は各船から出された報告書を読んでいた。病人が続出し、死ぬ者まで出てきていたのである。それが気になって、各船に報告書を出させた。

四十人ほどが死に、二千人ほどが発病している。悪疫の兆しである。従軍している医者の報告書も入っていたが、長江の巻貝を半分生で食した兵が発病していた。すでに、支給される兵糧以外は食うな、と通達は出ていた。水に当たったというだけでは、説明がつかないほどひどい症状だから、やはり毒のある食物をとったのだろう。

夜半からは風がやみ、静かになった。めずらしく眠れず、曹操はさまざまなことを考えた。

急ぎたくなるような要素が、揃っている。水軍はどこか心もとないし、敵はわずかで、主力はずっと後方だ。力押しが、有効なのかもしれない。三十万という圧倒的な大軍を維持している間に、敵に痛撃を与えておくべきだ。幸い、疫病は荊州兵に多く、北の兵で具合が悪い者たちは、水に当たったと判断できた。

しかし、急ぐべきではない。とにかく、周瑜の水軍を全力で叩き、潰滅させたら、態勢を整え直すべきだ。なんとか柴桑まで落とし、場合によってはそこに腰を落ち着けてもいい。荊州江夏郡を放棄するだけなら、孫権にもそれほど抵抗はないだろう。

夜が明けてきた。

曹操は賈詡を呼び、全船に抜錨命令を出させた。霧が深い。周囲の船が、ようやく判別できるほどの、視界の悪さだ。しかし、進む方向は北と決まっていた。霧があれば、風はないのである。

「きのう、南に下りすぎた分を、できるだけ取り戻します」

賈詡が、船室に入ってきて報告した。

霧で躰が濡れるので、曹操は船室から出なかった。


船隊が動きはじめていた。

周瑜は、全船に艪を出させた。艪の音で、敵に気づかれることはもうない。全船といっても、艦はなく、艨衝と快速の中型船だけだった。

敵が洞庭湖に迷いこんだという報告が入った時、迷わず周瑜は百二十艘を率いて出撃した。艨衝の指揮は、黄蓋である。

夜の闇も、朝の霧も、揚州水軍にとってはなんでもないものだった。その中で移動する調練は、いやというほど積んでいる。

夜を徹して進み、夜半には洞庭湖に入っていた。曹操の水軍に、一度こちらの力を見せつけておく、いい機会だった。曹操のこれまでの戦を、詳しく検討したのは、二年ほど前のことだ。いずれ蔡瑁とぶつかる。それはもう見えていた。だから、できるかぎりのものを集めた。さすがに、思わず唸り声が出るほどの、戦をくり返してきている。なによりも、果敢だった。緒戦に勝ちを取って、それから耐え抜く。そういうかたちが多かった。

ある時期まで、曹操は寡兵で大敵に当たるという戦を、強いられていた。最初から、いまのように巨大ではなかったのだ。

いま周瑜にできるのは、かつての曹操の戦だった。時に果敢に、時に粘り強く。それで一瞬の勝機を摑む、という戦だ。

「先鋒は、どれぐらいまで近づいている？」

そばの兵士に、周瑜は訊いた。相手の艪の音で、距離を測る。その訓練をした兵士が、周瑜の軍には十名ほどいた。というより、それほどいい耳を持った者が、十名ほどしか見つからなかったということだ。

「すでに、三里（約一・二キロ）まで近づいております」

頷き、周瑜は艨衝に合図を出した。霧の中で、すべて終らせてしまった方がいい。霧に隠れて見えなくても、大軍の圧力は肌で感じた。

圧倒される気持を押し返し、周瑜は太鼓を打たせた。

百艘の艨衝が、突っこんでいく。周瑜も、船を進めた。艨衝は、舳先に尖らせて鉄を付けた丸太を突き出し、敵船の船腹にぶつかる。その時、離脱できない艨衝も出てくる。船を捨てて水に飛びこんだ水夫を、できるかぎり収容するようにしていた。艨衝はいくらでも建造できるが、艨衝の水夫を育てるのは、かなりの時が必要なのだ。船より水夫を大事にする、という習慣を、揚州水軍では作りあげていた。

敵が、混乱する気配が伝わってきた。艨衝が、ぶつかりはじめている。できるかぎり、大型船を狙うように指示を出してあるが、この霧の中だった。混乱した敵が、味方同士でぶつかってくれることを期待できるぐらいだった。

「退却の鉦」

ひとしきり混乱を耳にすると、周瑜はそう命じた。後方の中型船は、前に出す。水中に飛びこんだ艨衝の水夫を、できるだけ収容するためだ。

敵はまだ、混乱している気配だった。しかし、大きな山の一角を崩しただけだ、という気しかしない。混乱の背後にいる大軍の存在感は、やはり圧倒的だった。

次々に、水面から水夫が拾いあげられる。殿軍を黄蓋に任せ、周瑜は長江にむかった。総艪である。船底が平らではないので、揚州軍の船はよく水を切り、速い。各船からの報告が届きはじめた時、すでに長江の流れに乗っていた。霧も風に吹き飛ばされていたが、追ってくる敵の姿はどこにもなかった。離脱できた艨衝、百艘のうち六十二艘。収容できた水夫三百二十。百三十名強の水夫を失っている。

周瑜は、軽く舌打ちをした。あとひと呼吸かふた呼吸、退却の鉦を遅らせるべきだった。そうすれば、水夫の損害は五十名ほどで済んだはずだ。しかし、敵にどういう備えがあるかは、わからなかった。中型の快速船があれば、こちらの損害はもっと大きくなっていただろう。

一応、緒戦はものにした。

いまはそれだけでいい、と周瑜は自分に言い聞かせた。

損害の報告が入った。

艦が一艘、大型船が八艘、中型船が二十二艘。霧の中の、束の間の出来事だった。視界を遮られて味方同士がぶつかった混乱なのかと、曹操が船室を出て楼台に立った時、すでに退却の指示だと思える鉦の音が聞えていた。攻撃を受けたという報告が入ったのは、それからかなり経った時だ。損害の報告は、さらに遅れている。

全体から見ると、大きな損害とは言えなかった。しかし先鋒だけで見ると、中規模の損害と言えた。艦まで、沈められているのだ。

「闇の中を近づいてきて、霧の中で攻撃を受けたということか。それに対して、こちらからはなにもできなかったということか」

「視界がない時の船隊の動きについて、揚州軍は高い技術を持っております。それに較べて、わが軍は人形同然です。沈めた敵船は一艘もなく、離脱できなかった艨衝の水夫を三十名ほど捕えただけです」

賈詡が言った。荀攸も、厳しい表情をしている。

「蔡瑁の首を刎ねて、晒されますか、丞相？」

「そんなことをしても、荊州兵を萎縮させるだけであろう、荀攸。蔡瑁は、屍体になるよりもっと有効に働いて貰おう。死に兵としてな」

曹操は、蔡瑁の鼠のような顔を思い浮かべた。荊州軍を、ひとりで掌握していた。そして降伏した。それに逆らった荊州軍は、十人にひとりもいない。そういうことを見て蔡瑁を評価したが、荊州兵全体が、曹操が考えていたよりずっと腰抜けだったということだ。

それに気づかなかったのは、自分の責任でもある。

「とにかく、長江へ出ろ。そして奇襲隊を追うのだ」

蔡瑁の首を刎ねるなら、水路を間違って湖に迷いこんだ時に、刎ねている。

船隊が動きはじめた。霧は晴れはじめている。ようやく徐晃が小船でやってきた。

「敵が、霧の中を音もなく現われた、というわけではありません。少なくとも、私はしばし艪の音を耳にしていました。なんだと思って楼台に登った時は、敵の艨艟がもうそこにおりました。敵の艪の音は、味方の艪の音とは、拍子も感じも違いました」

「敵だ、と聞き分ける耳がなかったということだな」

「申しわけございません」

艪の音を聞き分けてはいた徐晃は、まだましな方だろう。蔡瑁など、なにが起きたかもわからなかったに違いない。

「黄蓋の艨衝でございました。水に飛びこんだ水夫を収容するために近づいてきた中型船は、周瑜の旗を掲げていたような気がいたします。それははっきりと確かめることはできませんでしたが」

「周瑜と黄蓋が、奇襲隊を率いていたか」

「艨衝は、自分の眼を疑うほど速く、水夫の収容に出てきた中型船も、小船かと思うほど敏捷な動きをしておりました」

手も足も出ないまま、攻撃を受け、去っていくのを見守っていた、ということとなのだろう。損害は微々たるものだが、揚州軍にとっては大事な緒戦であり、こちらが思っている以上の意味を持ったのかもしれなかった。

「丞相、私はこのまま先鋒にいてもよろしいのでしょうか？」

責めを負う、と徐晃は言っているのだった。軍規に照らせば、まず蔡瑁を処断しなければならない。徐晃にまで罪が及ぶかどうか、微妙なところだ。

「今度失敗したら、いかなる理由があろうと死だ、と蔡瑁に教えてやれ。それだけでよい。おまえは、蔡瑁のそばにいろ。船隊を、なんとか陸口か蒲圻まで導くのだ」

「わかりました」

「行け。蔡瑁の頭の中にある、長江についての知識を、全部叩き出してやるのが、おまえの仕事だ」

徐晃が出ていった。

曹操は、ひとりで長江の地図に見入った。陸口か蒲圻で、上陸できないか。そうすれば、東の柴桑まで丘陵の多い土地だ。野戦ならば、自分が指揮できる。いや、先頭に立てる。

水戦でなく、陸戦。曹操の頭は、もうその可能性を探りはじめていた。

夕刻に、陸口に戻った。

船隊は、整然と長江に陣を敷いていた。陸上の劉備軍も、蒲圻にかけての岸沿いで、見事に陣を敷いている。

「軍議だ。劉備軍もともに」

船を降りると、周瑜は淩統に命じた。

諸将が参集するまでの間に、魯粛の報告を受ける。曹操側から、文官、武官を問わず、活発な働きかけが続いていたが、それが張昭や程普や韓当にまで及んでいるというのが、新しい事だった。一緒に出陣した黄蓋にも、多分働きかけは来ているだろう。

おおっぴらな働きかけは、気にする必要はなかった。ひそかな働きかけが、どれほど行われているかだ。

「劉備軍にも、同じような働きかけはあるのでしょうか？」

「もともとの劉備軍には、多分ないだろう。劉琦に従った荊州の部将には、あると考えた方がいい」

「人を寝返らせるのが、得意な男ですからな、曹操は」

こちらから、曹操の陣営にはなにも働きかけてはいない。無駄なことだからだ。ただ、潜魚の手の者は入っていて、いろいろと報告はしてくる。こちらにも、曹操の間者は入っているだろう。

ただ、実際の戦になると、間者の働きどころはあまりなかった。間者に摑ませるための情報を流したりもするので、その報告を頭から信用することはできないのだ。実戦になると、斥候の報告の方が重要になる。

「張昭殿が、曹操側と通じている、という噂が柴桑で流れているそうです。きのう入った報告です。まさかとは思いますが」

「流言に惑わされまい。張昭殿は、確かに講和を強く主張されたが、それも孫家のためを考えてであった。魯粛殿も、そのあたりはわかっておろう」

「確かに。これは、周瑜殿に報告すべきことではありませんでしたかな」

「いや、いい。なんでも、耳には入れて貰いたい」

揚州軍の部将が、すでに集まりはじめていた。

留守にした間の、軍内の細かい報告を魯粛がはじめた。その中には、甘寧と淩統のこともあった。淩統は、いまだに甘寧を父の仇だと思っている。いまのところ、二人が会っても、険悪な空気にはならないようだ。

「どうでございました、曹操の水軍は？」

劉備が到着したという報告が入った。立ちかけた周瑜に、魯粛が問いかけてくる。

「思った以上だった。奇襲が嵌ったのだから、こちらに大した損害はない。ただ、奇襲で混乱はしなかった。小部隊ごとに、指揮者がしっかりしているという感じはある。時をかけて調練を重ねれば、手強い相手になる」

「そうですか」

「いまのところ、こちらが先手を取っている。いつまでも、先手を取り続けられるとは思うまい」

「ちょっとばかり先手を取られたぐらいで、焦るような男ではありませんか」

「百戦練磨だな。水路をはずし、湖に迷いこみ、あまつさえ霧の中だというのに、軍に乱れはなかった。奇襲で崩れることもなかった。あの男が、借りものではない水軍を擁していたらと考えると、肌に粟が立つ」

軍議が開かれる幕舎へ、魯粛と歩いていった。劉備の旗本なのか、三十騎ほどが目立たないように集まっていた。轡を取って兵は立っているが、隙がなかった。三十人でも、さりげない陣形になっている。

こういう兵が、周瑜は好きだった。百人並んでいるより、ずっと頼もしく見える。

軍議の席では、周瑜と劉備が並んだ。劉備軍からは、あとは諸葛亮と関羽が来ているだけである。

「曹操軍の到着は、明後日の朝方になると思う」

周瑜が口を開いた。揚州軍の部将は、十六人出ていた。甘寧と淩統は離れて座っている。

「長江を、埋め尽す大軍である」

一座はしんとしていた。

「ここが、決戦の場だ。私は、水路を誤った曹操軍に、黄蓋とともに奇襲をかけた。抵抗らしい抵抗は受けなかった。数だけの軍、と見ている」

「明後日、ただちに決戦ですか？」

部将のひとりが言った。

「そのつもりでいろ。ただ、曹操が即戦を避け、守りを堅くすると、長くかかる。大軍を突き崩すのは、時が必要だからだ。その場合は、この陸口から蒲圻に船隊を集結させる。劉備軍も、いまの展開のままだ」

「私は、反対です」

陸遜という、若い部将だった。黄祖を討った時、江夏郡に展開させた部隊をひとつ率いている。いまは蒲圻の小さな砦で、三百ほどの兵を指揮している程度だ。

「理由を訊こう」

「この季節、ほとんど毎日、北の風が吹きます。陸口、蒲圻は南岸ではありませんか。北岸の烏林に陣を取った方が、風を味方にできます」

「曹操も、同じことを考える」

「だから、先に取るのです。われらが烏林を取れば、曹操は陸口に陣取らざるを得ません」

「ここが、決戦場だと言ったはずだ。これより下流には、決して曹操を進ませない。そのつもりでやる戦だ。われらが烏林に陣取っていれば、備えだけ残して、曹操は素通りしかねぬ」

「その時こそ、流れに乗って追撃をかければよい、と私は思います」

「備えを三万、上流に残していったらどうする。追うわれらを、その三万が追撃してくる。挟撃に嵌ることになるのではないのか。曹操軍は、空前の大軍だ。大軍であるがゆえに、さまざまな作戦も可能になる。曹操軍をひとつにまとめておくためには、優位な地を譲る必要がある」

「しかし」

「殿は、自ら指揮をし、苦労して江夏郡を奪られた。つまり、江夏も揚州なのだ。一歩も入れることはできん。この話は、もういい。なんとしても、われらはここで曹操を止める」

止めなくても、止まる。周瑜はそう見ていた。そのために、十万の兵力を割き、長江沿いに点々と陣を作ったのだ。地獄の罠を、曹操は多分見抜いているだろう。

長江を進めないとなれば、次に曹操は陸路を狙ってくる。陸口から柴桑までは、陸路でも楽に進軍できる。陸口を渡すことは、ほとんど孫権の本営である柴桑を渡すことに等しかった。そうなれば、柴桑を拠点に、曹操は時をかけて揚州計略にかかることができる。柴桑に腰を据えられれば、負けだった。どうしても、ここで膠着に持ちこみ、次の機会を探るしかない。

風上になる烏林なら、曹操は対峙を納得するだろう。大軍の利を生かし、じっくりと腰を据えて、陸口を奪ろうとするに違いない。水軍には絶対の自信を持てるはずはないので、陸口から上陸できるという誘惑は拒みきれないものになるはずだ。

対峙し、総攻撃を決意する。曹操が、それにどれほどの時をかけるのか。その間にしか、こちらの活路はないのだ。文官、武官を問わず、活発な寝返りの働きかけをしてくるのは、揚州本土に進攻するまでは、できるかぎり実戦は避けたいという、曹操の意志の表れではないのか。

陸遜はまだなにか言いたそうだったが、睨みつけて周瑜はその発言を封じた。

「明日より、全船隊で長江を塞ぐ」

周瑜が言うと、それはもう既定の方針になった。出てきた質問は、編成や合図についてのものだけだった。

軍議が散会した。結局はひと言も発言しなかった、劉備の主従が幕舎に残った。周瑜は、従者に酒の仕度を命じた。酒が運ばれてくるまで、水軍の調練の話に終始した。

「ところで、われら陸兵の役割ですが」

杯に酒が注がれた時、諸葛亮が言った。

「騎馬隊のすべてと、歩兵一万ほどは、十里（約四キロ）後方に退げておきます。それでよろしいですね」

周瑜は、口に運びかけていた杯を、途中で止めた。頷きながら、杯を止めた自分に舌打ちした。諸葛亮は、自分の戦術のすべてを読み尽している。

万一、曹操が陸口に上陸した場合は、本隊をやり過し、後続を断つ。兵站も断つ。それが曹操にもはっきりわかるように、一万数千を十里後方に退げておく。はっきりと、そういう意味のことを言っているのだった。

それによって、曹操はいっそう動きにくくなる。つまり、膠着の時が長くなる。その間に、勝機は摑めるだろう、と言われているような気がした。

北風が強い。柴桑ではじめて会った時、諸葛亮はそう言った。陸遜が北風のことを言った時も、ただ黙って聞いていた。

周瑜がどこで勝負しようとしているか、諸葛亮は読みきっているようだった。それも、いまではなく、はじめからだ。

「上陸する曹操への備えとなっていただければ、それで充分です」

諸葛亮は穏やかにほほえみ、劉備は無表情のままだった。

周瑜は、杯を口に運び、ひと息で呷った。

4

長江を船隊が塞いでいた。

調練を積んだ船隊であることは、遠くから望む曹操にもわかった。船と船の間隔が、測ったように一定である。前衛の前を動き回っている小船も、水鳥のように敏捷だった。

艦が一艘、中央にいる。別に護衛船などつけていないが、それが周瑜の旗艦らしい。

「陸の陣形としても、見事なものだ。かたちだけでなく、気が漲っている」

「私ならば、まともにぶつかることは避けます。たとえ勝てたとしても、犠牲が大きすぎるような気がいたします。持久戦に持ちこむのが、得策かと」

荀攸が言った。

まだ見きわめていない、と曹操は思った。敵の顔が見えるほどに近づいてみる。前衛をぶつからせてみる。そこまで、敵の力量は測り難い。前衛に精強な兵を用いている場合もあれば、中軍が精鋭の場合もある。野戦なら、曹操にはそれが手にとるようにわかる。水上でも、同じはずだ。

このまま長江を攻め下るか、陸上の進攻に切り替えるか、ここで決めるのである。陸上を進攻すれば、柴桑までが限界だろう。それ以上だと、兵站がのびすぎる。柴桑と江陵の兵站を繋ぎ、再び大軍を集結させるためには、一年以上がかかるだろう。揚州軍の抵抗が強ければ、二、三年かかる可能性もある。水軍で長江を攻め下れば、それがひと月で終らせられるかもしれない。長江の上流域を押さえてしまえば、揚州軍の手足をもいだも同然だった。

風は、横からである。揚州軍の船は、中型船が小さな帆をあげているようだった。こちらは、流れに乗っている。帆を使う必要などない。

「進んでいるな、敵も」

そばに立つ賈詡に言った。

「はい、斥候の報告では、艪を使ってじわじわと進んでいるようです」

「それにしては、一糸の乱れもない」

「前衛中央が、黄蓋だそうです」

「またか」

「もともと野戦が得意で、水戦にたけているという話は聞いておりませんが」

孫堅のころからの、部将だった。孫堅は、野戦の将軍と言ってよかった。

かなり近づいてきた。

「手合わせをしてみよう。敵の前衛の右翼は、中型船が目立つ。そこに艨衝を百艘ほど突っこませてみろ。脆ければ、蔡瑁にさらに押させてみろ。徐晃はつけておけよ」

「まずは、瀬踏みのつもりで。艨衝百艘には、総艪の押し走りをさせます」

流れに乗り、風も利用し、艪もすべてを使う。それが押し走りだった。風の強さにもよるが、びっくりするほど速い。

近づいてきた。

味方の艨衝ではなく、敵の船隊の動きに、曹操は眼を注いでいた。

「旗を」

賈詡が命じた。

帆をあげた味方の艨衝が、突っこんでいく。素晴しい速さだ、と曹操は思った。後詰に、蔡瑁の船隊五百艘ほどが突出した。敵の前衛の中型船に、正面から襲いかかったように見えた。中型船が、わずかに動いた。味方の艨衝の姿が、敵の船隊の中に消えた。そして、待っても出てこなかった。

敵は、もとのままの陣形である。巨大な動物が、蝶の群れを呑みこんだ、というようにも見えた。

「力が、違い過ぎますな」

曹操の唸り声を聞いて、賈詡が言った。

後詰を出す余裕が、まったくなかった。敵の動きを、美しいとさえ曹操は思った。

「小さくかたまれ。正面から、ぶつかる。全軍で、力押しだ。船の闘いをしようとするな。接舷して、斬りこむのだ」

合図の太鼓を、賈詡が打たせた。合図だけは、徹底してある。いくつかの音を組み合わせることで、大抵のことは伝えられた。

突っこんできた敵の艨衝を、中型船で蹴散らした。艨衝は、横の動きが鈍く、側面からの攻撃にも弱い。充分に、艨衝を潰す調練を重ねた部隊だった。船首を振って敵の艨衝の側面にぶっつけることで、突っこんできた敵のすべてを潰した。

こちらの力を測ろうとして、出してきた艨衝だろう、と周瑜は思った。敵の全船隊が、その間隔を詰め、一斉に押し出してきた。先頭の船隊はたやすく潰せる、と周瑜は読んだ。しかし、第二段、第三段になるにしたがって、潰しにくくなる。周囲に船が多く、舳先も方々をむいていて、動きが制約されてしまうのだ。

敵は、少なくとも八段に構えている。乱戦になれば、接舷して斬りこまれるだろう。

「敵と、半里（約二百メートル）以上は近づくな。離れる時は、反転せず、艪で後退しろ。それでも押してくる敵は、一撃だけ浴びせるのだ。それから反転しろ」

見ているだけでも、圧倒されてしまいそうな船の数だった。長江の水面さえも見えないほどだ。しかも、悪くない動きをしている。周瑜は、艪を止めさせた。流れに乗って、船隊はゆるやかに後退している。

右翼が、押しこまれた。ぶつかるまではいかず、うまく退がっている。中央も、敵が突出してきたが、艪で退がった。

こちらも、三段に構えている。退がる時は、前衛だけでなく、三段まで退がらなければならない。いまのところ、調練の成果が出ているが、船の動きとしては、無理があるのだ。いずれ、どこかがぶつかる。

「韓当の部隊、黄蓋の部隊が、両翼にむかって突っかけろ」

旗が出され、太鼓が打たれる。二部隊の六百艘ほどは、艦も中型船も艨衝も、敵の両翼に突っこんでいった。その間に、周瑜は第三段から反転させた。艪を、片舷を前進、もう片舷を後進に使うと、その場で船は回頭し、反転する。

韓当と黄蓋が、果敢に敵とぶつかっていた。艨衝が、敵の艦に突き刺さっているのが見える。前衛は、混乱しはじめたようだ。それでも、ひた押しに押してくる。

「韓当、黄蓋も、離脱、反転」

周瑜が言うと、すぐに鉦が打たれた。韓当と黄蓋が、攻撃をしながら、鮮やかに反転してくる。船のむきが同じになれば、荊州の船と速さでは較べものにならなかった。

損害は、大きくない。艨衝がかなり減っている、というだけのことだ。

敵が、追撃の構えを取った。周瑜は、旗艦の艪を左右二本ずつ減らした。それで普通に漕げば、追いつかれそうで決して追いつかれない速さになる。

楼台で、周瑜は胡床（折り畳みの椅子）に腰を降ろした。

このまま追ってくれば、罠に引きこんで潰滅に近い打撃を与えることができる。途中で追うのをやめれば、曹操は持久戦を選んだということだ。

どうするのか。いまのところ、罠に引きこめそうな感じもある。しかし、それが見抜けないほど、曹操は凡庸なのか。

追いきれない。曹操はそう思った。

韓当と黄蓋の部隊が突っこんできた時は、押し包んで潰せと叫んだ。しかし、決してこちらの船隊の奥深くにまで入ってくることはなかった。前衛の中型船を何艘かと、艦を一艘沈められた。それでさらに押してこようとすれば、殲滅も難しくなかったはずだ。しかし、何度目かの攻撃の時、見事に反転した。攻撃に備えようとしたこちらの動きの虚を衝いた、素速い反転だった。

水軍では、勝負をしない方がいい。半数を失う覚悟をすれば、周瑜の本隊を殲滅はできる。それは、周瑜がまともに闘ってくれれば、という条件付きだった。追って、追いきれず、やがて長い罠の中に進入していく。その時は、十三万規模の揚州水軍が、姿を現わすことになるのだ。

　これまでに、何度も賭けに近い戦をやってきた。寡兵で大敵に当たらざるを得なかったからだ。いまは、大軍である。それでも敢えて、危険な闘いをしなければならないのか。最後の最後で、自分は急ごうとしていないのか。

「速度を落とせ、賈詡」

「しかし」

「追いつけぬ。こちらは全力だが、敵は八分の力で走っている。誘っているのだ」

「わかりました。それでは、陸口を奪って、陸路で進軍なさいますか？」

「陸口から蒲圻にかけて、劉備軍が布陣している、と斥候が報告してきているではないか。大軍で押し潰すといっても、難しいものがある。片方で、周瑜の水軍の相手もしなければならぬのだ」

　斥候の報告では、騎馬隊を中心とした部隊は、長江からかなり離れているという。陸口に、上陸して進軍した場合、兵站を断とうというのだろう。

　読まれている。すべてを読まれている、という気がする。いやな感じが強い。しかし、曹操は後ろをふり返ろうとは思わなかった。すでに、はじめてしまっていることだ。

「烏林か」

前方の陸地を見て、曹操は呟いた。

烏林ならば、風上を取ることになる。陸上にも大軍がいるので、そちらからの奇襲は難しいというより、不可能だ。烏林に留まれば、当然周瑜は陸口か蒲圻の岸辺に船隊を集結させるだろう。そして、対峙したまま膠着することになる。

どちらも、兵站には問題はない。

膠着している間に、敵のどこかを崩せるか。部将のひとりでも、寝返らせることができるか。奇襲については、風上にいる方がずっと有利だ。たやすく奇襲が決まるとも思えないが、長期の滞陣になると、どこかに隙が出てくるものだった。

「全軍、停止」

曹操は、そう命じた。

「陸口ではなく、烏林にむかわれるのですね、丞相」

「おまえなら、どちらを選ぶ、賈詡？」

「それについて、荀攸殿とも話し合いました。烏林をまず奪るべきです」

「荀攸も、同じ意見なのだな」

「はい」

「陸上の軍も停めさせよ。烏林に腰を据え、じっくりと陸口を攻めてやろうではないか。いまのままでは、水戦で奔弄されるばかりだ」

「では、全軍を烏林に集結させます」

頷いたが、曹操はいやな気分に襲われ続けていた。なにか、根拠があるのか、と自分に問いかけてみる。あるはずはなかった。こちらは、三十万の大軍で腰を据えるのだ。

賈詡が、続けざまに指示を出した。

曹操は、もう遠ざかる周瑜の船隊には眼もやらなかった。追おうとしても、追えなかったもの。そして、追わなければ、戻ってくるもの。

烏林に陣を敷くと決めると、それははっきりと見えてきた。

「艦を、長江の中央にむけて並べ、さらにその周囲を大型、中型の船でかためます。小型の船は、三里（約一・二キロ）ほど上流に置き、なにかあった時は、すぐに流れに乗って走り寄れる、という状態にしておこうかと思います」

「任せよう、賈詡。私は、しばらく船室で眠る。その間に、すべて済ませておけ」

言い捨てて、曹操は船室に入った。

眠れはしなかった。鄴を進発してからのことを、ぼんやりと思い返していただけだ。荊州の攻略が、簡単すぎた。荊州軍に、劉備軍の半分でも戦意があれば、激しい戦になったはずだ。二十万の軍で、十五、六万の軍とぶつからなければならなかった。

曹操は、河北四州と中原に、十五万の兵を残している。叛乱にも備えなければならないからだ。荊州は、全土の兵を動員できる。

その荊州を、まったく犠牲を払うことなく奪うことができた。揚州を奪るために、多少の時を要したとしても、それは耐えられる時ではないか。

くり返し、言い聞かせるように、曹操はそんなことを考えた。

従者が声をかけてきたのは、夕刻だった。

壮大な、水上の砦ができあがっていた。陸には、数えきれないほどの幕舎が並んでいる。それは、花を撒いたように見えた。

船から船へと伝って歩き、曹操は大地を踏んだ。いくら揺れない艦だといっても、大地が与えてくれる堅固なやさしさは、やはり心強かった。

程昱が、出迎えていた。

「張昭が、なぜか揺れ動いています」

意外なことでも報告するような口調で、程昱が言った。

「張昭と近い武将が誰だか、丞相は御存知ですか？」

「いや」

「黄蓋なのですよ」

「ずっと、前線に立っておるな。奇襲も、ぶつかり合いの前衛も、黄蓋であった」

曹操は、組まれたばかりの物見櫓に登った。遠く対岸に、周瑜はすでに陣を組んでいた。こちらの陣と較べると、ひどく小さい。本隊から離れて、別の部隊がそこにいるという感じがしてくるほどだ。

「位置的には、陸口から石頭関の崖のあたりまでです。劉備軍は、散開して方々に土塁を築き、上陸戦に備えているように見えます」

六万だが、堅陣だった。面倒なのは、水陸両軍がいるということだ。水軍はこちらよりずっと精強であるし、劉備軍も、核になる六千を中心にしていれば、戦意は高いはずだった。

「大小の奇襲隊を用意し、昼と夜に分けて何度か突っこませてみる。この風だ、火攻めがよかろう。敵船を燃やせば、この戦はずっと闘いやすいものになる」

一緒に物見櫓に登ってきた賈詡に、曹操は命じた。こういう櫓を三つ、楼台ともいうべき大きなものをひとつ、建てるつもりだと賈詡は言った。

「さっきの、黄蓋の話だがな、程昱」

「張昭と、わずかですが話が通じます。そこを通して、もう少し探ってみましょう。黄蓋が、もともと降伏派であったことは、充分に考えられます」

「それと、湖で奇襲を受けた時、黄蓋の船隊の水夫を何人か捕えていたな」

「主人の本心を、語るものがいるかもしれませんな」

船はすべて、舳先を長江の中央にむけていた。外周に大型船を並べ、その内側に中型船がいる。艦は、点々と散らばっていて、各部隊の所在は、艦に掲げられた旗でわかるようになっている。

前衛にいるのは、蔡瑁と徐晃が率いる、荊州水軍の精鋭と言われている部隊である。

陸上の陣も、また広大に拡がっていた。

「奇襲は、昼夜を問わずかけ続けるとしても、風上に陣をとった以上、慌てることはない。腰を据え、じっくりと締めあげ、敵が内側から崩れてくるのをまず待とう」

「私も、そう進言するつもりでした」

程昱が、細い眼をさらに細くして言った。

いやな予感のようなものは、消えていた。これだけの大軍を擁しているのだ。これが崩れることなど、決してない。相手にそう思わせるだけでも、勝てる。

「船による兵糧の輸送が主になるが、陸路も確保しておけ。大軍でこわいのは、兵糧の欠乏だ」

「それはもう。華容道をまず整備しようと思います」

華容道が整備されれば、江陵からの兵站線はずっと太いものになる。柴桑を奪って揚州を睨む時も、水路の兵站線だけとはだいぶ重みが違ってくる。

「艨衝や小船は、いつでも動かせるように、別に両翼に位置させております。外周の大型船には、七万の荊州兵を配置しました」

賈詡が言う。

曹操は、敵陣から自軍の陣まで、もう一度見渡した。

5

陸と船が、渾然一体となっている。

曹操軍の陣は、そういうふうに見えた。さすがに、曹操はいいところで水戦を見切った。あれだけの大軍を擁しながら、決して無理はしなかったのだ。風上を確保し、守りの堅陣を敷いている。

長江を使って、大軍で一気に揚州を攻略するという方法を、曹操はあっさり捨てた。荊州水軍の力が、思ったほどでないことも、二度の小競り合いで見きわめている。これからの曹操の狙いは、まず柴桑を奪ることだろう、と孔明は思った。それを周瑜は見抜き、陸口周辺の岸辺に陣を構えた。

いい勝負をしている。そう思った。周瑜が、二度の小競り合いで、揚州水軍の実力を見せつけすぎた。それが、曹操の判断を早くした。そういうところは、あるかもしれない。実力を見せつけなくても、曹操は水軍での進攻を見切ったかもしれないし、うまく下流の十万を使えるところまで引きこめたかもしれない。それはわからないし、もしと論じることに意味もなかった。

周瑜は、大軍で押し寄せた曹操を、ここで止めた。止めただけで、勝ったわけではない。勝てるかどうかは、これから先のことなのだ。

孔明は、馬を丘陵の方へ進めた。

従っているのは、関平と陳礼である。

関平は関羽の養子だった。武将に必要なものを教えてやってくれと、関羽から預けられた。陳礼は、隆中の村から、いつも孔明に食事を運んできていた。隆中を出る時に別れをしていたが、数カ月後、孔明を追って新野へやってきたのである。見事に馬は乗りこなしていたが、武器は駄目だった。ひとりの兵士として、関羽の下につけた。それがいま、立派な兵士になっている。武器の扱いは教えた、と、関羽が返してきたのだった。

丘陵の頂には、揚州軍の哨戒所がある。

「劉備軍軍師、諸葛亮である。敵陣が見渡せる場所まで行きたい」

関平が、大声で言った。

揚州軍の兵はすぐに道をあけ、三人を楼台の下まで導いた。

楼台に登った。

曹操軍がどれほど圧倒的な大軍かは、そこから見渡せばいっそうよくわかる。

「やあ、高いな」

陳礼が、無邪気な声をあげた。

十四歳になったばかりだ。小柄で、もっと子供のように見えるが、頭はよく働いた。性根もあって、関羽がしばらくそばで鍛えても、音はあげなかったという。

孔明を追ったのは本人の意志で、両親や祖父には止められたようだ。陳礼が自分を慕っていたことさえ、孔明は気づかなかった。追い返そうとしたが、劉備と張飛がとりなしたのである。

「お互いに、しっかりと陣を組んでいる。つまり、お互いに勝機は見出せないということだ。兵力に差がありすぎるが、陸上に劉備軍がいる。水陸両面の構えがあるので、思いきり攻めることができぬ。奇襲をくり返すだけだ」

曹操軍は、しばしば奇襲をかけてきたが、すべて周瑜が叩き潰していた。追い返すのではなく、叩き潰すという迎撃のしかただったので、曹操軍の奇襲もこのところやんでいる。対峙したばかりのころは、昼も夜も奇襲があった。奇襲による損失も馬鹿にならない、と曹操は思ったのだろう。

周瑜の、奇襲への備えは完璧なものだった。ほとんどを、艨衝で迎え撃つ。とにかく、相手の船を沈めることだけを考え、ぶつかった艨衝は放棄する。まず、兵だけ助けあげるのだ。沈みかけた艨衝は下流に流れ、それを回収してくる部隊がいる。修理できるものは修理するし、新しい艨衝も組み立てているので、艨衝の数は増えているほどだ。

輸送船が大量の木材を運びこんでいたが、それはすべて組み立てれば艨衝になるのだった。つまり周瑜は、ここで戦線が膠着することを、読んでいた。十万の軍が待ち構えている下流域へ、曹操がそのまま進攻することはない、と頭では考えられる。歴戦の曹操には、その危険が見えるはずだ。しかし、来るかもしれないとは、誰もが考える。

その恐怖を、周瑜は乗りきったのか。

自分ならば、下流域の十万を、もう少し近くへ配置しなかったか。しかしそうなれば、曹操はまた違う見方をしたかもしれない。

結局は、微妙な均衡の中で、長江を挟んでむかい合うというかたちになった。

「このままでは、勝てぬな」

「いつか、総攻めをかけてくる、ということでしょうか？」

関平が言った。

「いや。こういう対峙は、二人の男が組み合っているのと似ている。ひと月も経てば、躰の大きさの差が出てくる。日に日に、躰の大きな方が優勢になっていく。ほかの条件は同じなのだからな」

「それに、曹操軍は風上を取っています」

「そうだな。そういうことで、兵の気持も圧迫されてくる。奇襲への備えも、こちらがずっと厳しくやらざるを得ない」

周瑜は、奇襲隊を一度も出してはいなかった。むこうで殲滅されると、水夫を助け出すことができないからだろう。一兵一兵の損耗は、曹操軍よりこちらの方がずっと重い。

「こういう時は、内側から崩れた方が負けることが多い」

「寝返りとか、叛乱とかでしょうか？」

「士気の低下もある」

その士気に関しては、曹操軍は低いのかもしれない。特に、荊州兵だ。激戦につぐ激戦を闘い抜いてきている曹操麾下の将兵は、これぐらいの戦で士気を衰えさせることはまずないだろう。しかし荊州兵は、長く戦乱の外にいた。おまけに、荊州兵を中心として、疫病が拡がっているという情報もあった。

戦線が膠着すると、また間者の働きどころが出てくる。疫病の情報は、応累の手の者がもたらしたもので、かなり確かなものだろうと孔明は思っていた。

「敵に、奇襲をかければいい、と思います」

「ほう、どうやるのだ、陳礼？」

「風が、北です。劉備軍がひそかに長江を渡り、敵の背後に回るのです。火をかければ、燃え拡がります」

「まず、兵の動きを察知される。その兵は、見殺しにするしかなくなる。それに、曹操軍は、充分に奇襲の備えをしているはずだ。長江の船隊も鎖で繋ぎ合わせ、巨大なひとつの砦のようにしているではないか。投石機まで、船に持ちこんでいる」

錨の綱を切り、船を流して混乱させる、という方法も、鎖で繋ぎ合わされているので難しい。陳礼が、軽く息を吐くのが聞えた。

方法は、ひとつだけあった。陳礼が言ったことの中に、それは含まれている。

「おう、騎馬隊が来たな。あれは周瑜殿ではないか」

孔明は、楼台を降りた。

周瑜は、供回りの兵を待たせ、ひとりで崖の方へ歩いていった。石頭関という崖の名を、孔明は数日前に知ったばかりだった。切り立った崖で、下はもう長江である。

周瑜は、崖の縁にひとり立って、対岸の敵を眺めていた。ひとりでいるのが好きなのかもしれない、と孔明はそれを見て思った。しかし立ち尽す姿に、孤独の翳はない。風に抗って立ちながら、どこか燃えているような感じすら漂わせている。

「おう、これは諸葛亮殿か」

周瑜の端正な顔が、束の間ほころんだように思えた。

「相変らず、北風が強いようです、周瑜殿」

「ここへは、なにをしに？」

「楼台に登って、敵を見てみようと思いましてね。いくらか眼の高さが変っただけでも、いままでの景色が違って見えるものです」

「私は、ここに立っていると、敵が違って見えます。楼台より、ずっと低いところにあるのに」

「すぐ下は、もう長江ですね」

「敵さえいなければ、烏林はのどかな景色に見えるのでしょうね」

「いずれ、のどかな景色に戻したいものです。曹操が覇者とならなければ、この乱世はもうしばらく続くでしょうが」

「曹操が覇者とならなければ、ですね」

しばらく、黙ったまま対岸を見ていた。夕餉の仕度がはじまっているのか、曹操の陣営では煙が立ちのぼっている。それは風に乗り、しかしこちらまでは届かずに長江の上で消えていた。

「対峙して、十三日目になりますね」

「まだ、これからですよ、諸葛亮殿」

眼の前を、哨戒の船が通った。黄蓋の旗を掲げている。

「奇襲の備えに出るのは、黄蓋殿と決まっているわけではありますまい」

「黄蓋は、すぐれた部将です。とっさの判断は、若い者には難しい」

「それだけですか？」

「ほかに、どんな意味があります。諸葛亮殿」

老練な部将は、ほかにもいるはずだった。程普がいるし、韓当もいる。しかし二度の小競り合いは二度とも黄蓋が先鋒だったし、ここに陣を敷いてからも、奇襲の迎撃の中心に、いつも黄蓋が置かれていた。

「黄蓋殿を、やがて追い出すのですか？」

周瑜の眼が、食い入るように孔明の顔を見つめてきた。

「この膠着で、まず曹操が考えるのは、離間の計でしょう。つまり、劉備軍と揚州軍を分裂させることです。いまのところ、それは難しい。とすると、誰かを寝返らせる。曹操の方は寝返ってくる者は誰でもよく、多ければ多いほどいいが、こちらとしてはそうはいかない」

「ほう」

「寝返ったと見せかけ、そこを突破口にして攻める。そのためには、老練な部将でなければならない。まさか、と思えるような部将であれば、なおさらいい。曹操から見れば、こちらの士気が落ちるわけですから」

「なにを言いたいのだ、諸葛亮殿？」

「つまらぬことを、申しています。しかし私も、わが主にこの膠着を納得させなければならないのです。大将さえ納得して落ち着いていれば、兵は安心します」

「それと、黄蓋とのことが、どう繋がってくるのです？」

「寝返るふりをする、老練な部将が、黄蓋殿というわけです。もしかすると、黄蓋殿は、講和派の方に傾いておられたのではありませんか？」

「なるほど。私が、黄蓋をつらい立場に追いつめる。それで黄蓋が寝返る。曹操にそう思わせようとしている、というわけですな」

「間違っている、とは思っていません」

「確かに、その通りです」

孔明を見つめて、周瑜が言った。

「曹操からの働きかけは、文官中心に続いていました。途中から、部将にも働きかけが来るようになった。程普、韓当、黄蓋。老将でありながら、若い私の下にいる。そこにつけ入る隙が出る、と考えたのでしょう。いまは、黄蓋に対する働きかけが、非常に強くなっています」

「そこまで、お話しくださらなくても」

「いや、劉備軍とは同盟を結んでいる。その軍師が、私の作戦を知りたいと思うのは当然のことです。これは、諸葛亮殿と御主君の二人だけが知っている、ということにしていただきたい」

周瑜は、孔明から眼を離さなかった。

そろそろ、作戦を知る必要がある、と考えていた。周瑜も、いずれ教える気でいたのだろう。この同盟の意味は、誰よりも理解しているはずだ。

「それにしても、そこまで諸葛亮殿に読まれていたとは、驚くばかりです。手強い方だ、とは思っていました。こうして話していると、洞察力に驚嘆します。陸口に曹操が上陸した時の陸兵の備えとして、騎兵のすべてと歩兵一万を、十里（約四キロ）後方に退げておくと言われましたな。軍議の席でです。あれは、柴桑にむかう曹操の糧道を断つ備えをするという意味だったのでしょう？」

「実際に、糧道を断てたかどうかはわかりませんが、曹操が直接陸口か蒲圻に上陸するのを、思い止まらせる役には立つ、と思いました」

「私は第一の策は、曹操が水軍で押しまくってきたところを、長江の下流域で袋の鼠のようにしてしまおうというものでした。これは、わが殿にも言上してある策です。荊州水軍が、せめて江夏にいた黄祖軍ほどの力を持っていたら、曹操は押してきたと思います。荊州の水軍の実力を、江夏の軍で測っていたのが間違いでした。黄祖をわが殿が討つと、江夏兵は散り散りになっていました。まとまって、どこかの軍に編入されるということはなかったのです」

「つまり、平和馴れした荊州兵に紛れこみ、実力を出す機会も、そのまとまりもなくなったということですね。あまりに腑甲斐ない水軍だったので、曹操は水戦に見切りをつけてしまった」

「まさしく。次に私は、それぞれ陣を敷いての持久戦というかたちを選びました。それも、なんとか曹操が烏林に布陣してくれればと思ったのです。陸口や蒲圻だと、こちらに奇襲の機会は多くなるものの、柴桑を攻めやすくもなるわけです。こんなことは、諸葛亮殿には、お見通しだったでしょうが。とにかく、劉備軍の布陣が役に立ちました。ひとりで戦をするようなことを言いながら、私は劉備軍をしっかり利用したのですよ」

「曹操が烏林を選んだのは、風のことが大きかったのでしょう」

「その風ですが、はじめて会った時、あなたは北風が強い、と言われた。私は、躰がふるえました。柴桑の丘の上で、長江を眺めながら」

「言いました」

周瑜は、かなり深いところまで喋ろうとしている、と孔明は思った。

「水戦だけで押し通せない場合、風を考えた陣で曹操と対峙するしかない、と私は思っていたところだったのです。北風が強いという言葉は、いまも耳に響いています」

風が戦を決めそうな気がして、孔明はそう言ったのだった。漠とした予感のようなものだ。そしてその北風は、いまも吹き続けている。

「風の方向は」

「変ります」

孔明を遮って、周瑜が言った。孔明は、ちょっと風の来る方向に眼をやった。周瑜が片手を挙げ、なにか合図をした。一騎が、駈け寄ってきた。合図には、かなり複雑なとり決めがあるらしい。

「陸遜という者です。江夏を落としてから、兵を方々に駐留させています。この陸遜は蒲圻の砦の守備兵を率いていて、ひと冬をここで過しています。陸遜、この風は、変ることがあるのか？」

「はい、一日か二日、東か東南の風が吹くことがあります」

「もういい。行け」

陸遜は、もとの場所に戻っていった。軍議で、烏林に陣を取るべきだと主張した若者だった。

「陸遜は、あとで思いついて、東南の風が吹くことがあると言いに来たのです」

周瑜のことだから、その時はもう調べていたはずだ。孔明も、土地の古老を捜し出して、北風がやみ、東南の風が吹く日があることを、聞き出している。

「どうやら、諸葛亮殿はこれも御存知のようだな。こわいお方だ」

あえて、南岸に陣を取った。その時、孔明は風向を調べてみようと思ったのだ。

「黄蓋への働きかけは、強くなっている。なぜ黄蓋かには、いくつもの理由があります。諸葛亮殿の言われたことも、そのひとつ。ほかにもありますが、それを話すのは御容赦いただきたい。ただ、私は運がいいと言えます。そろそろ、機会を見て寝返ると黄蓋に返事をさせようと思っているのですが、それまでに東南の風が吹けば、曹操軍の警戒は厳しくなっていたでしょう。吹かなかった。急げば曹操に怪まれるし、明日までは吹かないでくれと祈ります」

明日、黄蓋は曹操に返事をし、同時に奇襲の準備も整えるということだろう。

「私に語れるのは、これだけです。明後日以降なら、いつでもいい。東南の風が吹くように祈ってください」

「風下の利、ですね、周瑜殿」

「束の間にすぎませんが」

「お礼を申しあげます。これで私も、わが主に、腰を据えて対峙していればいいのだ、と説明できます」

「私が申したことを、諸葛亮殿はすでにお見通しだったでしょう。私はただ、あなたが考えておられることを、言葉で言っただけだという気がします」

「風が決め手になる。そんな予感がしていただけです」

「あなたとは、闘いたくないな。敵に回したくない。そう思う、わずか数人のうちのひとりです」

周瑜が笑った。手で合図すると、陸遜が周瑜の馬を曳いてきた。

孔明は、関平と陳礼を待たせた場所に戻った。

「風下の利か。大した男だ」

それから、ひどく愉快な思いに襲われ、孔明は声をあげて笑った。関平と陳礼が、顔を見合わせている。

ひとしきり、孔明(こうめい)は笑い続けた。

夜が燃える

1

機は熟しはじめている。

曹操は、そう思った。黄蓋の書簡を、もう一度読み返した。

牙旗（将軍旗）を掲げた艦。小型船や艨衝などは、赤い幔幕をかけている。それが、降伏する自分の軍勢だ、という内容だった。艦が一艘。大型船が三艘。中型船三艘。そして艨衝や小型船が二百艘ほど。兵千六百。

それが、降伏してくる黄蓋の陣容だった。

白絹に書かれた黄蓋の降伏の書簡を、頭から信じたわけではなかった。降伏を信じて、痛い目に遭ったことが一度ある。やはり、荊州だった。敵は張繍で、その軍師は、いまは曹操の側近となっている賈詡だったのである。

きわどいところで生き延びたが、長男の曹昂を死なせた。

しかし、降伏を信ずべき時も、当然ある。その方が多い。ただ頭から信じこまない、という習慣が身についただけである。

荀攸と程昱と賈詡を、幕舎に呼んだ。

書簡を読んで、三人とも黙りこんだ。やはりという思いと、まさかという驚きが交錯しているのだろう。

敵の部将への働きかけなど、一応は秘密にやる。潜りこませている五錮の者が、なんとかして本人に書簡を届けるのである。しかし、ほとんどは発覚する。だから五錮の者も、身に危険が及ばないような方法を使う。わざわざ人が多い中で雑兵の身なりをして渡したり、逆に幕舎の寝床に置いておいたりだ。返事を渡す、と合図を出しても、たやすく信じるわけにはいかない。そうやって、間者をあぶり出すこともあるからだ。

黄蓋は、自ら手の者に書簡を届けさせた。その者を、当然五錮の者が見つけ、こちらの陣営を通るのも、ひそかに助けた。

だからといって、降伏が黄蓋の真意ということにはならない。

この戦で、黄蓋はたえず前線に出てきた。出されていた、という見方もできる。

現に、いまも哨戒の任に就いているのは黄蓋の部隊であり、こちらの奇襲を迎撃したのも、ほとんど黄蓋だ。

程昱は、降伏派の巨頭である文官の張昭と、わずかだが接触することに成功していた。そこに、黄蓋が会議でもう少し大きな声を出せば、という述懐があったという。

つまり、三人の老将の中では、黄蓋は最も降伏派に近かったということになる。しかし、孫家三代に仕える老将だけに、処断はしにくい。それで周瑜は、黄蓋を前線に出すことにしたのではないのか。

これからは常に前線に立たされるだろう、と黄蓋が悲憤に満ちた表情で、自分の兵に語ってもいる。それは、湖の小競り合いで捕えた黄蓋の兵から、程昱が聞き出したことだ。黄蓋が、厳しいが部下思いの将軍であることを、曹操自身も捕えた兵から聞いた。

対峙が、十日を超えたころから、こちらの働きかけに対する黄蓋の反応が、明らかに違ってきてもいた。

「難しいところだが」

「無視するには、惜しい書簡ではありません。まことに黄蓋が降伏すれば、揚州軍の動揺は測り知れないほど大きいはずです。ほとんど、勝負が決すると申してもよろしいでしょう」

荀攸が言った。賈詡は、まだ考えこんでいる。

「前線にいる、徐晃と蔡瑁には、教えておいた方がいいのではないでしょうか。まず、前線で受け入れるのですから」

「降伏した場合はだ、荀攸」

「確かに。もし偽装だとしても、千六百の兵でなにができましょう。全軍で降伏というのなら、安心できないところもありますが」

「人の心を測れるものがあれば、とこんな時は痛切に思う。賈詡の意見はどうだ？」

「わかりません。判断がつかないのです」

「戦だ。それでも、判断せよ」

「降伏は、まことと思えます」

「程昱は？」

「とにかく、受け入れてみることです。偽装かどうかは、それから判断されても遅くない、と思います」

曹操は、眼を閉じた。

最後は、自分で決める。大将ならば、当たり前のことだった。

「降伏を受け入れよう。徐晃と蔡瑁にはそう伝え、黄蓋の船隊は近づいても攻撃させるな。荊州兵でいい。前衛の船には兵を載せておき、不意の出来事に備えさせよ。船と船を繋ぐ鎖が断ち切られ、前衛の船がぶつかって混乱を起こすのが一番まずい。黄蓋の船隊は、艨衝の溜りの方に導く」

賈詡が、頭を下げ、退出していった。

正直のところ、ここで降伏してくる者が出るのは、それが何人であろうとありがたかった。荊州兵の士気が極端に落ちている。貝を食したために起きる疫病が、いっこうに収まる気配を見せないのだ。

ここで対峙し、持久戦に持ちこめば勝てる、と曹操は読んでいた。長くても三カ月。しかし、それが怪しくなっている。水軍で押していけないのは、わかった。南岸に上陸するにしても、その時の犠牲が想像もつかない。おまけに、南岸の敵を打ち破ってもまだ、揚州には十万を超える軍がいる。柴桑にむかえば、その軍が集結してくるだろう。

そこでの、有力な部将の降伏だった。

ある意味では、持久戦に勝ったのだ、と言ってもいい。黄蓋の降伏で、揚州軍は内側から崩れる。そういうものだった。ちょっとした働きかけで、第二、第三の黄蓋が出ることになる。劉備についている荊州兵も、去るだろう。犠牲を払わず、戦に勝てるのだ。無人の荒野を行くように、柴桑まで進めるはずだ。いや、柴桑の孫権さえも、降伏するかもしれない。

そう思っても、気持のどこかが晴れなかった。まだ黄蓋が降伏する姿を見ていないからなのか、とも思えた。

「軍規を、ひきしめよ。兵には、改めて武器の手入れを命ずる。あとしばらくだ。油断があってはならぬ」

荀攸と程昱が頭を下げた。

「許褚、視察に回るぞ」

立ちあがり、曹操は言った。

馬で回ったのは、陸上の陣だけだった。船を回ると、荊州兵の統制のなさに腹が立つ。そういうものを見ただけで、曹操の気持は重くなるのだった。

許褚はぴったりと曹操につき、前後を五百の部下に守らせている。

自軍の兵の陣は、気持がよかった。曹操の出現に、みんな機敏に反応する。なにか問いかけても、しっかりした答えが返ってくる。

この兵が負けるはずはない。曹操は、そう思った。

石頭関で、周瑜はひとり立っていた。

曹操が、黄蓋の降伏に乗ってくるかどうか。乗ってくるとして、どういう受け入れ方をするのか。

考え尽した。すべてを考え尽し、いまここに立っている。黄蓋の降伏は、賭けだった。ひどく危険な賭けだ。しかし、これが嵌れば勝てる。曹操の大軍を、止めたというだけでなく、完膚なきまでに打ち破れるはずだった。打ち破るところから、すべてが始まる。そう思って、すべての策を立てた。

それにしても、諸葛亮というのは、恐ろしい男だった。周瑜の考えの、底の底の方まで、読みきっていた。劉備は、諸葛亮を得たことで、底知れぬ力を持つ将軍となった。

そんな思いも、風に抗って立っていると、次第に消えていった。心が澄み渡ってくる。見つめる対岸の烏林からは、敵の姿は消えている。のどかな景色があるだけだ。

東南の風。毎年それが吹く日があることを、さらに土地の老人たちを何人も捜し出し、確かめた。すべて幽（周瑜の女間諜）がやったことで、敵陣を探る仕事は、潜魚がやっている。

いまはただ、風を待てばいいのだ。

「淩統、陸遜」

周瑜は、声をあげて呼んだ。二人が、駈け寄ってくる。

「全軍に、武器の点検を命ずる。劉備軍もだ。船は、舫い綱をもう一度確認するよう。何本も舫い綱を取ってはならぬ。いつでも動けるよう、艦でも三本にいたせ。錨の綱はいらぬ。旗艦に旗があがったら、錨綱は切って捨てよ」

「はい」

二人が、同時に返事をした。

「膠着したこの対峙を、おまえたちはどう思っている」

「戦になった方が楽だ、と眠る前にはいつも思います」

淩統が言った。

「周瑜将軍は、風向が変るのをお待ちでございますか？」

「だとしたら、陸遜？」

「あと三日か四日」

「どうして、それがわかる？」

「昨年も、風の変る数日前から、どこかじわりと肌に湿りがありました。冬なのに妙に暖かいと思った日の夜は、風が変っておりました」

「おまえは、そんなこともなにかに書きとめておいたりするのか、陸遜？」

「はい。気候のこと、長江の水量のこと、村人たちの動き。すべて、私は書きとめております。戦には、なにが役に立つかわからぬ、といつも自分に言い聞かせておりますので」

「役に立ったか？」

「戦の経験が、いまだありません」

「ならば、教えてやろう。役に立っている。おまえの心がけは、将の心得でもある。心が洗われるような思いだった」

「ありがとうございます」

「淩統は、若いが、戦の場数は踏んでいる。先年の江夏攻めでは、決死隊を率いて夏口の水路を開け、勝利を導いた。語り合え。時には殴り合ってもいい。わかり合っていると、戦場では絶妙の呼吸が伝わる。そういうものが、戦には大事になる」

二人が、頷いた。

周瑜は、幕舎へ戻った。

幽の報告を聞き、魯粛を呼んだ。魯粛は、すぐにやってきた。

「そろそろ、という気がする、魯粛殿」

「兵は、落ち着いております。いま、淩統と陸遜が、武器の点検を命じて走り回っているようですが。程普と韓当の二将軍が、さすがにどっしりとしておられて、それを見ると不安な兵も落ち着くようです」

程普や韓当は、周瑜の策についてなにも知らない。それでも、すべてを大将に預けられる。これは歴戦でなければできないことだ。

「程普殿と韓当殿とで、陣営の巡察をする。その間に、黄蓋殿と、最後の打ち合わせをしておいてくれ。すでに、黄蓋殿の書簡が曹操に届いて三日。これから先、黄蓋殿は、哨戒の指揮のために、船を降りることはない」

「わかりました。巡察は、大袈裟になさらぬように。いつもと同じようになさるのが、よろしいと思います」

「そうしよう」

周瑜は幕舎を出て、程普と韓当を呼びにやった。

三人で、馬を並べる。周瑜の両脇が、老将軍二人である。幕舎と、木造りの粗末な兵舎が並んでいる。風を防ぐための、壁を張ることは禁じていた。常ならば木の皮などで、壁を張る。つまり、燃えやすいのだ。

曹操軍の兵士より、ずっと苛酷な状態に置かれているのだろうが、兵の眼には光があり、動きが鈍い者もいなかった。

方々に、池が掘ってある。火攻めを受けた時に、そこの水で消すためだ。

「燃えるものは、それぞれ一カ所にまとめていますな、周瑜殿。滞陣が長くなると、そういうところから乱れてくるものです。わが軍は、まだ大丈夫です」

程普が、低い落ち着いた声で言った。

二人とも、黄蓋だけがなぜいつも前線なのか、その理由を訊こうとはしなかった。すべて大将に預ける。それは、この二人にはまだ徹底してあった。

劉備の陣の方へ入った。

本営のそばで、少年がひとり槍の稽古をしていた。精悍な表情の部将がひとり、腕を組んで見ている。周瑜に気づき、一礼した。

「ほう、諸葛亮殿といつも一緒にいるな。名は、なんという」

「陳礼と申します。槍を教えてくれと言ってきましたので、いま見てやっていたところです」

「そなたは？」

「申し遅れました。趙雲と申す者です」

「おう、趙雲殿か。槍を遣えば、並ぶ者がない、という噂を耳にしたことがある」

「恐れ入ります」

「関羽、張飛、趙雲の三将軍。その三つの柱で、劉備軍は精強無比なのだとも聞いている。さすがに、陣を回っても、隙というものが見えない。これは、劉備殿だけのお力ではあるまい」

「われら、戦しか能がありません。命じられた通りに闘うだけでございます」

「それに、諸葛亮という軍師が加わった。まさに、恐るべき軍ではある」

「周瑜様の水軍も、見ていて惚れ惚れするほどでございます。あれほどの水軍は、荊州でも眼にいたしませんでした」

「そうか。稀代の豪傑、趙雲にほめられたか。私の水軍も、捨てたものではないな」

「失礼を申しあげました。ほめるなどと、そのようなことは」

一心に槍を突き出していた陳礼が、ようやく周瑜に気づき、頭を下げた。劉備や諸葛亮は留守らしい。

「諸葛亮殿の従者であろう、陳礼。槍をそれほど熱心に稽古しなければならないのか？」

「はい。軍学を学びたいと思っておりますが、武器も遣えぬ軍学では、戦の役には立つまいと考えました」

「諸葛亮殿が、それを許されたのか？」

「はい。軍学は、教えて貰えません。つまらぬことを知るより、槍なり剣なりをきわめよ、と言われております」

「多分、正しいな、それは。いずれ、趙雲にも劣らぬ、槍の名手になれよ」

嬉しそうに、陳礼が笑った。

周瑜は、軽く馬腹を蹴った。

劉備軍は、整然としている。北にも南にも、きちんと備えた陣だ。

勝てる。周瑜は思った。

風さえ吹けば、勝てる。

2

風が囁いている。

そういう気がした。この二、三日、なにかおかしい、と張飛は感じていた。北風が、ひとしきり強く吹くと、しばらく弱々しいものになるのだ。囁くような風に、張飛には感じられた。

張飛のそばを、陳礼が駈けている。

隆中で、孔明に食事を運んでいた少年である。孔明を慕って追ってきた。追い返そうとしていた孔明にとりなしたのが、劉備と張飛だった。

孔明は、はじめ関羽につけた。ひと通りのことを教えると、関羽は養子の関平も一緒に、陳礼を孔明に返したのだった。それから陳礼は、腕が立つと言われている者のところへ行っては、稽古をつけて貰っていた。

陳礼が来ても、張飛は応じたことがない。口にしたことはないが、王安を思い出す。

こうして陳礼がそばを駈けていても、思わず王安と声をかけてしまいそうになった。それがいやで、張飛は招揺をかなり本気で走らせている。それでも、陳礼はついてきていた。

「ひと休みするか、陳礼」

張飛は、招揺の手綱を引いた。陳礼が、身軽に馬から飛び降りた。

「おまえ、馬術は誰に教えられた？」

「幼いころから、馬にはよく乗っていたのですよ」

「ほう」

「子供がやることは、なにもできないのです。泳げないし、木登りなども駄目だし。だけど、馬だけは乗れました」

「その半分でも、槍が遣えていたらな」

「私も、そう思いました」

「槍なら、趙雲が一番だろう」

「張飛様は、なぜ教えてくださらないのですか？」

「俺は、槍は駄目さ」

「劉備軍の中で、張飛様が一番の豪傑であろうと、兵たちはみんな言っています」

「ひとりで暴れるのが、得意なだけだ」

毎日出している、東への斥候の帰りだった。本営から三十里（約十二キロ）ほど東まで、毎日誰かが見て回る。劉備が恐れているのは、長江のずっと上流で上陸した曹操軍の別働隊がいたら、背後から襲われるということだった。

孔明は、そのことについてあまり心配していないようだが、関羽も気にしていた。

曹操軍は大軍である。別働隊を出すのも、難しくはないだろう。来たら打ち払えばいいではないか、というのが張飛の意見だった。違う方向に五名ずつ、三隊に分かれて斥候が出ていて、張飛と陳礼は第四の方向を偵察してきたということになる。斥候隊は、本営の十里（約四キロ）ほど手前で落ち合い、隊伍を組んで戻る。

馬を走らせるのにちょうどいい、と張飛は思っていた。二日に一度は、この斥候に出ている。陳礼を伴ったのは、はじめてだった。

「戦は、いつはじまるのでしょうか、張飛様？」

「さあな。俺たちは、敵が現われたら闘えばいいのだ。それだけのことだ。全部、孔明殿に任せているようなものかな」

そう言いながらも、張飛は戦を感じ取っていた。匂いのようなもので、張飛はそれを感じる。はずれたことは、ほとんどない。

「人を殺すのは、難しいことですか？」

「いやになるぐらい、簡単なことだ」

「私にも、できますか？」

「つまらないことを言うな、おまえは。殺すやつがいるということは、殺されるやつもいるということだ。殺される方にならないようにしてりゃいいのさ」

「孔明様は、殺したと言われました」

「俺たちと、はじめて戦をした時にな。軍師が、あんなことをするとは思わなかったんで、兄貴たちも俺も、びっくりした。剣を遣わせりゃ、なかなかの腕だ。力もある」

「それは、毎日土を耕していましたから」

「孔明殿のことだ。土を耕すと言っても、ただ耕すのとは違うのだろうな」

それ以上、話題を見つけることができないのか、陳礼は黙りこんだ。

しばらく休んでから、張飛は黙って馬に乗った。陳礼は、自ら望んでついてきたのだ。途中で走れなくなったら、自分のところにはもう二度とくるな、と言うつもりだった。

三隊の斥候は、ほとんど同時に合流点へ戻ってきた。張飛と陳礼が、いくらか早かっただけである。

原野は、枯草と土の色だった。陸口にも、対岸の烏林にも、ほとんど緑はない。長江の水も、土の色をしている。

それでも、戦の匂いはしていた。

「おまえは、趙雲のところで槍を習え」

「張飛様は、教えてくださいませんか、やはり」

「俺は荒っぽい。調練で、何人も兵を打ち殺してしまう。そうなったら、孔明殿に申し訳が立たない」

本営が見えてきている。

「死ぬ覚悟は、してきました」

「調練で俺に打ち殺されたら、犬死にではないか」

それ以上、張飛はなにも言わなかった。

本営で、変ったことはなにもない、と関羽に報告した。それで、斥候隊は解散だった。

「戦の匂いがしてきたぜ、小兄貴」

「おまえも、感じるか」

陣の中を歩いた。いつもの通りで、気になることはなにもなかった。

「曹操は、三十万だってのに、なかなか攻めてこなかった。どこでどういうふうに釣り合いが取れてるのか、俺にはよく見えてこなかった。ただ、いままでとは違う、戦の匂いはしてきたよ」

「こちらから、攻めることになりそうだな」

張飛も、そう思っていた。三十万の大軍を、ただ攻めていいものかどうかは、よくわからない。劉備が攻めろと言ったら、攻めるだけだ。

「今度の戦は、大兄貴にとっちゃ、いままでとは違うものだな。勝てば、なにかが変る。負けりゃ、それきりだ」

「私も、今度は落ち着いている。ちょっと不思議だが、いままで腰が据っていなかったということかな」

「趙雲のやつも、やけに落ち着いてる」

馬から降ろした鞍を、趙雲は磨いていた。

武器と馬具と馬の手入れは、張飛も怠ったことはなかった。部下も、それを見習う。

近づいていっても、趙雲は気づかず、一心に鞍を磨き続けている。

風が変りそうだと、二日前から劉備は感じていた。

夜の眠りが、浅かった。ちょっとしたもの音でも眼醒め、幕舎の外に出て風向を確かめた。

風向が変ることはない。そういう夜が、もう二晩続いている。

そうなれば、周瑜の策ははじめから成り立たない。心の中に、かすかな焦りがあった。まだ焦るような段階ではないと思うが、抑えきることはできなかった。

涿県を出た時から、戦の日々だった。そのひとつひとつを思い浮かべてみることを、何度もくり返した。そのたびに、忘れていた戦を、ひとつかふたつ思い出すのだ。

今夜も、そうだった。

しかし、途中でやめた。風が、まったくやんでいることに気づいたのだ。

再び風が吹きはじめるのを、劉備は息を殺して待った。

「殿、起きておられますか？」

孔明の声だった。

劉備は、具足をつけていた。いつつけたのか、どうしても思い出せなかった。

「入れ、孔明」

「おう、もう仕度をなさいましたか」

入ってきた孔明も、具足をつけている。

「風が、東南に変った気配です。まだ強くはないようですが」

「揚州軍は？」

「すでに、乗船を開始しているそうです。われらの乗る船も、用意はできているでしょう」

「兵たちは、起こしたな」

「はい。関羽、張飛、趙雲の、三将軍のもとにすでに集結しています」

「そうか。風の気配に気を奪われて、兵の動きには気づかなかった。張飛の隊から、乗船させていけ。私は、旗本とともに最後に乗ることにする」

「わかりました」

孔明が出ていった。

兵の動きにさえ気づかなかった自分を、劉備は束の間嗤った。それから、外へ出た。孔明の指示なのか、旗本たちはみんな枚（声を出さぬように口にくわえる木片）を嚙んでいた。風の方向が変ると、こちらの音は驚くほど対岸に伝わりやすくなるはずだ。北風の時は、曹操軍の馬蹄の響きが聞えることもあった。

闇の中を、兵が進んでいる。馬にも、草鞋を履かせているようだ。

確かに、東南の風が吹いていた。夜気が、なま暖かい。篝火などは、いつもの通りだった。対岸からは、なんの変化も察知できないだろう。

関羽の兵がいなくなると、劉備は旗本を動かした。二百騎ほどである。馬ごと二艘の大型船に乗りこんだ。それほどの手間はかからなかった。

劉備は、孔明と楼台に登った。船はまだ動いていないが、舫い綱はすべてはずされている。錨綱だけで、止まっているのだ。太鼓が打たれたら、その綱を切って出撃する手筈になっていた。

「周瑜は、どこだろう？」

「多分、石頭関でしょう。あそこで敵を睨むのが、習慣になっていましたから」

孔明の声は、すぐ耳もとで聞えた。

「黄蓋の船は、まだ哨戒を続けているのではないのか？」

「周瑜から、なんらかの合図が出るはずです。風がいくらか強くなっています。さらに強くなるのを、待っていると思われます」

ついに来た。劉備は、そう思った。樊城を出た時から、待ちに待っていた機会だ。来てみると、ひとつの流れに乗り、何事もないように進んでいく。幕舎で風の気配を読みとろうとしていた時の、張り裂けるような緊張感も、もう消えている。

「これまでは、おまえに頼ることが多かったが、ここからは私の出番だ。これから先は、流れ矢に当たったりしないように、気をつけていることだ、孔明」

「そういたします」

「総攻撃となったら、速やかに上陸し、敵の陣を断ち割ってみせる。曹操が逃げたら、ひたすら江陵にむかって駈ける。曹操が逃げるところは、江陵しかないのだからな」

「戦場では、機に応じた判断でしょう。私は、ただ殿の後ろを、遅れじとついていくだけです」

「それでいいと思う、孔明。なに事もひとりでなせるほど、人間は大きくはない。実戦は、私に任せるのだ。それから、関羽や張飛や趙雲に。実戦の場数だけは、誰にも劣らぬ」

「わかっております。多分、周瑜殿も」

「周瑜という若者は、非凡だ。会ってみて、私はそう思った。非凡な分だけ、悲運かもしれぬ。私には、そう見えてならぬ」

「そうですね。殿の言われる通りかもしれません。あの非凡さに、凡人はついていけないかもしれません。孤独だろう、と私は何度か感じました。周瑜殿は、若い将軍たちを鼓舞することで、それを紛らわせようとされていると見えましたが」

「周瑜公瑾という男を、わかる者が揚州にはおらぬ。孫権でさえ、わかってはいないと思う。魯粛と張昭。考え方の違うこの二人だけが、ほんとうに周瑜という男がなにか、わかっているのだと思う」

「黄蓋の投降を、曹操が信じるとしたら、張昭という文官の動きが大きい、と私は思います。講和派でありましたが、周瑜殿とは心の底の底では、強い繋がりを持っていたのだと思います」

「心せよ、孔明」

「なにをでございます？」

「非凡だということは、孤独だということだ。私の麾下に加わってくれたおまえに、孤独な生涯を送らせたくはない。凡人を理解できる非凡さを、おまえは持つことができるはずだ。それを、心せよ」

「殿のお言葉として、心に刻みこんでおきます」

それ以上、喋ることはなくなった。

劉備は黙って、哨戒の船の灯が、ゆるやかに動くのを見つめていた。孔明の息遣いが聞えそうなほど、静かだった。

束の間、南東の風が強くなり、また弱くなった。

「殿、あれを」

孔明に言われる前から、劉備は気づいていた。

哨戒の船の灯が、遠ざかりはじめている。それは、対岸の曹操の陣にむかっているということだった。

「はじまったな」

劉備は、落ち着いていた。自分で、はっきりとそう感じることができた。むしろ、孔明の方が、落ち着きを失っている。

曹操の陣に火の手があがれば、まず勝ちと思っていい。風は、いっそう強くなっていた。孔明が、唾を呑みこむように、のどを鳴らした。

「勝てる」

劉備は言った。

「勝てるということが、いまははっきりとわかるぞ。はじめて、私は曹操という男に勝とうとしている」

「殿」

「落ち着けよ、孔明。これからが、この劉備軍の働きどころだ」

黄蓋の船隊の灯が、さらに遠くなっていた。

3

石頭関からは、烏林の灯が点々と見えた。

三十万の大軍である。城郭がひとつあるようなものだった。中心の、ひときわ明るいところが本陣だろう、という見当もつく。

崖の下には、淩統の小船が待っていた。

黄蓋に合図を送ってから、どれほどの時が経ったのか。周瑜は、風を測り続けていた。かなり強くなってはいるが、きのうまでの北風と較べるとまだ弱い。これは、やがて強くなるはずだ。もう強くなってもいい。

石頭関に立つ周瑜の背に、風が当たる。きのうまで、この風を真向いに受けていた。

黄蓋の船隊の灯が、遠く小さくなり、長江の中に消え入りそうに見えた。

もっと吹け。周瑜は、念じ続けた。一日、長くても二日しか、この風は吹かない。

攻撃の機はいま、一度だけだ。

しかし、黄蓋の降伏が偽装だということを、曹操に見抜かれはしないのか。

打てる手は、すべて打った。出発前に周瑜は、張昭、黄蓋、魯粛の三人で、かなり突っこんだ話し合いもしてきた。黄蓋の降伏は、張昭の線からも曹操は感じとったはずで、それでも偽装だと見抜かれたら、あとは全軍で迎撃態勢の曹操軍に総攻撃をかけるか、下流域まで逃げるしかなかった。下流域の闘いになること自体、負けに等しかった。

曹操に攻められているかたちだが、この戦は揚州が飛躍するためのものだ、という発想からはじめている。少なくとも、こちらが荊州に攻めこむところまで、持っていかなければならないのだ。

胸苦しいような気分に、周瑜は襲われていた。不意に、曹操孟徳という男が、抗い難い巨人に思えたりもした。自分には及びもつかない、長年にわたる歴戦。その果敢さ。その狡智さ。

一方では、曹操もただの人ではないか、という思いもある。同じ生身を持ち、同じ心を持ち、いくらか長く生きている分だけ狡智にたけ、そして磨り減ってもいる。

胸苦しさは、去らなかった。

黄蓋は、まだ敵の近くまで達していないのか。引き揚げ用の船以外には、柴や枯草が油とともに満載してある。その中型船や小船が、およそ二百艘。

火の手があがっても、いいころだった。風が、急に強くなってきた。いまだ、いまだ。周瑜は、口に出して呟いていた。

掌に、汗が滲み出している。掌だけでなく、全身が、汗で濡れている。周瑜は、唇を嚙んだ。掌を、具足に何度も擦りつけた。

不意に、長江に光が走ったような気がした。

次の瞬間、赤い火が燃えあがった。ひとつ。それから同時に二つ。すぐに、数えきれないほどの数になった。敵の船が、すでに燃えあがりはじめている。

全身がふるえるのを、周瑜は感じた。石頭関のはなに立ち、力のかぎりの雄叫びをあげていた。淩統の小船からも、声があがっている。

次の段階だった。

周瑜は崖につけられた小径を降り、水の中に突き出した岩から、淩統の小船に跳び移った。

「やりました、周瑜将軍」

「まだ終ったわけではない。旗艦へ戻る。急げ」

艪が、動きはじめる。対岸の火が、いっそう大きくなっていた。

歓声で、眼が醒めた。夜半である。

「誰か」

呼ぶと、従者が入ってきた。

「なんの騒ぎだ？」

曹操は、寝台から上体を起こした。兵同士が、喧嘩でもはじめたのか。

「わかりません。船の方からでございますが」

いやな感じがした。どこかで、一度経験したような気もする。さんざめき。物の触れる音。抱いていた女体。降伏したはずの張繍が、襲ってきた時がこうだった。船の上か、と呟き、不意に曹操の全身に粟が立った。音が近すぎる。すべての音が、近すぎるという感じがする。

寝巻のまま、幕舎の外に飛び出した。風。方向が変っていた。そんなことがあるのかと、一瞬曹操はすべてを疑った。まだ眠っていて、夢の中ではないのか。

しかし風は、確かに北ではなく南だ。

「伝令」

大声を出した。その伝令と、蔡瑁からの注進が、ほとんど同時に幕舎に到着した。

「黄蓋が、投降して参りました」

「それは、偽装だ。ただちに、戦闘態勢を取れ、と蔡瑁に伝えよ」

今夜は、徐晃が船にいない、という偶然も重なっていた。蔡瑁は、黄蓋の船隊を見て、ただ歓声をあげ、舞いあがったに違いない。

「全軍、戦闘態勢」

伝令にそう命じ、太鼓も打たせた。具足をつける。火、という叫び声が聞えた。

曹操は、舌打ちをし、楼台に登った。

陸地の続きのように拡がった船隊の端から、赤い炎があがっている。それはひとつ増え、二つ増えし、数えきれないほどになった。火勢は風に乗って、陸の陣にまで押し寄せてくる勢いだ。すでに、船上は混乱しはじめているのが、よく見てとれた。

「風が、変るとは」

呻くように言い、曹操はぎしりと奥歯を噛みしめた。北風なら、外周にいる船を焼くぐらいで終る。しかし、この風だ。防ぎようのない猛火になる。周瑜は、黄蓋に手間をかけた降伏の偽装をさせ、この風が吹く夜を粘り強く待っていたのだろう。

負けた。

曹操は、とっさにそう判断した。

あらゆる感情を押し殺し、次にどうするべきか考えた。

「江陵まで、退却する。陸路だ。死にたくなければ、駈けに駈けよ」

自分は生き延びられるか。それも、考えた。きわどいところだろう。追撃してくるのは、多分劉備軍が中心だ。騎馬隊は、まともにぶつかっても侮り難い。それが追撃してくるのだ。勢いは、ぶつかり合いよりもずっと強くなっている。

「許褚はいるか？」

楼台を降りて、曹操は叫んだ。船上の兵がすでに陸に逃げこみはじめていて、混乱は本営にも伝わっていた。

「ここに」

「すぐに駈ける」

「三千騎は、いつでも」

なにか、やり残したことがあるような気がした。しかし、思いつかない。

思いつかないまま、曹操は馬に乗った。

「江陵だ、許褚。私を、生きたままそこへ連れていけ」

「身に代えて」

許褚（きょちょ）の言葉は、短かった。すでに、三千騎は駈けはじめている。

後ろから、赤い魔物が襲ってくる。そんな感じだった。曹操は、ふりむかなかった。この風の中で、炎がどれほど荒れ狂っているかは、見なくても想像がつく。

負けたのか。この自分が、負けたのか。

駈けながら、はじめてくやしさの中で曹操（そうそう）はそう思った。荊州（けい）では、遮（さえぎ）る者とてなかった。揚州（よう）軍と対峙（たいじ）しても、負けるはずのない三十万の大軍を擁（よう）していた。

それでも、負けた。

かつて、圧倒的な大軍を相手に勝ったことが、何度かある。大軍には、どこか隙（すき）がある。そう思ったものだ。今度は、自分の方に隙があったのか。しかし、こんな季節に、南の風が吹くということがあるのか。河北（かほく）でも中原（ちゅうげん）でも、冬は北風が吹き続ける。

風は、吹くのだ。それを周瑜（しゅうゆ）は知っていて、自分は知らなかった。それが、隙というものなのだろう。

江陵（こうりょう）まで、およそ五百里（約二百キロ）。かなりの悪路である。地獄の道になるだろう、と曹操は思った。

炎が、大きくなった。小さな炎が集まり、ひとつになり、空高くにまで舞いあがり、踊り狂う。生命のあるもののようだった。

周瑜は、旗艦の楼台にいた。

長江が、赤かった。ふり返ると、自分がじっと立っていた、石頭関の崖も赤く照らし出されていた。まるで、この世のすべてが赤く染ったように見える。

その中でも、石頭関の赤い崖は鮮やかだった。

「赤い壁か」

「は？」

そばにいた淩統が言った。

「石頭関を、今後は赤壁と呼ぶぞ、淩統」

「赤い壁ですか」

「この赤だけは、いつまでも忘れられまい」

すべての船は、すでに錨綱も切っている。

攻撃地点をどこにするか。火の燃え拡がり方によっても、それは違ってくる。それに、陸上にも十万以上の兵がいるのだ。

船からあがる炎が、陸も舐めはじめた。

「敵陣の東側に、総攻撃をかける。速やかに上陸せよ。敵が陣形を組む前に、打ち崩すのだ。狙うは、曹操の首。それを忘れるな」

太鼓。機敏に、艦も動きはじめる。

炎が、近づいてきた。肌が、熱く感じられるほどだ。地まで揺り動かすような、大きな炎だった。ふり返る。後方の船は、みんな赤く照らし出されていた。そのむこうで、赤壁もまるで別のもののように赤かった。

先鋒が、上陸を開始した。劉備軍も上陸しているようだ。火は、すでに陸の陣営にまで燃え移り、逃げ惑う兵の姿もはっきりと見えた。

近づいてきた小船に、周瑜は乗り移った。艦だけは、岸に近づけない。揚州水軍の艦は、平底ではなく、船底を尖らしてある。その分、水深が必要なのだ。

上陸した。すでに、陸遜が騎馬隊を揃えていた。

「曹操は、江陵方面へ逃走した模様です」

さすがに、状況を見きわめる眼は速かったのだろう。

「騎馬隊を集めろ。すぐに追う。遮る者は、すべて踏み潰して駈けろ」

遅すぎたかもしれない。しかし、上陸の機は、あそこしかなかった。密集した船隊を、まとめて岸から切り離す。逆風を衝いてでも、自分ならなんとかそれを考えた。そうなったら、陸上の兵は、陣形を組めたはずだ。十万以上はいる。あるいは、岸のそばの船から、沈めていく方法もあった。

　陸に火が移る。それが確かと思えるところまで、上陸はできなかった。火攻めに成功しても、陸上で打ち破られれば、形勢はまた逆転してくる。

　水軍がいなくなっても、こちらが寡兵だという状況はまだ変っていない。

「淩統、後方に命じて、輸送船で兵糧を運ばせろ。それから、柴桑の殿に注進。われ勝てり。荊州攻略のため、増援を願いたし」

　淩統が復唱した。

「手配を終えたら、私もすぐに追います」

「よし、進発するぞ」

　陸遜がまとめている騎馬隊は、一千騎ほどだった。すでに、甘寧と呂蒙の部隊は先行している。

　駈けはじめた。

　炎の勢いは、まだ弱まってはいない。烏林の林全体が、燃えあがっていた。

「わが先鋒は駈けておりますが、その前方に劉備軍の張飛と趙雲の騎馬隊が二千。

わが先鋒との差は、ほぼ五里（約二キロ）。曹操の位置は、摑めません」

斥候を出す暇はなかった。曹操の陣営に潜入していた、潜魚の手の者からの報告である。この混乱の中で、よくそこまで状況を摑んだと周瑜は思った。

張飛と趙雲が、先頭を駈けている。上陸は、揚州軍よりいくらか遅れ、しかも遠い地点だったはずだ。それでも、先頭を取っている。つまり、これが劉備軍だ。陸戦においては、ずば抜けた精強さと迅速さを持っている。

炎から逃れた残敵は、相当数いるはずだった。しかし、抵抗はできないだろう。歩兵が、舐めるように掃討して進んでくるはずだ。

まだ、闇の中だった。炎は、すでに背後になっている。その明るさも、もう届かない。先頭は、松明を掲げて駈けていた。

「曹操は、華容道へ出るつもりでしょうが、ひどい悪路です。北へ迂回する間道を使えば、あるいは先回りできるかもしれません」

陸遜が言った。周瑜も、同じことを考えていた。丘陵が多く、湿地帯は少ない。間道までは、あと十里（約四キロ）というところだった。馬がもてば、先回りも難しくない。

夜が明けはじめていた。

枯草の色が、闇に浮かびあがってくる。樹木のかたちも、はっきりしてくる。まだ、東南の風は吹き続けていた。

4

夜明けに、許褚が馬を止めた。休め、という合図を全軍に出している。馬を疲れさせない。それを、許褚が第一に考えていることはわかった。馬が潰れれば、確かに終りである。それでも、しばらく休むと曹操は苛立ってきた。

「許褚」

「先は長いのです、丞相。どうか、この許褚にお任せを」

生きて江陵に連れていけ。許褚には、そう命じてある。任せたのだ。それでも苛立つような自分だから、戦にも負けたのだ、と曹操は思った。忸怩たる思いの中で、曹操は眼を閉じた。

斥候からの報告が届いた。

前方へではなく、後方へ斥候は出してある。疾駆したためか、斥候の馬は潰れかけていた。

「張飛と趙雲か」

後方から迫っている二人の名を、曹操は声に出した。十里（約四キロ）後方だ。さらにその後方に、甘寧と呂蒙が率いる揚州軍の騎馬隊がいる。張飛と趙雲の方が、揚州軍よりかなり速いという。

劉備の息の根を、止めておくべきだったのか。機会は、いくらでもあった。幕僚たちの中でも、抹殺すべきだという意見を持った者の方が多かった。

劉備ひとりを屈服させることもできずして、なんの天下か。そう思い続けた。間違ってはいない。天下を取るというのは、万人を屈服させることだ、と曹操は信じている。

劉備を屈服させることができなかったから、いま自分に刃をむけてきている。つまりは、まだ天下を取れるほどではなかった、ということなのだ。

天下が掌中にある。そう思った自分が甘すぎたのだ。その甘さが、結局は敗戦を呼んだ。死に物狂いで、闘おうとしなかった。なりふり構わず、揚州軍を討とうところもなかった。果敢な戦をする、と口で言っただけのことだ。内実は、三十万の大軍を擁し、その兵力を恃みにしていただけではないのか。

敗戦は、自分が招いたことだった。

しかしいまは、自分を責める時ですらない。そんなことは、生き延びてからゆっくりとやればいいのだ。

「許褚」

「はっ」

「くどいようだが、もう一度言う。私を、生きて江陵へ連れていけ」

「必ず」

「どんなことにも、耐えよう。苦しさにも、惨めさにでも」

許褚が、頭を下げた。

進発の声がかかったのは、さらにしばらく休んでからだった。

泥濘の道だった。枯葉や枯草が厚く堆積し、馬は時として安定を失った。やわらかすぎるのだ。走ることなど、できそうもなかった。いつの間にか、陽は中天にかかっている。

沼があった。底にやわらかい泥があるようだったが、水深があり、なんとか馬に乗ったまま進めた。沼地を抜けると、すぐに山道だった。騎馬隊は、駈けはじめた。

揚林山だろう、と曹操は思った。江陵までの地図が、ようやく思い浮かぶようになっていた。

細い道だ。二騎並んでは通れない。許褚は、決して急がなかった。夕刻になって、下りにさしかかる。そこでも、許褚は急がなかった。曹操も、焦らなかった。許褚に、すべてを預けたのだ。

道は、平坦にこそなったが、また泥濘だった。馬が疲れはじめている。それでも、進んだ。許褚が、休息の合図を出したのは、夜も更けてからだった。

曹操は地面にへたりこんだが、許褚は一頭一頭の馬を見て回った。小さな火が燃やされた。肉が運ばれてきて、そこで焼かれた。使いものになりそうもない馬を、何頭か殺したのだろう。

斥候が、駈け戻ってきた。

張飛と趙雲は、八里（約三・二キロ）後方まで迫っているという。斥候の馬は、やはり潰れた。

張飛も趙雲も、泥濘に耐えながら、ゆっくりと進んできているのだろう。こんな道で、馬を走らせることはできないのだ。

進発したのは、夜明け前だった。馬の肉を食ったせいか、躰にはいくらか力が戻っている。

泥濘。それから川。渡渉に、いくらか手間取った。川の縁が、人が歩いても脛までめりこむ泥なのだ。馬を降り、曹操も歩いて川を渡った。しびれるように、冷たい水だった。ようやく渡渉を終えた時は、躰がふるえ、歯の根が合わなかった。

馬に乗った。しばらく、駈けさせることができた。それからまた、泥濘になった。

南では、輸送に船を使うことが多い。こんな泥濘の道ばかりでは、輜重での輸送は困難をきわめるからだろう。曹操は、そんなことを考えていた。

頻繁に斥候は戻ってきているが、報告の内容に曹操は注意を払わなかった。後方五里に劉備軍、と聞いても、三里詰められたのかと思っただけである。

駈けられる場所でも、それほど速くは進まなかった。ひとりなら、馬を全力で駈けさせるだろう。そして、潰す。全力で駈けた馬がどうなるか、斥候を見ていればよくわかった。許褚は、耐えている。誰よりも、耐え続けている。

「この先で、一千騎を残します」

そうしなければならないほど、張飛と趙雲は背後に迫っているのだろう、と曹操は思った。

「埋伏の場所を選べよ」

曹操は、それだけを許褚に言った。

前方にいるのが、曹操の本隊だということは、見当がついた。ほかに、まとまった軍はいないのだ。

張飛は、自分を抑えていた。

曹操の首が、手が届きそうなところにある。しかし、摑もうとして馬を駈けさせれば、潰れる。一歩でも二歩でも、とにかく近づく。泥濘の深いところは、馬を降りて歩く。ただそうするしかなかった。

趙雲も、横を進みながら、耐えていた。顔を見ただけで、張飛にはそれがわかった。

「曹操」

呻くように、張飛は言った。江陵までに、必ず追いつく。追いつけば、首が取れる。

とにかく、曹操がいた。劉備が飛躍しようという時、それを潰すのは、いつも曹操だった。首を、捻じ切ってやりたい。何度も、張飛はそう思ったものだった。

その曹操が、五里、いや四里先にいる。

招揺には、まだ余力があった。しかし、ほかの馬は、多分もう限界だろう。たとえひとりでも、張飛は駈けたかった。その気持も、抑えた。ここは、現実に曹操に手が届く機なのだ。耐えに耐え、粘りに粘るべきだった。

谷を抜けると、林があった。

「趙雲」

そのまま行こうとする趙雲に、張飛は声をかけた。おかしな気配を、林から感じたのだ。待ち伏せにも、絶好の場所である。

「わかっている、張飛。しかし、ここはじっくり構えられん。私が、林のそばを突っ切る。そこで伏兵が出てくれれば、後ろから蹴散らしてくれ。私が通りすぎて、おまえのところで出てくれれば、引き返してくる」

進みながら、趙雲が言った。

「わかった」

短く張飛は答え、進み方を少し遅くした。張飛が一千、趙雲も一千を率いている。上陸する時から、その編成も決めてあった。

趙雲が、林のところにさしかかった。

不意に喊声があがり、百人ほどが飛び出してきた。張飛は、片手を挙げて進軍を止めた。少なすぎる。百人は、馬上から突き倒されたりして、またたく間に半数に減った。林の奥から、もうひとつ喊声があがった。騎馬隊が飛び出してくる。趙雲は、逃げるような恰好で先へ駈けた。

張飛は、蛇矛を頭上に翳し、ひと声あげて走りはじめた。

ぶつかる。蛇矛に触れた四、五人を、叩き落とした。一度先へ行った趙雲も反転して引き返してきた。

前後から、挟む恰好になった。

半分ほどを叩き落とした時、敵は崩れはじめた。林の中へ散り散りに逃げこんでいく。

「よし、進むぞ。追撃する相手は、曹操だからな」

趙雲と並んだ。

「二里は、進んだだろうな」

趙雲が言う。ぶつかり合いはわずかの間で、その間に、曹操には二里ほどは進まれただろう。

「しかし、近いぞ、趙雲。いま蹴散らした兵も馬も、疲れきっていた。泥にまみれていたが、それが完全に乾いてもいなかった」

「わかっている」

進む速さには、限界があった。

泥濘。沼。曹操軍の馬の蹄の跡は、しっかり残っている。まだ、およそ二千ほどの兵はいるのだろう。深い泥濘では、歩いていた。人の足跡で、それがはっきりわかった。

烏林から、どれぐらい進んだのか、と張飛は思った。三百五十里から、四百里（約百六十キロ）というところか。このままでは、曹操は江陵に着いてしまう。とにかく、泥濘がくせものだった。人も馬も疲れさせる。すでに、二人、三人と脱落する者が出はじめている。馬の方が、先に潰れているようだ。

陽が落ちた。

「休もう、張飛。馬がもたん」

俺の馬はもつ、という言葉を張飛は呑みこんだ。招揺は、ほかの馬とは違うのだ。

「月が、あの梢のところに達するまで」

張飛は、黙って頷いた。人にとっても馬にとっても、束の間の休息だろう。それでも、五十頭は潰れるところが、十頭で済むという程度の休息にはなる。

「焦れるな、まったく」

趙雲が、そばに立って言った。

「俺もだ。しかし、強敵だぞ。同数なら、かなりの強敵だ」

「ほぼ、同数だろう」

「許褚の軍だろうな。やはり、耐えながら進んでいる。ほとんど馬を潰していない。これはすごいぞ。普通なら、逃げる方は必死で、追う方よりずっと多く馬を潰すはずだ」

「私も、それを考えていた。しかし、差は詰めている。間違いなく、詰めているはずだ」

「江陵までに、追いつけると思うか？」

「わからん。しかし、徐々に差を詰めるしか、方法はない」

改めて確認しなくても、その通りだった。ただひとつしかないやり方で、曹操を追い、やはりただひとつの方法で曹操は逃げている。

兵たちが、兵糧をとりはじめた。ほんのわずかだ。兵糧袋のほとんどは、草を集めて重石で固めたもので、ほぐして馬にやるのだ。塩も、少し与える。

「追いつける、と信じよう、張飛」

「ああ」

曹操を追っているということが、ほとんど信じ難いことだった。長坂橋でなんとか逃げ切り、揚州軍と連合した。それでも、蹴散らされないように耐えているので、精一杯だった。毎日、大軍の圧力をじわじわと感じていたのだ。

いまは、その曹操を追っている。追いつければ、首が取れるというところまで来ている。戦は、やはりわからないものだった。

「進発」

趙雲の声。月が、頭上の梢にかかっている。兵が、のろのろと腰をあげた。

夜を徹して進む間、曹操はほとんどなにも考えてはいなかった。駈けろと言われれば駈けたし、馬を降りろと言われれば、降りた。躰は動いた。気力が萎えることもなかった。ただ、頭は空白だった。

時々、冷静に指示を出す許褚の声が聞える。それが、兵を力づけてもいるようだ。

沼に入った。曹操は馬を降り、自分で轡を取って歩いた。深さが腰のあたりまであり、脚がなかなか前へ出なかった。

「元気な者を選んで、両脇を支えさせます。どうか、それで耐えていただけませんか、丞相」

「私は、まだ歩ける。心配はするな、許褚。おまえは、一歩でも前へ進むことを考えていればよい」

「それは、考えております。もうしばらくすると、華容道がいくらかましになります。馬を駈けさせることも、できます」

斥候は、出し続けているようだ。伏兵として残した一千が、それほどの時も稼げずに潰滅させられた、という知らせも曹操は聞いていた。

許褚は、慌ててはいない。慌てていれば、早い段階で馬を潰し、そして追いつかれたはずだ。

歩き続けた。数里馬に乗ると、また湿地を半里は歩かなければならない。闇の中で、湿地がいつ終るとも知れないが、曹操は平静だった。

許褚。虎痴と呼ばれている男。知っている者は、どこかに畏怖をこめ、知らない者は軽い侮蔑をこめて、そう呼ぶ。寡黙で、怒りすらも表情に出さない。それでも、怒った時は、なにも言わず眼の前の人間を両断したりする。虎痴。曹操自身は、そう呼んだことはない。しかし、いい呼び名ではないか。虎の痴は、裏切りを知らない。怯懦も知らない。虎の強さを自覚することもない。ひたむきに、おのが生き方を貫こうとするだけだ。

「こんな時に、戯れ言を言うか」

「はい、殿」

「曹仁の、援軍が来るな」

「来ます。しかし、劉備軍が、すぐ後ろにまで迫っています」

「そうか。間に合わぬか」

「間に合います。ただ、私はここでお別れしなければなりません」

「おまえが、張飛と趙雲を止めるか？」

「はい」

「死ぬな、虎痴。おまえが死ねば、私は虎痴と呼ぶ者がいなくなる」

「はい」

「いいな、おまえの返事はいつも短くて」

「ひたすら、江陵にむけてお駈けください。一千騎をつかせます。元気な馬を、四頭選んであります。潰れたら、乗り替えてください。曹仁殿は、もう援軍を出されているはずです」

　頷いた時、馬はもう駈けはじめていた。許褚の部下が、両脇を走っている。ふりむこうとしたが、曹操はふりむけなかった。

趙雲が、前方を指さした。

一千騎ほどが、横列で隊形を組んでいた。

「真中にいるのは、許褚ではないか、趙雲」

「ということは、曹操に追いついたのだ。ここを突き破れば、曹操に手が届くぞ」

「らしいな。しかし」

許褚が、一騎だけで前へ出てきていた。

「俺に任せろ」

出ていこうとした趙雲を遮って、張飛は言った。招揺の首筋を、二、三度撫でた。

招揺は、まだ力を残している。許褚の黒馬はどうなのか。

蛇矛を構え、張飛は招揺の腹を軽く蹴った。許褚も駈けはじめる。関羽の青竜偃月刀に似た、大薙刀を低く構えていた。

下から斬りあげてくるだろう。招揺が、一瞬の脚でそれをかわしてくれれば、蛇矛をまともに打ちこむことができるはずだ。

駈けた。許褚の眼が、飛び出してくるように見えた。風。頬を掠める。かわした時、張飛の蛇矛は許褚の胸のあたりに飛んでいた。叩き落とした。そう思ったが、許褚は蛇矛を大薙刀の柄で受け、顔の横に流していた。

　馳せ違う。二合目。蛇矛と大薙刀が、まともにぶつかり、火花を散らした。さすがに、許褚は強かった。三合目。馳せ違ったが、四合目には叩き落とせる、と張飛ははっきり感じた。許褚も、どこか、力がなかったのだ。頭上に蛇矛を差しあげ、張飛は叫び声をあげた。許褚も、出てこようとした。その躰が、沈むように地面に落ちた。許褚の黒馬が、潰れたのだ。

　許褚は、枯草の中に立って、大薙刀を横に構えていた。気力は、失っていない。力がないと感じたのは、馬が潰れかけていたからだろう。

　張飛は、招揺を押さえ、ゆっくりと歩み寄った。

「馬を替えろ、許褚」

「このままでいい」

「それでは、俺が困る。野原に突っ立った許褚の首を落としたと言われてはな」

「馬も、力のうちだ。おまえの馬はいい、張飛」

「だから、馬を替えろと言っている」

　両軍は、しんとしていた。許褚の具足は泥にまみれ、朝の光さえ照り返そうとしていない。枯草の中に立って、しかし許褚は堂々と馬上の張飛を見あげていた。

「馬だ、許褚」

「くどい」

「わかった。その首、貰うぞ」

張飛は退がり、馬首を立て直そうとした。

不意に、馬蹄の音が入り乱れた。五、六百騎が、許褚の軍の後ろに現われた。

舌打ちをし、張飛は馬を返した。

「新手だ。江陵の曹仁の軍だろう」

趙雲は、言いながら手で指図し、すぐに三段の陣形を組んだ。

「曹仁の軍が現われたということは、曹操は逃げおおせたな」

「この新手には、後続がいるぞ、張飛」

「わかっている」

ここで、騎馬同士のぶつかり合いは避けたかった。許褚の馬を見れば、どういう結果になるかはわかる。逃げるにしても、相手は元気のいい馬だ。

「騎馬戦は避けよう、趙雲」

「しかし、どうやって？」

「林を抜けてきたな。あそこまで、戻れないものかな」

「五里（約二キロ）はある。われらの馬で、五里を逃げるのは難しい。半数も行き着けまいな」

後続の新手も見えてきた。一千騎近くいるようだ。愚図愚図していれば、歩兵も到着してくるに違いない。

「元気のいい馬に乗った者が、五、六十か。それに俺とおまえ。これで、敵を食い止められないかな、趙雲？」

「無理だろう」

睨み合う状態が、しばらく続いた。

「おい、あれを」

また、騎馬隊が駈けてきている。しかし、江陵とは方向が違った。

「ほう、周瑜の兵だ。水の上だけではなく、陸でもなかなかやるではないか。あれは、間道を迂回して駈けてきているぞ」

曹仁の軍が、徐々に後退していった。次々に追撃の軍が現われるとまずい、と判断したのだろう。曹操軍は、負けているのだ。

「引き揚げてくれそうだな。いまの局面は不利だが、全体の情勢としては、こちらが圧勝しているのだ。むこうも、江陵を守るのが第一というわけだろう」

趙雲の言い方は、すでに大魚を逸してしまったという響きがあった。

周瑜軍が到着した時、曹仁軍はすでに江陵にむかって駈け去っていた。

「逃がしたぜ、曹操は。いま一歩、追いつけなかった。運があったな」

張飛は、馬を降りて近づいてきた周瑜に言った。

「そうか。こちらも間に合わなかった。やはり、運があったということか」

「よく逃げた。決して急がず、最後まで馬を潰さなかった。許褚の野郎だろうな」

張飛は、周瑜にぞんざいな言葉遣いをした。劉備と孫権は対等の同盟をし、周瑜は孫権の部将にすぎない。つまり、自分と同格なのだ、と張飛は思っている。

それでも、この戦の総大将だった。ただ、劉備軍にこういう部将がいる、ということは教えておいた方がいい。それには、自分が適役なのだ。

江陵の曹操が、今後どう動くのかはわからない。しかし、すでに大敗しているのだ。これからは、劉備と周瑜がしのぎを削ることになるのかもしれなかった。

「ただちに、江陵を攻められますか、周瑜将軍は？」

「そんな兵力はありませんよ、趙雲殿。とりあえず、長江の岸に出て、陣を敷き、後続を待ちます。兵も疲れきっていますしね」

「われらも、どこか適当な場所を捜して、陣を敷こうと思います。とにかく、曹操を追うので精一杯で、今後どうするかも、主の口からはなにも聞いておりません」

「あまり、離れていない方がいい、と思います。それに、兵站は長江に頼ることになります」

「それにしても」

趙雲が、一度頭を下げた。

「後世に語り伝えられる、見事な勝利でした。おめでとうございます」

「なにを言われます。ともに闘ったのではありませんか。ともに、喜びましょう」

周瑜が笑った。

張飛も、頭を下げた。確かに、文句のつけようのない勝利だった。

こんな若造が、という思いが張飛の中にないわけではない。しかし、この男が曹操を破ったのだ。それは間違いのないことだった。

孔明にしろ、周瑜にしろ、若かった。俺は四十をいくつか過ぎてしまっている、と張飛は思った。四十歳まで自分が生きている、と若いころの張飛は想像したことがなかった。

周瑜軍が、江陵ではなく、長江の方へむかいはじめた。

わが声の谺する時

1

雪は、これからさらに深くなる。

いつもなら、張衛は漢中を出ているはずだった。それが、漢中へ戻ってきた。南鄭の仮義舎に入る。兄の張魯に報告に行き、その足で鮮広のところへも出向くのが習慣だった。しかし、仮義舎の居室で、張衛はしばらくじっとしていた。あるはずのないことを、見た。その思いが、まだ頭から離れない。

張衛が読んだ情勢では、曹操は揚州を攻めるはずだった。荊州の降伏は予測がついたが、揚州がどういう抵抗をし、それを鎮めたあと曹操がなにをやるか、自分の眼で見るつもりだった。揚州のことは、いずれ益州にも及んでくると思えたからだ。

六万に満たない軍が、三十万の大軍を潰走させた。六万といえば、五斗米道軍の規模と同じである。五斗米道軍は、いまだ益州牧（長官）の劉璋さえも、破れないでいる。

騎馬隊も整備したし、武装も充実している。何度か、巴西郡の南まで兵を進めたが、そのたびに劉璋の軍に押し返された。

山中での戦はできても、平原での戦では思うように勝てない。そして劉璋軍は、最近では決して山中にまで入ってこなくなった。

もう少し兵力があれば。何度も考えたことだった。兄の張魯に頼んではみたが、これ以上五斗米道軍を増やす意志はない、とはっきりわかった。漢中だけで六万もの兵力を擁していられるのも、信者を兵卒にしているからだった。

手を組む相手が、以前ならいないわけではなかった。黒山の張燕など、その占めている位置からいっても、手を組んでいればと、いまさらながら惜しまれる。

張燕は、闘わずして曹操に降った。

いま手を組める独立勢力といえば、涼州の韓遂と馬超ぐらいのものだろう。韓遂は、どこか信用できなかった。五斗米道軍を利用して、自分だけうまく立ち回ろうとしかねないところがある。そして馬超は、涼州のさらに西の方へ眼をむけている感じがあった。

国の大部分が、曹操の色で覆われている、というふうに張衛には見えた。曹操が荊州に進攻した時は、ついにという感じが強かった。曹操が荊州を奪れば、揚州も益州も手にするのはたやすい、としか見えなかったのだ。

ところが、曹操が負けた。

いままでの歴戦と、その擁する大軍を考えれば、信じられないような負け方だった。

こんなこともあるのだ。張衛には、それ以上のことは考えられなかった。

曹操が負けたことにより、揚州の孫権の力は飛躍的に大きくなる。孫権と同盟して曹操と闘った劉備も、荊州のどこかに拠点を得るかもしれない。

そういうことが、今後どう影響してくるか、張衛にはまったく読めなかった。曹操が勝つ、と信じて疑っていなかったのだ。

張衛の思考は、曹操の天下になった時、漢中の独立をどう保つか、という方に向いていた。できれば、漢中だけではなく、益州を五斗米道の国にしたかった。

夜になると、張衛は二十名の麾下を連れて、いつもの岩山に行った。

岩に登るのは、ひとりである。闇の中でも、どこをどう登ればいいかは、わかる。

上半身裸で、岩に座った。

以前は、この岩に座っていて、天下さえ見えると思った。天下まで時がかかるにしても、益州を五斗米道の国にしてしまうのは難しくない、と思っていた。身を切るような寒気が、全身を包む。冬でも、躰は熱い、と以前は感じた。風に身を晒すのが、快くさえあった。

いまは、奥歯を噛みしめ、全身に力を入れておかなければ、ふるえがきそうだった。

月が、原野を照らしている。張衛は、眼を開けていた。眼を閉じると、長江で燃えていた、曹操の厖大な水軍が浮かんできてしまうのだ。

夜明けまで、張衛はそこに座っていた。

陽が昇り、平原を隅々まで見渡せるようになってから、張衛は岩山を降り、着物を着こんだ。懐しいほどに、着物は肌に暖かかった。

「兄上のもとへ行くぞ、高豹」

馬に乗り、張衛は言った。

兄は、相変らず南鄭の南にある、山の館だった。なにを言っても、そこを動こうとしない。だから、事実上、五斗米道軍の本営である南鄭の館は、仮義舎という呼び名のままだった。

山を、駈け登った。

館には、祭酒（信徒の頭）たちが集まっていた。朝はいつもそうだ。兄の張魯は、奥の部屋に籠っている。米をひと粒口に含ませるという儀式が終らないかぎり、祭酒たちは義舎（信徒の宿泊所）には戻らないのだ。

朝の儀式が終るまで待ち、それから張衛は二人きりで兄と会った。

「報告することがあります。曹操が、よもやの大敗北を喫しました」

言っても、兄の表情はほとんど動かなかった。

「ですから、益州は、しばらくはいまのままでしょう。この機に、劉璋を追い出し、益州を五斗米道の国にしてしまうべきです」

「なにを考えているのだ、張衛？」

「なにを、と言われますと？」

「五斗米道の国を作る、と申したな」

張魯は小柄で、声はいつも沈んでいた。その沈んだ声が、信者の心にはしみこむのだ。眼はほとんど動かず、じっと座っていると、木像のようにさえ見える。

「民はいつも、重い税に苦しんでいます。賦役や兵役があります。戦になれば家を失います。それが、いまのこの国です。しかし、漢中は違う」

「兵役がある」

「それは、漢中を守るためです。漢中だけでは、守りにくいのです。だから、益州全体を五斗米道の国にするのです。四囲の山が、益州を守ってくれます。実際に、益州だけは中原や河北の戦乱とは無縁でした」

「しかし、劉璋とは、常に戦であった」

「闘わなければ、信仰を認められません。兄上は殺されます。現に、母上や兄弟たちは、みんな殺されたではありませんか」

張魯は、眼を閉じていた。兵数を、少しずつ増やす。それはみんな、この兄の許可を得てやったことだった。兄は、戦にも、五斗米道の国にも、この漢中にすら、大きな関心は示さなかった。ほとんどが、張衛の言うがままだったのだ。

これ以上兵を増やすなと言いはじめたのは、五斗米道軍が六万に達したころだ。張衛は、十万の兵があれば、劉璋を追い出せると考えていた。劉璋の方も、兵を集めてせいぜい十数万だろう。

「母上や、兄弟たちは殺された」

「また、同じことが起きかねません」

「宗教とは、そういう宿運を持っている、と私は最近思いはじめている。太平道も、そうであった。多分、民が帝や覇者などより、信仰する神を大事にするからであろう」

「では、民は踏みつけられ、殺されるために信仰するのですか？」

「そういう時も、宗教にはある」

「私は、我慢できません。五斗米道の信者が、蟻のように踏み潰され、死んでいくのを見たくはありません。太平道は、黄巾賊と呼ばれ、そうやって殺されていきました」

「太平道は、戦をした。おまえも、戦をしようとしている」

「全国で蜂起したからです。帝も官も、すべて殺し尽せと言ったからです。ひとつの地域で、ひっそりと信仰を守っていれば、圧殺されることはありません。この漢中がそうではありませんか。劉璋という男は、五斗米道が漢中を占拠していると思っています。だから、攻めてくるのです。もともと益州全体は、劉璋の父、劉焉のものだったのですから」

「漢中は、母上が劉焉殿から与えられたものなのだ」

「それでも、劉璋は攻めてきます。劉璋がいなくなれば、益州は誰のものでもなくなります。いや、民のものです。本来あるべき姿になるのです。そして、民の多くが、五斗米道の信仰を持っています。だから、益州は五斗米道の国になるのです」

張魯の表情は動かなかった。張衛は、しばらく痩せた兄の顔を見つめていた。

「河北や中原や荆州の信徒たちも、信仰を守りたかったら、益州に移り住めばいいのです。そういう土地が、この国にあってもいいではありませんか。朝廷が出せというなら、税は出しましょう。それでも、民は豊かでいられます。私腹を肥やす役人など、いなくなるのですから。漢中では、狭すぎます。大規模な戦になれば、守ることもできません。益州全体なら、山が守ってくれることは、すでに証明されているではありませんか。いま、漢中で無理に兵を集めなければならないのも、劉璋がいるからです」

張魯が、眼を開いた。

この兄を動かさないことには、なにもできない。兵の口に米粒を含ませ、死ねと教える。それで、兵は死ぬことを恐れずに闘うのだ。

五斗米道という基盤は、軍にとっては非常に強固であり、同時に脆弱さもあわせ持っていた。そのすべてが、教祖であるこの兄にかかっている。

「私は、最近、滅びということについて考える。私の滅びであり、五斗米道の滅びだ。ほんとうに、滅びるのだろうか。母上は死なれたが、いまだ信徒の心には生きていて、これからも語り継がれていくだろう。それは、殺した劉璋が死んだあともずっとだ。人に心があるかぎり、信仰に滅びはない。私が滅びても、五斗米道までは滅びぬ。そう思うようになった。だから、おまえがやっている戦は、無駄なものに思えてならぬ時がある」

「それは違います、兄上。私が闘ってきたからこそ、漢中という信仰の地があるのです。劉璋に踏み躙られなくても済んでいるのです。兄上は、信徒が蟻のように踏み殺されていくのを、ただ見つめていると言われるのですか？」

「それが宗教だと、最近思いはじめた。信仰には、そうやって滅びてもいいと思う気持まで含まれると」

「待ってください。ならば、私の闘いはなんだったのですか？」

「そこが、私が思い悩んでいるところでもある。おまえの闘いで、確かに信徒たちは、心だけでなく、その生きる場も守られてきた。それは、五斗米道にとっては大きなことだっただろう。しかし、守らなければならない場というのは、宗教のものではない、という気もしている」

「本気で、そう考えておられるのですか？」

「結論を導き出すのは、まだ早い。私も、長い迷いの中にある」

いままで、こういうことを一度も考えはしなかった。六万以上兵を増やさないのは、単純に兵が多すぎると張魯が感じているからだ、と思っていた。だから、一時的に十万にまで増やすことを肯んじさせるのも、言い方によっては無理ではないはずだった。

「滅びてもいい、などと私には思えません。躰が殺されることにより、心も殺されます。母や兄弟を失った苦しみや悲しみを、兄上はよく御存知のはずです。なのに、信徒はそれでもいい、と言われるのですか。なんとかして信徒を守るのも、宗教ではないのですか？」

「もう少し、待ってくれ、張衛。それから、私は結論を出そう」

「私は、私なりに自分の使命というものについて、考えてきました。そのために、命を捧げていると言ってもいい。信徒の安息の地を確保する。私の使命は、それしかありません。それを否定されるのは、私に死ねとおっしゃっているだけでなく、信徒にも死ね、苦しめ、と言われているようなものです」

「死に行く者、苦しむ者の心にも、信仰はある。私は、それを言っているだけなのだ。もう少し待て、張衛。おまえがなしてきたこと、その思い、すべてをわかって、私は言っているのだ」

「わかりました。ただ、なにかあれば、やはり六万の兵で闘わざるを得ません」

張魯は、もう眼を閉じていた。

館を出ると、張衛はそのまま南鄭郊外の鮮広のもとにむかった。

鮮広は、とうに六十を過ぎ、七十に近くなっている。白髪と白髭に、すでに一本の黒いものも見当たらなかった。張衛もいつの間にか四十を過ぎたのだ。

漢中を、守り続けてきた。母が殺され、漢中に拠って、すでに十五年近くになる。長い歳月だった。

その間に、自分がやったのは、劉璋との押し合いだけだ。それが、漢中を守るということだった。

兄との会話を、張衛はひとつひとつ思い起こしながら喋った。鮮広は、腕を組んで聞いていた。骨格は相変らずがっしりしているが、かなり痩せた。のどのあたりには、隠しようもない老いが滲み出している。

「教祖が、いつかそういうことを言い出されるかもしれん、とは思い続けてきた」

「伯父上は、予測されていたと？」

「もともと、宗教と戦とは、なじみにくいものだと私は思っている。それをなじませたのが、おまえだった。漢中が、長きにわたって信徒の地であり得たのが、おまえの働きによることを、教祖はよく御存知だろう。それでいてなお、そういう述懐が出てくる。やはり、宗教と戦はなじみにくいものなのだ」

「力の無い五斗米道を、許そうという者はいません。力があるからこそ、兄上も南鄭で布教だけをしていられるのです。特に曹操は、許しませんぞ」

「話はわかった。教祖のお心がそのあたりにあるかもしれないとは、この二、三年私も感じていたことだ。これからどうするかは、ゆっくり考えようではないか」

「はい。伯父上に喋って、いくらか気が紛れました。外では大きなことが次々に起きているのに、漢中はいつも劉璋だけが相手です。考えてみると、小さなものです」

　五斗米道軍の規模を大きくしていけば、天下を争えるかもしれない、と張衛は考えたこともあった。少なくとも、益州全体を制することはできる、と思っていたのだ。

　いつの間にか、天下よりも、どうやって生き延びるか、という発想をするようになっている。益州を制するというのも、その方が生き延びやすいからである。

　ただ、益州を掌握していれば、いずれ道は開けるかもしれないのだ。その時はまた、天下というものについて考えもするだろう。

乱世では、なにが起きるかわからない。心の底の志だけは、忘れないでいることだ。

「曹操が、負けたそうだな」

「わずか六万足らずの軍に、完膚なきまでに負けました。戦は双方が傷つくものですが、この戦にかぎっては、曹操だけが大打撃を受けました」

「おまえの知らせでは、火攻めだったという話だが」

全国に、間者を放ってある。それは鮮広がやったことだが、いまでは張衛の情報網と言った方がいい。間者はみな信徒で、裏切る心配はまったくなかった。漢中に情報が伝わってくるのも速い。

「風下にいた、揚州と劉備の連合軍が、なぜ火攻めができたのか、と私は思います。あの晩だけ、風向が反対になったのです。揚州軍の周瑜という将軍は、そうなるのをじっと待っていた、としか思えません。あれだけの軍船が焼けるさまは、言葉では言い尽せません。いつも周瑜将軍が立って敵陣を睨んでいた、石頭関という崖は、赤い血の色に見えたと言います。それで赤壁と周瑜が呼び、いまではそうなってしまっています」

「赤壁か。曹操が荊州に進攻した時、これで天下が決する、と私もおまえも思った。

間違いないことだとな。それが、下手をすると曹操が討たれていた、ということになったかもしれない。戦とは、そういうものなのだな」

「実際、曹操は討たれかけたそうです。ほんの一里の差で、江陵に逃げこんだという話です」

「これで、天下はまたわからなくなった」

「いままで、いつも隅にいた劉備という男が、中央に躍り出したという感じもあります」

益州さえ掌握していれば、劉備と手を組むことも、揚州の孫権と手を組むこともできたかもしれない。張魯が面倒なことを考える前に、そうしてしまっておくべきだった。

それを思うと、口惜しさも滲み出してくる。

「雪は、まだ消えん。馬超と会っておけ、張衛」

「私も、それを考えていました」

馬超の父、馬騰は、一族を率いて許都の朝廷に出仕したという。それも、一衛尉(朝廷の警固の役)だという話だった。

ただ、その軍事力は涼州に残し、いま馬超が率いていた。中央の干渉は排除し、いわば涼州の独立勢力と言ってよかった。

「黒山の張燕が降り、遼東の公孫康も曹操に帰順した」

ほかに独立勢力はいなくなった、と鮮広は言っているようだった。

すぐにも出かけたかったが、任成や白忠という、軍の指揮官とも会い、冬の間の調練の計画も話し合っておかなければならなかった。

「それにしても、周瑜という若い将軍が、揚州軍の総大将でしたが、いそうもない男がいるものです」

「私も、曹操が敗走したと聞いた時は、いささか呆れたな。いつか、兵力や大将の戦歴で、勝敗を推測するようになっていた。長年、山中で暮し、老いたことにも気づかなかったのかもしれん」

「伯父上は、山中から全土を見ておられます。老いたというには、十年早いと思います」

「いや、私など、遠からず使いものにならなくなる」

鮮広が笑った。

口もとから頬にかけての深い皺は、二、三年前にはないものだった。

2

江陵に曹仁と徐晃を残し、襄陽に楽進を残した。

一度は手に入れた荊州が、二点を確保するのみとなった。その二点も、これから激しい攻撃に晒されることになるだろう。

曹操は、許褚の騎馬隊と張遼の軽騎兵だけを率い、本隊に先行して鄴へ戻った。

損害はかなりのものだったが、惜しい将軍たちを死なせてはいなかった。それぞれが、陸上の陣にいたのである。

「軍の再編を急げ、夏侯惇」

再編は、難しいものではなかった。将軍たちは生きていて、それを軸に再編ができるからである。

ただ、馬や武具が不足しはじめている。かなりのものを失っていた。

「白狼山に、洪紀という馬商人がいる。知っているな？」

士英を呼んで言った。曹操の厩の頭ということになっているが、曹操軍の馬のほとんどは、士英に調達させていた。二百名ほどの部下もいるし、馬の移送に護衛が必要な時は、各地の軍を動かす権限も与えてあった。

「どれほどの数が？」

「四千頭」

「手ごろな馬を四千頭とは、なかなか難しい話でございます」

「なんとかしろと私が言った、と洪紀に伝えよ。洪紀の昔の主に打ち破られて、馬が不足しているのだ」

「かしこまりました」

士英の、馬を見る眼は確かだった。張遼も、士英を信用している。軽騎兵の馬のほとんどは、士英が調達してきたものだ。

信都に鍛冶屋を動員して、武器を作らせる手配もした。

烏林での大敗があっても、領内に表立った乱れはなかった。民政を荀彧が、軍を夏侯惇が統轄していたのだ。

今後は、数十万の遠征は難しくなるかもしれない。涼州が不穏だった。揚州は完全に敵であり、荊州は江陵と襄陽を防衛するだけでも、相当のものが必要になる。おまけに劉備がいて、これはかなり力をつけてくると考えざるを得なかった。そうなると、一度は兵糧を贈ってきて帰順の意志を示しかけた益州も、曖昧な態度に戻るだろう。

ひとたび、攻略に失敗すると、こんなものだ。一連の手配を自ら済ませると、やることがなにもなくなった。

「銅雀台（どうじゃくだい）の建設は、このまま進めてもよろしいのでしょうか？」

曹丕（そうひ）が、訊（き）いてきた。

鄴（ぎょう）に、壮大な館（やかた）を建築中なのである。

「続けよ」

すべてのことを、中止する気が曹操（そうそう）にはなかった。一州の支配者が敗れた、というのではなかった。河北（かほく）から中原（ちゅうげん）にかけて制している、最大勢力の自分が敗れたのである。ここで弱気を出せば、天下の争いが別の局面に移りかねない。覇権（はけん）に手をかけているのは、相変らずこの曹操孟徳（もうとく）であることを、全国に知らしめておかなければならないのだ。

「父上は、五十四歳になられました」

曹丕が言った。この息子を、曹操はあまり好きではない。情は、弟の曹植（そうしょく）の方へ傾いている。しかし、曹丕が曹植にないものを持っているのも、確かだった。激情家ではなく、冷たい。ものごとを、客観的に、冷静に判断する力は、曹植よりもずっと優れている。

「五十四歳だから、なんだというのだ？」

「前線に出られるのは、危険です」

「戦もできぬ、老いぼれだと言うのか？」

「まさか。私はただ、父上は鄴におられて、政事をなさるべきだと思うのです」

「老いぼれ、と言っているのと同じだ」

「政事の方が、遥かに知識が必要です。人の心のうちまで知らねば、うまくいきません」

「戦は、知る必要がないのか？」

「二つ、知っていればいい、と私は思っています。勝ちたい、というのがひとつ。死にたくないという思いがもうひとつ。戦のすべては、その思いを礎石のように持っています」

「もうよい」

曹操は、手で払うようにして、曹丕を退がらせた。

負けた口惜しさが、曹操の中にある。それを、誰にも見せまいともしている。戦だから、負けることもあるのだ。はっきり言いはしないが、態度で出している。

江陵の曹仁が、苦戦していた。襄陽の楽進との連携が、うまくいっていない。というより、断ち切られている。攻囲軍の指揮は、周瑜である。鬼神というわけではない。寡兵で大軍を破ったからといって、いつもそうできるわけでもない。いまの攻城戦では、曹仁の方が寡兵であるが、周瑜は落とせずにいるのだ。

曹丕が退がってしばらくすると、曹植がやってきて、詩の話をはじめた。軽く受け答えをしながら、曹操はその話を聞いた。曹植は、いい詩を書く。曹操孟徳の息子ではなく、漂泊を重ねる孤独で無名の青年だったら、人の心を揺り動かす悲しみに満ちた言葉も出てくるだろう、とよく思った。

詩は、悲しみなのである。喜びをうたっても、恋をうたっても、底には悲しみという情念が流れている。生きることは、ただ悲しいだけではないか。

しかし曹操は、その悲しみを心の奥に押しこんでいた。書く詩からも、それを読み取れる者はいないだろう。

曹植が退出すると、夏侯惇を呼んだ。

「うるさいことだ。みんな、負けて帰ってきた私を慰めようとばかりしている」

「派手な負け方をされましたからなあ」

「負けても、こうして生きている。負けることは、すなわち死。そういう思いで、戦をすることもなくなっている」

「長く、闘って参りましたから。ふり返ると、悔悟ばかりが足跡のように続いております」

「目の玉をひとつ失ったことでもあるしな」

「しかも、その目の玉を、自分で食らったとまで言われております」

夏侯惇は、左眼に突き立った矢を抜いた時、目玉が矢の先についていたので、吠え声をあげながらそれを食らったと言われていた。その時から、夏侯惇は黒い眼帯をかけている。

「合肥へ、兵を出そうと思うのだが」

「新しく編成した部隊で、すでに六万ほどは動けます」

合肥は、揚州に対した時の、曹操軍の最前線基地だった。合肥城に拠る曹操軍は、揚州にとってみれば、のどもとに突きつけられた刃物のようなものだろう。

今度の戦勝の余勢をかって、孫権自身が合肥城の攻撃をはじめていた。

「あそこならば、兵站は楽です」

荊州に残る、襄陽と江陵の拠点の方は、兵站が楽ではないと夏侯惇は言っているのだった。兵站に問題があるから、無闇に増援を送るわけにもいかないのだ。

「六万全部を出せ。若造を、いい気にさせすぎてしまったようだ」

「わかりました。進発は明日ということにいたします」

ここで、孫権にずるずると押しこまれるわけにはいかなかった。襄陽と江陵は、まだ荊州に攻めこんだというかたちになっているが、合肥は孫策のころからずっと曹操の領土だった。

「少しずつです、丞相。あまり急がれてはなりません。動きすぎても、慌てていると見られるものです」

「合肥から孫権を、追い払うだけにしよう」

「揚州軍では、烏林の対岸の石頭関を、赤壁と呼んでいるそうですな。炎で照らされて、赤く見えたのでしょう」

「赤壁か。いずれは、誰もがそう呼ぶようになるだろう」

「心に、刻みこんでおかれることです、赤壁という名を」

それだけ言い、夏侯惇は腰をあげた。

ひとりになると、曹操は夕刻までぼんやりしていた。

烏林から、華容道を駈けて、江陵に逃げた時のことが思い浮かんでくる。あれから、すでにひと月は経っていた。

昼夜兼行だった。馬を潰さないために休みはしたが、よく駈け抜けたものだといまにして思う。ただ駈け続ければ、馬を潰した。そして、劉備軍に追いつかれただろう。

休息は、許褚が決めた。どこで馬を休ませればいいのか、曹操には判断がつかなかったのだ。追われながら、休息を取る。休まないで進むより、ずっとその方がつらかった。許褚は、それに耐え抜いた。

運とか、僥倖とかいうものではない。許褚の力で、生き延びた。

あそこで死んでいれば、楽になったのか。首を取られ、塩漬けにして晒されても、やはり生きていることより楽だったのか。そもそも死んだ先に、楽などということがあるのか。

思い出すのは、足を取るばかりの、沼や湿地のあの泥だった。一歩前へ踏み出すのに、信じられないほどの力を要した。それでも、踏み出していた。心は眠っていても、躰が動いた。躰が、生きることを欲していたのだ。死から、逃れようとしていた。

死とは、ただ心が死ぬということではないのか。躰は、いずれ死ぬ。躰が死んでも、心は死なないこともある。心だけが死んで、躰が生きていることもあるだろう。

誰かが入ってきた。

夕餉の仕度が整ったと、従者が知らせに来たのだろう、と曹操は思った。食欲は、あまりなかった。

「殿、めずらしい方をお連れいたしました」

曹操を殿と呼ぶのは、許褚だけだった。

許褚の大きな躰の後ろに、すっかり縮んで小さくなってしまった、石岐の姿があった。無表情だが、見た瞬間は笑っているような気がする。その顔だけは、変らなかった。

「鄴に戻っていたのか、石岐？」

「戻ったというよりも、鄴へ来たということでございますか。赤壁で、大負けをされたそうですな、若造に」

「烏林で負けた。赤壁ではない」

「誰もが、もう赤壁としか呼ばなくなっております」

「負けた時には、必ず現われる。そんな気がしてきたぞ、石岐」

「勝った時に現われても、お忘れになるだけです。それより、鄴と許都に、壮大な浮屠（仏教）の寺を建立してくださるそうで。そのお礼に、漢中から参りました」

「寺は建てる。そういう約束であったろう」

「各地に、浮屠の寺を建てさせていただきました。鄴や許都に、丞相が寺を建ててくださるとは、思っておりませんでした」

「それだけ、五錮の者はよく働いた」

いつの間にか、許褚の姿は消えていた。眼の前に、石岐が座っているだけである。座ると、石岐の躰はいっそう縮んだように見えた。

「死んだ先に、なにかあるのかどうか、考えていたところだ」

「極楽というものがございます」

「夢物語を聞きたいわけではない」

「死んだら、楽になるのでございますよ。だから、苦しくとも生きよう。それが、浮屠の教えでございますな」

「それだけか？」

「宗教など、もともと単純なものでございましてな。現世の苦しみを、やわらげるためにだけある、と申しあげてもよろしいと思います」

「では、死とはなんだ？」

「そのようなこと、私にはわかりません。無論、丞相にも」

「なぜだ？」

「私は、死んだことがありません。丞相も、死なれたことはないわけです。つまり、死を知っている者などおりません。他人の死を見てはおりますが、死人は口を利いてはくれませんのでな。だから、死がなにか、語ることもできないのです」

「語るのは、紛（まが）いか？」

「それぞれの頭に、死はございます。それを語ることはできるでしょう。生きている人間の頭にある死、でございますな」

「人は、誰でも死ぬというわけか。そして、それがどういうものか、死ぬ人間にしかわからぬということだな」

「死んだ先に、なにがあるか。極楽と申しましたが、それも死んでみなければわかりません。宗教は、だから死者のものではなく、生者のものなのです。生きることの苦しみを、いくらかでもやわらげるために、宗教はあるのでございますよ」

「私に信仰はないが、生きることの苦しみをやわらげる方法は、持っているような気もする」

「詩でございますな」

「まさか、詩が宗教とは申すまいな、石岐？」

「丞相が、詩をお持ちのように、人によっては信仰を持ったりするのです」

「いずれにせよ、生きることは苦しいということか」

「だいぶ、丞相もわかってこられました」

「なんの。まだわかってはおらん。私のために、宗教が役に立つことがあるか。それも、覇者たる私にとってだ。その程度にしか、考えておらんな。そして、浮屠は役に立つと思った。だから、鄴にも寺を建てる」

「よろしいのでございます、それで」

それから、めずらしく石岐は、昔話をはじめた。洛陽にいたころの曹操。呂布に、兗州を奪われたころのこと。徐州での、殺戮。袁紹との戦。

思い返しても、楽なことはなにもなかった。喜びでさえ、あったのかどうか定かでなくなる。それでも、生きた。力のかぎり、生き続けてきた。それだけは言える。

「石岐の、こういう話を聞くのは、はじめてではないかな」

「もうひとつ、はじめての話をいたさなければなりません、丞相」

「ほう」

「実は、お別れに参上いたしました」

「どういうことだ」

石岐の表情は、ほとんど動いていなかった。

「五錮の者たちは、すべて私の手を離れ、丞相のもとで大きくなっております。私ごとき虫けら一匹、このまま消えていけばよいようなものでございますが」

「待て、石岐。隠棲するとでも申すのか？」

「いえ、死にまする」

「おまえは、五斗米道の中に入り、宗教が国を作ることの非を、張魯に悟らせるのではなかったのか？」

「死に場所が、漢中にあるようでございます。五斗米道は、丞相にとってはまもなく面倒なものではなくなります」

「そして、おまえが死ぬのか？」

「これでも、生きすぎております。気の合う男がひとり、一緒に死にます。死に、道連れを求めてはおりませんが、そうなってしまいそうです」

「そうか、石岐が死ぬるか」

「漢中の暮しも、悪いものではございませんでした。漢中で死ぬのもいい、と思うことができます」

「不思議だな。私が死の話をおまえにしたのも、はじめてのような気がする」

「そんなものでございます、丞相」

「であろうな。そんなものなのだということが、いまは実によくわかる」

「丞相は、よくわれらとの約束を守り、各地に浮屠の寺を建ててくださいました。この鄴や許都にまでも。それは、感謝いたしております」

「感謝はしてくれた。しかし、石岐。おまえは心の底では私を好きではなかったな」

「はい」

「私は、信じられようとは思った。好きになられようとは思わなかった」

「よろしいのでしょう、それで。丞相の生き方がそうだと、私にはよくわかっておりました」

さらば。石岐の眼が、そう言っていた。曹操は、かすかに頷いた。

「昔のように、私にわからぬように消えてくれぬか。おまえが別れにきたのは、夢だと思いたい」

石岐が、頭を下げた。

曹操は、束の間眼を閉じた。再び眼を開いた時、石岐の姿は消えていた。

許都からの使者が来たのは、石岐が現われた数日後だった。

馬騰やその息子たちが、廷臣数人とともに、帝のもとでしばしば密会を重ねているというのだ。馬騰の方からの働きかけではなく、帝がひそかに召し出しているという。

また、帝だった。なんの力もないくせに、なぜ政事をなすことに固執するのか。政事がどれほど心労を要するものかも知らず、ただ権力だけを欲しがっている。肚の底が、煮えた。自分が救ってやらなければ、どこかで野垂死にをしていたはずではないか、という思いが曹操にはある。なのに、機会を見ては、曹操に逆らおうとする。それが発覚して、いままでに何人の忠臣が首を刎ねられたのか。

そんなことは、帝にとってはどうでもいいのだろう。帝なるがゆえに、すべての者は自分の犠牲になるべきだ、と勝手に思いこんでいるに違いないのだ。

そして、自分は帝に嫌われているのだろう、と曹操は思った。なぜかはわからないが、たとえば劉備などは、好かれている。劉皇叔などと呼ぶのだ。劉備はいつもひれ伏して、帝のことを一途に思っている、という態度を取るからだろうか。なにをする力もなかったから、劉備はそういう態度を取っていたのだ。

人にひれ伏して貰いたかったら、それだけの力を持てばいいのだ。自分が守ってやっている帝位などには、なんの力もありはしないのだ、と曹操は思った。そろそろ、始末する時なのかもしれない。腐った血が、悪臭を放ちすぎる。しかし曹操は、そういう思いをなんとか抑えた。いまは、慎重に動いた方がいい時だ。あらゆるところから、人の眼が自分にむいている。

「執金吾（警視総監）に命じて、馬騰とその一族を捕え、獄に落としておけ」

それだけを、曹操は命じた。

3

長沙郡の、臨湘の近くに陣を敷いた。

一度は油口に駐留したのに、拠点を作らず南郡を出てきたのが、関羽には不満だった。それでも、劉備と孔明が決めたことである。

劉備軍は全軍が揃い、荊州の牧として押し立てている劉琦も、伊籍らの文官とともに来ていた。

しかし、野戦の構えである。臨湘の城に拠ろうともせず、原野に幕舎を張った。張飛と趙雲は、軍の編成に忙しかった。赤壁で大勝したからなのか、劉備軍はいつの間にか四万を超えていた。兵の力を見きわめ、部隊を編成し、調練を行う。これはかなりの手間で、関羽は歩兵の調練と、全軍の統轄を担当した。

長沙、桂陽、零陵、武陵の、江南四郡を睨む布陣だった。それぞれの郡に太守がいるが、どの程度の戦意があるのかはわからない。

荊州の中心である南郡では、周瑜の率いる揚州軍が、江陵を包囲している。江陵と襄陽に曹操は拠点を残しているが、江陵が落ちれば襄陽ももたない。つまり、荊州でも長江の北は、揚州に併せられるということになる。

揚州軍は、増援が入って七万である。

このままでは、長江の南を劉備軍が奪ることになる。拠って立つ領土ができるのはありがたいが、軍事的な意味では長江の北を奪るべきだ、と関羽は思った。こちらは、荊州の主であった劉表の長男、劉琦を擁しているのだ。

しかし、劉備と孔明が話し合って決めたことである。関羽は、とにかく馬と武器の調達に動いた。いまのところ、揚州軍ほど充実した武装が、劉備軍にはない。

しかし、すぐに文官が機能しはじめた。

どこか城を取ったというわけでもないのに、幕舎二つを並べ、そこがそのまま役所のようになった。麋竺、孫乾、簡雍がいて、物資の調達はすべてそこでやるようになった。

　関羽は、歩兵の調練に打ちこんだ。

　ある日、関羽は孔明の幕舎に呼ばれた。

「そろそろ、動こうと思います。まず零陵を奪りたいのですがね、関羽殿」

「ひとつ、訊いてもいいか、孔明殿？」

「なんなりと」

　孔明は、具足も付けていない。粗末な茶色の袍に、緑の巾をつけているだけである。

「なぜ、長江の北を奪らないのだ。周瑜は、江陵にこずっている。いまなら、襄陽がたやすく奪れる」

「確かに。しかし、襄陽は守りにくい地です。劉表殿のころのように、戦の少ない状況ならば、その地の利は生かせますが」

「しかし、こんな南にいたのでは」

「お気持はわかります。よろしいか、関羽殿。長江の北を奪ったと考えてみてください。北は、曹操と境界を接することになる。そして南は周瑜殿と。南北両方から、さまざまなかたちで締めつけられるのですよ。曹操が雪辱を考えたとしたら、最初にわれらを襲ってくるでしょう。それに耐える力は、まだ劉備軍にはありません」

荊州全部を奪ればいい。心の底では、関羽はそう思っていた。劉琦を擁してもいるのだ。しかし曹操を追い払ったのは、間違いなく周瑜だった。それは、認めざるを得ない。その周瑜と、露骨に争うかたちになるのは、やはり避けるべきだろう。それでも、関羽はやはり荊州を欲しいと思った。いままで、劉備は領土というものに恬淡としすぎていた。しかしもう、若くはないのだ。もうすぐ、五十歳になってしまう。領土を得るということについては、今度が最後の機会かもしれないのだ。

「いずれ、長江の北を奪る方策も考えています。いまは、とにかく力をつけましょう。北では、曹操との衝突を警戒して、人も集まってきません。南に腰を据えた方が、力がつくとは思われませんか？」

「確かに。荊州には、埋もれた人材が多いとも聞く」

関羽は、この若い軍師が苦手だった。嫌いというわけではない。力も認めている。だからこそ、養子の関平も孔明につけていた。

しかし、理路整然と喋られると、なにか違うという気がしてならない。

劉備は、もう若くはないのだ。やはり、そういう思いがあるのか。そして自分は、劉備を荊州の主程度で終らせたくはない。漢王室を再興し、帝を戴き、全土を統一して欲しいのだ。それが、劉備が決して失わなかった、志というものではないか。

「零陵郡を、攻めればいいのだな、孔明殿？」

「兵力は、騎馬五千に歩兵が一万。張飛、趙雲の二将軍にも従軍していただく」

「なに、兄上は来られないのか？」

「殿は、この地におられます。攻撃軍の総指揮は、関羽殿です」

いままで、劉備軍の戦に、こういうことはあまりなかった。いつも、本陣は劉備だった。

「今後は、こういう戦が多くなると思います、関羽殿。殿が、いつも戦場に出ているというわけにもいかないのです」

関羽の気持を見透かしたように、孔明が言った。

攻撃軍の総大将だと言われて、悪い気はしなかった。劉備が、いつも戦に出られるわけではない、と孔明が言うのもよくわかる。いままではたった六千で、大抵の戦は全軍で当たるしかなかった。いまは、四万を超えているのだ。

「戦の中で、兵は強くなっていく。どのような調練より、実戦であると、私にもわかってきました。関羽殿には、できるかぎり早く、兵を精強にしていただきたいのです。幸い、もともとの劉備軍は、ほとんど無傷で残っています。あの精強な劉備軍を、何倍にも増やすための戦だと考えていただきたい」

「そういうことなら張飛や趙雲にも、戦の総指揮をさせた方がいいと思うが」

「しかし、まず関羽殿でしょう。この地を拠点にした時、馬や武器の調達に最初に動いたのは関羽殿でした。あれこそ、大将がやるべきことなのです。いまは、文官が揃いました。だから、関羽殿は戦です。それも、荊州のみならず、揚州も、曹操でさえも震撼するような戦です」

「わかった」

「関平は、私のそばに置いておきます。陳礼と一緒に」

「それも、わかった」

「いつ、零陵郡に出撃できます？」

「明日」

「大丈夫ですか。兵糧も必要なのですよ」

「軍師殿、この関羽が、どれほどの歳月、戦を重ねてきたと思っておられる？」

「これは、失礼いたしました。関羽将軍に申しあげることではなかった。とにかく、あまり時をかけずに、零陵太守劉度を屈服させてください。まだ武陵も桂陽もあるのですから」

「荊州は、一度は曹操に降伏している。そのことを考えに入れて、戦をしましょう、孔明殿」

孔明が頷いた。

関羽はすぐに、張飛と趙雲を呼んで出陣を伝え、一万五千の兵を選ばせた。

出陣は、劉備と孔明と糜竺が見送った。

南郡のあたりにはあまり山や大きな丘陵はないが、零陵郡に入ると、多少の起伏が出てくる。斥候を出しながら進み、出陣から四日目には零陵郡に踏みこんでいた。

関羽は、慎重だった。零陵郡太守の劉度だけが相手なら問題はない。あまり戦乱のなかった荊州の、しかも南の端の郡なのだ。ただ、連合すると兵力は大きくなる。

斥候を、神経質なほど使った。

劉度の軍が一万ほど出てきている、という報が入ったのは、零陵郡に入って三日目だった。出てきているというのは、闘う意志があるということだ。

「劉度は、まあ、まともな方だ、関羽殿。奇策もあまりない。裏切るような男でもない。まともにぶつかって、問題はないと思う」

新野にいた八年間、荊州の豪族のもとはずいぶんと回った。しかしそれは、北にかぎられていた、と言っていい。せいぜい、江夏郡や南郡のあたりまでだ。だから、北では劉備だけでなく、関羽や張飛を知っている豪族も多いのだ。

南の豪族を知っているのは、数年の流浪をした趙雲だけだった。

「歩兵を三段に構え、両翼に騎馬を配置する。張飛と趙雲は、それぞれ半数ずつの騎馬を率い、まず敵の騎馬を蹴散らせ。歩兵が、三段順次に敵の本隊に当たる。余力があったら、本陣を横から牽制してくれ。首の数をあげても、意味のない戦だぞ」

騎馬隊は、たとえば数百騎ずつに分かれ、縦横に動くということはまだできなかった。かつての劉備軍とは違う。大部分は、調練の不足している荊州兵だ。

実戦で力をつける。孔明が言ったことも、確かに当たっているのだ。いまのままでは、曹操軍とはまともにぶつかれない。行軍も、かつての劉備軍ほど迅速ではなく、張飛などは初日から苛立っていた。

劉度の軍が見えてきた。

「小兄貴、あれは蹴散らすだけにしようではないか」

張飛は、敵の陣形を見て、すぐにそう言った。戦意の感じられない軍なのだ。おまけに、騎馬は一千騎もいない。

両翼の騎馬隊を、まず出した。調練が不足しているとはいえ、張飛と趙雲が率いているのである。しっかりと、ひとつにまとまってはいた。

敵の騎馬を追い散らしたところで、関羽は三段の陣形のまま、歩兵を前進させた。それで、勝負は決まったようなものだった。そのまま零陵の城まで追うと、籠城の気配も見せず、降伏の使者が来た。

零陵城に入ると、降兵を選別して自軍に加えるところから、関羽ははじめた。使える兵は六千というところで、あとは解き放った。

二万を超える軍になっている。しばらく、零陵城外で調練をくり返した。その間に、麋竺が二十名ほどの部下を連れて到着した。

麋竺は精力的に動きはじめ、劉琦の名で布令を出し、役所の体系を改め、各地の守兵の手配もした。劉琦の布令と言っても、実際は劉備の布令である。

「武陵郡と桂陽郡も、すぐに押さえて貰いたいのだ、関羽殿。時はかけない方がいいので、軍が帰還する必要はない。関羽殿の指揮で、速やかに二郡を制圧するようにと、これは殿からの伝達である」

「私が勝手にやることは、孔明殿も承知なのだな」

「承知だ」

麋竺は、喋っている時、いつも膝を小刻みに動かす。緊張すると、それが止まるのだ。

関羽は、張飛と趙雲を呼び、糜竺も加えた四人で軍議を開いた。

「桂陽郡の太守趙範には、十年ほど前に会ったことがある。ひと月ほど厄介になって、よく話もした」

趙雲が言った。

「どれぐらいの兵があれば、押さえられる？」

「三千かな、関羽殿」

「それは少なすぎる。八千を率いていけ。張飛も、八千で武陵郡に進攻しろ」

「俺も、八千はいらないがな。小兄貴は、どうする？」

「私はここにいて、五千で備えていよう。いまのところ、荊州南部は無気力で覆われていて、叛乱など起きる気配もないが、おまえたちが失敗した時は、私が駈けつける」

「とにかく、兵に実戦の場数を踏ませたいのだな、小兄貴。制圧したら、降兵を加えて、糜竺を待てばいいのか？」

「私の部下を、五人ほど送る。守兵の数は、それぞれで判断してくれ。守将と、騎馬が何騎、歩兵が何名、というふうに決めてくれればいい。とにかく、民政を安定させ、税がしっかりあがってくるようにしなければならん。劉備軍は、それでようやく軍としてひとり立ちできるのだ」

糜竺が言った。

流浪の軍ではなくなる。それは、長年の願いだったと言っていい。しかし、荊州の貧しい方の半分である。荊州どころか、劉備には天下を取らせなければならないのだ。

「明日の早朝、二人とも進発しろ。降兵を組織したら、すぐに調練に入れ。手厳しくやれよ。十人や二十人は、打ち殺しても構わん」

「やけに、慌てるじゃないか、小兄貴」

「当たり前だ。こういう制圧戦に、時をかけていられるか。二人とも、失敗はするなよ」

わかっていると言うように、張飛も趙雲も笑った。

4

軽い戦だった。

武陵郡太守の金旋は、八千ほどの兵で張飛を遮ってきた。準備をしていたのか、土塁を二つ築き、そのかげに弓手を伏せるという、見え透いた罠を仕掛けている。

本陣とおぼしきところに、張飛はじりじりと歩兵を近づかせた。敵の本隊は、土塁の方へ誘いこむように後退していく。ある距離以上、張飛は兵を土塁に近づけなかった。しばらくむかい合い、それから歩兵を真横に走らせた。一里（約四百メートル）ほどだ。誘い損ったと思ったのか、敵の本隊も、距離をあけないように移動してきた。蛇矛の合図で、歩兵が二つに割れ、そこにできた道を騎馬隊が駈け、敵に突っこんだ。

要するに、どこでぶつかり合うかだけだった。土塁のそばでぶつかり合わなければ、罠は破れたも同然なのだ。

混乱して敗走する敵を追い越し、張飛は百騎ほどで臨沅の城に先回りした。城門に駈けこんだのだ。

それで終りだった。

逃げようとした金旋が、すぐに捕えられた。

「心配するなよ。降伏すれば許されて、そのまま武陵の太守だ。まあ兵はないし、役人が五人ばかり来るが、首が胴から離れるよりずっとましだろう」

それで、金旋は落ち着いたようだった。

降兵のうち、五千を軍に加えた。一万三千になった。騎馬は三千というところで、駄馬が多かった。

城外の土塁を利用して、何度も兵を駈けあがらせた。そうやって、体力に優れた者を選別し、百人の兵の隊長にした。

百人単位で動く調練を、原野ではじめた。麋竺の部下が五人やってきたのは、調練をはじめて五日目だった。桂陽郡も、同じようなものだったらしい。ただ、趙雲は五千の兵と桂陽郡に留まり、駐屯することになったようだ。

趙雲の部隊が、南の押さえということになるのだろう。

帰還命令が出たので、三千の守兵を残し、一万を率いて劉備の本営へ戻った。戻る間も、百人単位で駈けさせた。遅れる者を五、六人打ち殺したので、兵たちは真剣だった。

関羽も、同時に戻ってきた。

一万五千で出発し、戻った時は、およそ二万五千だった。

五万強の軍勢が、劉備の本営に揃っていた。

そのうちの二万を連れて、すぐに長沙攻略にむかった。

劉備の本営から一日のところが、臨湘の城だった。

長沙太守の韓玄は、外に兵は出さず、城を固めようとしていた。ただ、攻囲を破ろうとして、三千ほどの兵が時々出てきた。指揮をしているのは、老人だった。

「弓がうまいな、あいつ。一度出てくると、十人ばかりは射倒していく。あれが、黄忠だろう」

黄忠という将軍がいて、そちらの方が太守の韓玄より手強いだろうとは、事前に聞かされていた。兵もよくまとめていて、強引な割りに、犠牲をあまり出していない。

「惜しいな」

「そう思うか、小兄貴」

「あれほどの指揮ができる男を、荊州ではじめて見た」

優れた者ほど、降伏はさせにくい。こちらも、きわどい戦をせざるを得ないからだ。

「二人で、かかるしかないな、ここは。俺の以前の部下が、百騎ばかりはここにいる。劉備軍はこんなふうに闘うんだと、新兵に見せてやるいい機会でもある」

張飛が言うと、関羽が頷いた。

騎馬隊の中から、百十騎を選び出した。関羽は、二千騎近くを率いている。

歩兵で誘い、黄忠が出てくるのを待った。

城門の前に突出した歩兵にむかって、三千ほどが飛び出してきた。先頭に、黄忠がいる。

張飛は、招揺の腹を蹴った。遅れることなく、百十騎がついてくる。かつては、こんな戦ばかりだった、と張飛は思った。そして、面白かった。

張飛は、蛇矛を頭上に翳した。その動きひとつで、騎馬隊も一頭のけもののように自在に動く。張飛が突っこんだのは、敵の騎兵と歩兵の間だった。間を置かず、関羽の騎馬隊が歩兵を蹴散らしはじめる。

張飛は駈け続けた。反転しようとした敵の騎馬隊を、突き抜けるようにして二つに割った。その一方を、歩兵が包みこむ。

黄忠は、二百騎ほどを小さくまとめ、歩兵の中に突っこもうとした。

馬上からの弓。それが黄忠はうまい。三人を、続けざまに射倒している。張飛は、縦列で黄忠の騎馬隊に突っこんだ。二つに割る。それを、さらにまた断ち割る。騎馬隊の動きは鮮やかで、張飛は快感さえ感じていた。

黄忠の周囲は、いつの間にか十騎ほどになっていた。張飛にむかって、黄忠が矢を放ってくる。それを蛇矛で叩き落としながら、さらに駈けた。さすがに、黄忠は逃げようとした。そこに、ただ一騎で関羽が現われた。馳せ違った。次の瞬間、黄忠の躰が宙に舞った。馬が倒れ、黄忠の躰が投げ出されたのだ。

関羽が、青竜偃月刀を構え、馬上から見降ろしていた。黄忠はすでに立ちあがり、剣の柄に手をかけている。

「馬を替えて、出直せ、黄忠」

「ここで斬れ」

「馬上のおぬしと、私は闘いたいのだ」

「馬を斬ったのは、おまえだろう」

「悪いことをした。馬は敵ではない。矢を避けたので、武器がおかしなふうに動いた」

「馬に、謝っているのか」

黄忠は、関羽を睨みつけたままだったが、剣の柄からは手を放していた。

「持っていけ。わしの首をやろう」

「闘いたい、と言ったはずだ」

関羽が馬を返すと、歩兵も退がった。部下が三騎、黄忠のそばに駈け寄った。ひとりの馬の尻に乗り、黄忠は城に帰っていった。

「生け捕りにするはずだったではないか、小兄貴」

「黄忠が、澄んだいい眼をしていた。だから、思わずあんなことを言った」

「降伏してくるかな」

「どうかな」

攻囲は続けた。城に籠った敵は、干上がらせるか、内応を待つ方がいい。無理な攻めは犠牲を大きくする。

黄忠は、あれきり出てこなかった。

五日経って城門が開くと、三百ほどの兵に囲まれて、騎上の男が首をひとつ翳しながら出てきた。韓玄の首のようだ。

「この城の食客で、魏延と言う。韓玄の首を持参した。降伏を申し入れる」

眼の鋭い男だった。

結局、それで城は落ちた。

城内の兵も、武器を捨てていた。

黄忠ひとりが、剣と弓を持って立っていた。死ぬ覚悟をしたようだ、と張飛は思った。白髪に白い髭で、顔の皺は深いが、眼の光は失っていなかった。

「韓玄に、義理立てしなければならない理由はあるのか、黄忠殿？」

「義理のために闘ったのではない。男の意地を張っただけだ。わしと闘いたいと言っていたな、関羽。死に花を、咲かせてみようかと思っている。闘ってやるぞ」

「つまらんな。もう戦は終った。生きたまま、もう一度花を咲かせようとは考えられないのか、御老人。わが主、劉備玄徳と会ってみてくれないか？」

「この黄忠、この世にひとりしか主はおらぬ。劉表様だ」

「見事な忠節だ。しかし御老人、劉表様は死なれたのだぞ」

「だからこそ、いまはわしの意地だけだ」

「わが陣営には、劉表様の長男、劉琦殿がおられる。だから来い、とは私は言わぬ。劉琦殿には、大将の器量がない。残念なことではあるが、この乱世、器量なき者が上に立つと、民も兵も苦労をする。ただ、わが主は劉琦殿をそれなりの地位にお就けするだろう」

「わしの意地は」

「やめられよ、御老人。劉表様への忠節はわかるが、蔡瑁にうとまれて、御老人はこの十年、長沙の田舎暮しであったのだろう。その意地は怨念に似て、しかも赤壁で死んだ蔡瑁にむけられるべきではないのか。劉琦殿の命を蔡瑁から守り続けた、わが殿に意地を張ってどうするというのだ」

黄忠がうつむいた。

めずらしく、関羽は雄弁だった。いいことを言うではないか、と張飛は思った。

「兵卒としてでも、わが殿のもとで働かれるがいい、御老人」

沈黙が、承諾なのかどうか、張飛にはよくわからなかった。

降兵を、劉備軍に加える仕事があった。長沙は南の守備の要でもあったので、若い兵が揃っていた。

本営が、油口に移動する、という知らせが入った。

「そうか、四郡をしっかり制圧してから、油口か。われらが戻れば、六万の大軍になるしな。これで、周瑜とも闘える」

関羽が言った。まだ兵の練度がまるで違う、と張飛は思った。かつての劉備軍は六千だったが、普通の軍ならば二万までとは闘うことができた。いま江陵を攻めている周瑜軍は、選りすぐった精鋭だろう。いまの兵なら、十万の軍があっても、勝てるとは思えない。

それより、関羽はなにを急いでいるのか、と張飛は思った。周瑜といずれぶつかることになるとしても、いまはまだ同盟軍なのだ。周瑜と闘うことより、曹操が再び攻めてきた時にどうするか考えるべきではないのか。

「油口ならば、荆州の北もしっかりと睨んでいられる」

関羽の口調には、すぐにでも周瑜と戦になるという響きが感じられた。

油口は、江陵より百里（約四十キロ）ほど下流にある、南岸の城郭だった。江陵と較べると小さいが、本営を置く場所としては悪くない。

長江の北を揚州が奪り、南を劉備が奪ったというかたちだった。多分、孔明と周瑜が話し合ったりしたのだろう、と張飛は思った。

途中、長沙で接収した船を使ったりしながら、十二日で油口に到着した。

行軍はそれほど厳しくもなかったが、体力のない者が百人ほど脱落した。最後尾に、関羽は自分の直属部隊を置き、遅れる者は斬り捨てた。それも、いままでは張飛がやっていたことだった。

黄忠と魏延は、さすがに楽々とついてきている。

一日に百里の進軍を十日続け、そのまま戦に入っても耐えられるのが、普通の歩兵だと張飛は思っていた。かつての劉備軍の歩兵は、二百五十里（約百キロ）の行軍を三日続けたこともある。ただし、軽装備だった。

油口は、名を公安と改められていた。

すでに役所も動きはじめていて、関羽と張飛には館がひとつずつ用意され、兵舎も大規模なものが城内と城外に建設中だった。

劉備は、すぐに降将である黄忠と魏延を引見した。二人とも気に入ったようだったが、孔明がいきなり魏延を難詰しはじめた。裏切りが許せないので、首を刎ねるべきだというのである。めずらしく感情的になっていて、関羽や張飛が宥めても、なかなか鎮まらなかった。

自分に降伏した者を、斬るわけにはいかないという劉備の言葉で、孔明は渋々頷いた。

馬良と馬謖という兄弟にも、引き合わされた。襄陽の名門の子弟で、張飛もその名を聞いたことがあった。馬謖はまだ若く、二十歳そこそこに見える。二人とも、張飛の持っていないものを、持っているようだ。学問である。

「兵が増えると、人も揃ってくるものだ」

一緒に退出した、関羽が言った。

「それにしても、私は安心したぞ、張飛」

「なにが？」

「われらが軍師殿のことよ。いつも平然としていて、口から出る言葉にはよどみがなく、しかも間違っていない。そんな男だと思っていたが、むきになって人を嫌うこともあるのがわかった」

「俺は、安心ではなく、びっくりしたな。頭の後ろに反骨があるなどと孔明殿は言っていたが、骨相にそんなものがあるのか？」

「あるのだろう。しかし、言い募るようなことではない、と私は思う」

「そこを言い募ったので、小兄貴は気に入ったのか」

「孔明殿も、人の子だな。そう思った」

魏延が、斬られるということにはならなかった。劉備軍では、裏切りは最も卑劣とされている、と孔明がことさら強調したのだ、と張飛は感じていた。

館では、董香が待っていた。

女らしい着物を着て、ちょっと頬を赤らめている。息子たちも、並んで迎えた。

長坂橋を渡り、漢水に達した時に董香とは別れた。甘夫人や麋夫人とともに、戦を避けたのである。

「甘夫人が、病だと聞いたが？」

「はい、時々、高い熱を出されるのです」

「阿斗様は？」

「それは、糜夫人が、しっかりと育てておられます」

甘夫人が劉備の正室で、糜夫人が側室ということになる。

いままでは、正室とか側室とか、あまり考えたりはしなかった。数万の軍の総帥になってはじめて、その言葉も現実味を帯びてくる。

「大きな館だな」

張飛が言うと、董香が頷いた。

厩もあれば、使用人の部屋もある。しかし、大きいというわけではなかった。董香が育った魏興郡西城の館は、この何倍もあったのだ。

「寝室も、あるのだな。今夜は、酒などはいらん。おまえを、抱いて抱いて、抱き尽したい」

董香が、また顔を赤らめて下をむいた。

まだ、夜には間がある。

張飛は、ひとりで厩を見に行った。招揺と並んで、董香の馬がいる。張飛は、二頭の首筋を撫でてやった。

不意に、張飛は董香の、白い大きな乳房を思い浮かべ、狼狽した。狼狽しても、それは消えなかった。張りがあり、そこに顔を埋めると、息が詰まりそうになる。あの乳房が、張飛は好きだった。それから、腿の内側まで拡がっている、黒い炎のような陰毛。張飛が入ると、強く弱く、締めつけてくる。最後は、それが別の生き物でもあるように、強い力で吸い付いてくるのだ。そしてその時、董香は泣きはじめる。

戻ってきたのだ。張飛は、そう思った。いままで長い流浪の軍で、戻ってきたと思えるところはなかった。この公安でさえ、いつまた失うかはわからない。

董香のもとに帰った時だけ、戻ってきたのだ、という気持が滲み出してくる。

董香が、俺の家か。呟いて、張飛はもう一度招揺の首筋を撫でた。

5

砂に残っている足跡は、匈奴のものではなかった。

風が吹くと、砂は吹き飛ばされる。それで、足跡は消える。砂丘と砂丘の間の、風が死んでいる場所を選んで逃げるなどということを、匈奴なら決してやらない。

馬超は、腰をあげ、馬の轡をとった。

逃げている賊は、匈奴ではない。砂漠がなにかということさえ、知らない連中だ。

敦煌が、賊に襲われたのは、四日前だった。

馬超は兵の調練に出ていて、知らせを受けるとそのまま引き返し、賊を追って四百人ほどを斬った。全員、匈奴だった。ほかに、五、六人が逃げている。

そんなものは放っておけばいいようなものだが、狩りにも似た追跡が、馬超は嫌いではなかった。馬と水とわずかな食料。具足なども付けず、砂の色に近い袍を着ているだけである。武器は、剣と弓。弓は、鹿などを見つけた時に使うだけだから、剣だけで闘う構えと言ってもいい。

敦煌が襲われたのは、兵力が極端に少なくなっているからだろう。涼州の兵力は、いま東に集中させている。敦煌はわずか二千ほどの守兵で、そのうちの千五百を調練していたのだ。

匈奴も、本気で襲ってくる時は、二万三万になる。しかし賊だと、せいぜい一千である。今度の、四百ほどの賊など、めずらしいものではなかった。

いま、匈奴と難しい問題を抱えてはいなかった。東に兵力を集中できるのも、匈奴との関係が安定しているからだ。しかし、賊との関係までは、安定させようもない。現われたら討つ、という方法しかないのだ。

匈奴は、遊牧の民が多かった。賊はそういう集落を襲ったりもするが、ある程度の人数がまとまると、収穫の多い城郭に入りこんでくるのだった。涼州の中にも匈奴はいるし、勿論その外にもいた。国と国の境界などという意識が、稀薄な者が多い。

馬超は、足跡を辿って歩き続けた。時々消えているが、砂丘のかたちを見ながら歩くと、すぐにまた足跡が発見できる。人には、動き方があった。砂丘を越えて真直ぐに進もうとする者もいれば、迂回して、できるかぎり斜面を避けようとする者もいる。五里も追ってみれば、大体それがわかる。

追いはじめて、二日経っていた。ひとりである。ひとりでの行動はやめてくれ、と幕僚たちは言うが、昔からひとりが好きで、砂漠を何日も旅するということをよくやった。

このあたりの砂漠は、どこまでも続いているということはない。ところどころに水場があり、砂丘をひとつ越えると、見渡すかぎり草原が続いている場所もある。匈奴の遊牧の民は、その草を求めて移動を続けるのだ。

陽が落ちてきた。

砂漠の夜は、馴れると意外に明るい。いつも、月や星が出ている。雲がそれを隠すということは、ほとんどない。

夜になると、不思議にもの音がはっきり聞えた。砂の動く音、夜に眼醒める、砂漠の動物の気配。

西域長史府へむかう時の砂漠は、粉のような砂に覆われているところが多い。一歩踏み出すたびに、煙のように砂が舞いあがる。敦煌近辺の砂漠は、粒がもっと大きかった。

馬超は、脚を速めた。

夜こそ、砂漠では動く時なのだ。昼間は、暑いことがある。その熱のせいなのか、風もある。夜には、すべてが静止する。

月の明りで、遠くの砂丘のかたちまで、はっきり見えた。砂丘のかたちさえ見きわめられれば、足跡が消えていても、進むことは難しくない。

朝まで、そうやって進んだ。

近くなった。はっきり、そう感じる。大声を出せば届きそうなところまで、差を詰めてきている。馬超は、馬の口に枚（木片）を嚙ませた。嘶きさえも、もう届いてしまうだろう。

轡をとって、歩き続けた。足跡を追う時は、地を這うように進まなければならないので、馬に乗ってはいられないのだ。

砂丘をひとつ回ったところで、追いついた。

六人いる。それに、荷を載せた馬が一頭。六人とも、槍か戟を携えていた。やはり匈奴ではなく、具足も河北の兵が付けるようなものだった。

剣を抜いた。

砂を這い、近づき、離れて立っていたひとりを突き殺した。口を押さえて後ろから突いたので、声ひとつ出さなかった。

「誰だ？」

それでも、気がつかれたようだ。かなり腕が立つ者が、二人はいる。

兎を殺すようでは、つまらなかった。ここまで追ったのだ。相手をするのは、狼でいてほしい。武器が触れ合う音がした。

馬超は、砂の中から立ちあがり、五人がいるところへ出ていった。

「賊を動かしたのは、おまえたちだな」

「何者だ？」

ひとりは、五十を超えているようだ。四人は、三十代か。

「俺は、馬超という者だ」

「馬超だと。偽りを申すな。馬超が、ひとりでこんなところに来るか」

「ところが、ひとりで動くのが好きでね」

「馬超なら、馬超でよい」

年嵩の男が言った。

「このまま、帰れはせぬ。錦馬超が砂漠に消えたとなると、涼州をまとめる者もいなくなるな」

「おまえらが消えたところで、なにもなかったのと同じことだ。どっちが面白いか考えると、俺が死ぬ方が面白いか。俺を殺せるならだが」

「なぜ、ひとりで追ってきた？」

「おまえらのやり方が、ちょっとおかしかった。武器を運び入れ、それから匈奴を五人、十人と入れたとしか思えん。敦煌の城門に、間抜けな守兵は置いていないからな」

「確かに、そうやって入った。匈奴も、四百十八人を、そうやって入れた」

「敦煌を、占領するつもりだったのか。ただの賊のやり方じゃなさそうだった」

「守兵が、意外に強かった。おまえが戻ってくるまで、しっかりと持ちこたえた。千人の匈奴を集められれば、私の計画もうまくいったであろうが」

男の口髭には、白いものがかなり混じっていた。なんとなく、その髭が砂漠に似合っている、と馬超は思った。

かすかに、風が吹きはじめていた。これぐらいの風で、ここの砂は飛ばない。もっと西の砂漠は、ちょっとした風でも粉のような砂が舞いあがり、霧がかかっているとしか思えない状態になる。

「いま、涼州軍の主力は、東に集結している。西にまで気が回らない。その間に敦煌を占領し、さらに西、西域長史府の方へ力をのばす。そう考えて、数年間、匈奴の中で暮した。いまが、一番いい機会だったのだ。しかし、四百の匈奴しか集まらなかった」

「四百でも、ひとつの城郭ぐらいなら占領できるな。拠点があれば、集まってくる匈奴もいる」

「錦馬超さえいなければだ。匈奴はみんな、錦馬超ひとりを恐れていた」

「俺は、東へ行かなければならん。場合によっては、長安あたりまで出て、戦をやる。そういう留守の時に、おまえらのようなわけのわからない人間に、涼州を荒らされたくなかった」

「荒らすなどということはしない。われらは、涼州から西域にかけて、新しい国を作ろうと考えただけだ。力を持った時は、涼州軍とも連合できる、と思っていた」

「やはり、おかしなやつらだ」

「錦馬超の首をここで取れれば、もう一度敦煌に戻れるかもしれんな」

「俺も、おまえらを逃がすつもりはないのだ。放っておけないような気分が、どこかにあった。やはり、ただの賊ではなかったな」

「死んでもらうぞ、馬超」

男の背後に立っていた四人が、槍や戟を構えて前に出てきた。腕が立つのは、二人だけだ。それも、かなり強い。馬超は二、三歩退がり、剣を構え直した。足の下で、砂がさらさらと崩れていくような感触がある。

「腕が立つ。気をつけろ。本物の馬超のようだ」

年嵩の男が言った。

「まだ、運に見捨てられてはおらぬ。ここで馬超を斬れば、匈奴を糾合できる。慎重にやれ。そして、絶対に殺せ」

四人が、それぞれ距離をとった。馬超は、両手で構えた剣を、真直ぐに突き出した。馬超の剣は、両手で握れるように、柄をいくらか長く作ってあった。

槍の二人。構えはゆったりとしているが、どうにでも動くやわらかさが見えた。

戟を構えた二人は、威圧するようにたえず声を出しているが、どこか堅い。突いてくる時だけは、力があるだろう。

三度、馬超は息を吸い、吐いた。

右。戟が来た。踏みこみがなく、届かないと見切って、馬超は動かなかった。もう一度、右の戟。撥ねあげざま、馬超は右へ跳んだ。戟を握った腕が、宙に舞いあがり、砂に落ちた。両腕をなくした男が、叫び、転げ回った。それに眼をくれた時、馬超はもう左に跳んでいた。戟を構えたまま、左の男の頭蓋が二つに割れた。それでも、男はしばらく立っていた。

槍の二人。心気を乱してはいない。対峙した時のままの構えで、穂先が鋭く朝の光線を照り返していた。呼吸にして、四つか五つ。風。同時だった。頭を下げ、馬超は走っていた。ひとりの胴を薙いだ剣を、頭上に差しあげた。もうひとり。槍と具足。ともに断ち割った。なぜだ、という表情で、男はしばらく立っていた。

「おまえひとりだな」

年嵩の男にむかい、馬超は言った。

「助けてくれ」

「この期に及んで、命乞いか」

「私を、ではない」

男の眼が、何事もないように立っている馬の方にむいた。

「袁術様の御息女に当たられる。伝国の玉璽が、ともにある。運のいい男だ、馬超。玉璽は王の印だ。この国の王たる者の」

男が斬りこんでくる。軽く身をかわし、馬超は男の脇腹に剣を突き立てた。

「われら、袁皇帝の臣にして」

馬超は、突き立っていた剣を引き抜いた。男は、名を言ったようだが、すでに聞きとれないほど声は小さくなっていた。

斬った人数からは、信じられないほど血が少なかった。流れ出した血は、すべて砂が吸いこんでしまうのだ。血だけでなく、砂漠の砂はなんでも吸いこむ。

剣を鞘に収め、馬超は馬に近づいた。籠が二つ載っていて、ひとつに少女が入っていた。別に、怯えた容子はない。

斬っておくべきかと思ったが、少女だ。

袁術の娘、と男は言っていた。袁術など、とうに消えている。袁紹より先に、死んでいるのだ。

「いくつだ？」

「九歳」

九歳にしては、小柄なのかもしれない。五、六歳ぐらいに、馬超には思えた。黒い瞳が、じっと馬超を見つめている。放り出して去っても、砂漠では死ぬのがわかっていた。

「名は？」

「袁綝」

「死にたいか、袁綝？」

袁綝が、首を横に振った。

馬超は、自分の馬を曳いてきた。

「その籠が、ちょうどいい。しばらく走ったら、水を飲ませてやる。太陽が真上に来たら、食い物もやる。わかったな？」

袁綝が頷いた。首から帯でぶらさげた箱を、大事そうに持っていた。

馬で進めば、一日で敦煌だった。馬超は、自分の馬に乗り、駈けさせはじめた。

6

楡中から金城にかけて、涼州兵が駐屯していた。

およそ五万はいそうだ、と張衛は思った。襄武にも数万がいた。ほかにも、駐屯地がありそうだ。総勢で、十万は下らないだろう。この軍の指揮をしているのが、馬超だった。韓遂と並んで総大将ということになっているが、ほとんどは馬超のもとに集まった兵であることを、張衛は確認していた。

「韓遂が総大将になれているのは、馬超の父と義兄弟だからでしょう」

高豹が言った。

韓遂などと組まず、自分と組めば、と張衛は考えた。ただ、兄の張魯が、ひどく戦に神経質になっている。漢中に攻めこまれたのなら別だが、劉璋を攻めることさえいやがっている気配がある。涼州軍と組むと言えば、五斗米道軍を解散しかねないところが出てきた。

この三、四年、そういう感じなのだ。兄の心の中で、なにが起きたのか。以前は、信仰ということだけを、考えていたような気がする。漢中が誰かに荒らされたとしても、ほとんど無関心だっただろう。だから、自分が漢中の防衛軍を作った。放っておけば、劉璋の軍に踏み荒らされ、兄も家族も信徒の重立った者も、みんな首を刎ねられるのが見えていたからだ。

その軍が、いまは六万にまで育っていて、調練も積んでいる。五斗米道の信仰の地を守るのは、自分の使命だと張衛は思っていた。そのための最善の方法が、益州全域を制してしまうことだった。

益州は、攻めにくい。山が、外からの力を遮ってくれるからだ。兄は、なんの犠牲も払わずに、信仰の地が確保していられると、本気で考えているのか。信徒たちの生活や命を守るのも、教祖のつとめではないのか。あと三万、いや二万の兵が増やせれば、劉璋を益州から追い出せる。広大で、のびやかな信仰の地ができるではないか。

増兵することは、兄にとってはたやすいことだった。兵士になりたがっている信徒は、いくらでもいた。兄の手から、米粒をひとつ口に含ませて貰えるのだ。それで、信仰は深くなる。教祖である兄に、一歩か二歩近づいた存在になれる。

いっそのこと、信徒全部を兵士にしてしまえばいい。兄が闘えと言うだけで、信徒は恐怖を克服する。死も恐れなくなる。そして、自分がいる、と張衛は思った。

戦らしい戦を、信徒にさせられる。決して、太平道のように野放図な叛乱はしない。着実に、益州を制圧し、荆州へ出、揚州に入り、やがては北をめざす。

それで、この国は五斗米道の天地となるではないか。いや、益州だけでもいいのだ。

しかし兄は、増兵さえも拒みはじめている。

「馬超は、敦煌に行っていて、数日後には戻ることになっているそうです」

高豹が、訊き回ってそれを調べてきた。

楡中を中心に兵が集まっているのは、赤壁で大敗した曹操が、西に矛先を転じるという噂があるからだろう。

涼州は、税すらも中央に出していなかった。いわば、勝手放題をやってきたのだ。中原や河北で争乱が続いている間は、それでよかった。辺境にまでは、眼がむかないからだ。いまは、中原や河北は曹操のものだった。

涼州の叛乱は、いまにはじまったことではなかった。時の権力者に対して、いつも叛乱を起こしていた。権力がひとつの時は押さえこまれていたが、ひとたび動乱になると、たちまち独立性を取り戻す。

張衛は、楡中に宿を取った。

馬超の父の馬騰だけでなく、弟の馬休も馬鉄も許都に出仕しているという。馬騰など、ただの衛尉（護衛官）だという。帝への思いが、馬一族には強いのだろうか。

高豹が、酒と食料を捜しに行った。

張魯は、帝のようなものだ。ふと、張衛は考えた。帝は、帝であるという理由だけで敬われ、教祖は教祖なるがゆえに慕われる。巫術などをなす必要はない。病を治すのも、祭酒（信徒の頭）たちにやらせればいい。兄は、時々信徒の前に姿を見せる。あとは、館の奥でじっとしていて、考えたいことを考えていればいいのだ。

帝がいて、その下に政事をなす者がいる。群臣がいる。つまり政事は、帝と関係ないところで行われる。その政事を帝が認めたということで、民に対する正当性を持つことになる。

五斗米道も、同じでいいのだ。いまも、民政に関することは、祭酒たちが話し合ってやっていて、それを兄が承認するだけである。軍事についても、同じでいいではないか。兵の数は、大敵が出現した時は増やせばいいし、平和な時は減らせばいい。万一の時のために、調練を時々受ければいいのだ。

天下はこのまま曹操のものになるのか、まだしばらく乱世が続くのか、よくわからないところがある。いずれにしても、五斗米道は生きていかなければならないのだ。

教祖を、帝と同じようなものにしてしまう。兄にしたところで、異論はないはずだ。五斗米道国は、そんなふうにして作られればいい。民政は祭酒たちに任せ、自分はあくまで軍事のみを統轄する。それで、他者に干渉されない教国ができるはずだ。

とにかくは、劉璋を破り、益州から追い出すこと。それによって五斗米道は広大な土地を得て、兄の考えも変ってくると思うしかなかった。

張衛は、教祖が帝のようになって、なにか問題が出てくるか考え続けた。

高豹が、酒と肉を手に入れて戻ってきた。

「酒屋に、長安近辺の小軍閥の頭らしい者たちが、七、八人おりました。馬超が戻らないことには、話にならんなどと言っていました。韓遂には、どうも不満があるようです」

馬超は、涼州の防備が気になって、巡察でもしているのか。とにかく、これだけの軍勢が馬超ひとりを待っている。

それから三日、張衛は宿を動かなかった。

四日目に、金城の北にある、枝陽という小さな城郭にまで進んだ。そのあたりへ来ると、兵の姿はほとんど見なくなった。

そこで、二日待った。

街道を見張っていた高豹が、知らせに駈(か)け戻ってきた。

馬超は、二百騎ほどを率いて、枝陽の城郭(まち)へ入ってきた。夜を徹して、楡中(ゆちゅう)へ駈けつけようという気はないらしい。長安(ちょうあん)の情勢が、切迫しているわけでもなかった。大軍の中にいない、というのは都合のいいことだった。

陽(ひ)が落ちてから、張衛は馬超の営舎を訪ねた。

馬超は、気軽に外に出てきた。

「連合の話をしたくて、来た」

顔を見た瞬間に、張衛は切り出した。

「ほう、どことどこの？」

「この張衛と、馬超殿と」

「いいぜ、いつでも」

「冗談を言っているのではない」

「俺(おれ)もだ。連合というのは、片方になにかあった時、兵を出すということだろう。俺はこれから、東へ行く。長安あたりまで、曹操(そうそう)の部将がやってきて、あのあたりの連中を締めつけようとしている。連合しているから、俺は兵を東に集めた。曹操自身と戦になるかどうか、あるいは部将を追い返したら終りなのか、まだ読めん。曹操が出てきた時のために、大軍を集結させた。みんな、涼州が匈奴と闘った時は、涼州まで援軍を出してくれた連中だからな。俺も、涼州でじっとしているというわけにはいかん」

「なるほど」

「だから、おまえがこの戦に兵を出してくれたら、連合は成立する。おまえが援軍を必要としている時は、ほかの者か俺か、とにかく誰かが行く」

「いま、兵を出すというわけにはいかない。いろいろ、話し合わなければならないことがあるからだ。馬超殿と私の話し合いもあるが、私が漢中に戻って、話し合わなければならないこともある」

「悠長だな。戦は、はじまる時は、あっという間にはじまるぞ」

「漢中には、六万の兵がいる」

「いるだけでは、なんの役にも立たんさ。一度、長安近辺の戦に兵を出してこい。それで、連合はできあがる。難しいことをやる必要など、なにもないのだ」

営舎の前に、胡床（折り畳みの椅子）が運ばれてきた。馬超とむかい合うような恰好で、張衛は腰を降ろした。

「まず、兵糧を送るというあたりから、はじめられないか、馬超。それなら、私の裁量でなんとでもなる」

「兵糧はある。なにしろ、許都に税を出していないのだからな」

酒と肉が運ばれてきた。

「曹操軍が長安のあたりで攻撃をかけてきた時、われわれは側面を衝ける有利な立場にいる。つまり、連合しているというだけで、曹操は長安に近づけないと思う」

「甘いな、張衛。そんなことだから、いつまで経っても劉璋ひとりも倒せないのだ。劉璋なんてやつはな、おまえ以外を相手に戦などやったことはないのだぞ」

張衛も、そうだった。ずっと劉璋だけを戦の相手としてきた。張飛と闘ったことはあるが、わずかな軍勢に奔弄されただけだ。

「私は、自分の欠点をいろいろ知っておかねばならないと思っている。六万の軍勢を擁しながら、劉璋ひとりを打ち破れないのも、私の責任だと思っている。同時に、いま連合が必要だとも思うのだ。劉璋だけでなく、劉備や揚州の孫権のことも考えたら」

「それは、俺に必要なのか、それともおまえにか？」

「お互いに」

「それじゃ、兵を出してこい。いま、戦をしようとしているのは、俺なのだ」

兵を出すべきだ、と張衛は思った。それが、連合を申しこむ者の信義ではないか。自分が馬超の立場でも、同じことを言うはずだ。

しかし、兄の説得はできないだろう。最近の兄なら、なにかあれば滅びればいい、とさえ言いかねない。

「五斗米道軍は、信徒で組織されている。教祖を説得はしてみるつもりだが、他国の戦に兵を出すということを納得するまで、時がかかると思う」

「なにが他国だ。同じ国だ。だから、おまえも連合を申しこんでいるんだろう」

馬超は、肉を食いはじめていた。意外なほど、上品な仕草だった。

「もういい。おまえが俺に言ってきたことは、憶えておこう。おまえの立場も、苦しいのだろう」

「済まぬ。この戦については、私はなにもできない」

馬超が、張衛の杯に酒を注いだ。

陣舎から、少女がひとり飛び出してきて、馬超を見ると立ち止まった。

「おう、眼が醒めたか。俺はどこにもいかん。心配するな」

少女が、頷いている。美しく育ちそうだ、と張衛は思った。幼いのに、どこか色香を漂わせている感じがある。

「御息女か？」

「まあ、似たようなものかな。なつかれてしまってな」

なつかれるという言葉がちょっとおかしく、張衛は低い声で笑った。

「肉を食うか？」

少女が、頭を横に振る。

「そうだ、張衛。この子を、しばらく預かってくれぬか？」

「御息女を、私が？」

「娘のようだが、実の娘ではない。おまえが預かってくれると、助かる」

「しかし、楡中にはおぬしの館があるではないか」

「家族がいる。ちょうどいいかと思ったが、いざとなるとなんと説明すればいいのか、わからなくなった。なんと説明しても、信用して貰えないような出会い方をしてしまったのでな」

「ははあ、なるほど」

敦煌の女に生ませた子供なのかもしれない、と張衛は思った。そして、そのまま家族の中に入れると、孤立するかもしれないと馬超は心配しているのだろう。

「預かるのは、たやすいことだが」

「いや」

話を聞いていた娘が、大きな声で言った。

「わがままを言うな、綝綝。俺は、これから戦をしなければならん。まさか、戦場におまえを連れていくわけにはいかん。戦が終ったら、必ず迎えに行くと約束する」

「いやだ。私は、孟起と一緒にいる」

「戦をしなければならんのだ、綝綝。おまえに、間違っても怪我をさせたくないから、俺は言っている。いいか、戦は男がするものだ。女の、しかもまだ子供のおまえが、戦場などにいてはならんのだ。楡中に私の妻がいるので、そこに預けようと思ったが、ここにいる張衛という男の方が、ずっと適役だ」

「いつ、戦は終るの？」

「わからんが、張衛は漢中というところにいる。山の中だが、戦には関わりのない男だ」

戦に関わりがない、と言われたことに張衛はちょっとひっかかった。しかし考えてみれば、そういうことなのだった。

「緋と言ったな。確かに、私は戦には関わりがない。漢中は、平和なところだ。だからしばらく、私と一緒にいよう。なにも、心配しなくていい。楡中の、馬超の妻女のもとにいるより、ずっと居心地はよいぞ」

「楡中に入る前に、張衛が訪ねてきた。これも、なにかの縁だろう。しばらく漢中へ行け、緋緋」

　緋は、しばらくじっと考えていた。睫が、篝火の明りを受け、眼の下にくっきり影を作っている。それも、幼さには似つかわしくない色香に感じられた。

「いいな、決めるぞ、緋緋」

　馬超の声は、やさしげだった。この男は、こんな声も出すのか、と張衛は思った。緋が、首からぶらさげた箱をはずし、馬超に差し出した。

「おまえの、大事なものだろう、これは」

「孟起に預けておく」

「よし、この馬超孟起が預かった。明日、俺は楡中へ入る。張衛も多分楡中を通って漢中へ戻るのだろう。明日から、張衛と一緒にいてくれ」

　頷き、緋は馬超のそばに腰を降ろした。張衛は二つ三つ質問をしたが、緋は言葉を発せず、頷いたり首を振ったりしただけだった。しばらくして、緋はまた営舎に戻っていった。

酒を酌み交わした。

馬超の飲み方は、やはり上品なものだった。馬に乗り、剣を遣う馬超と、どこかそぐわない感じで、それがおかしくもあった。

「曹操と周瑜が赤壁で対峙した時、私は見物していた」

「曹操が、負けるところもか？」

「負けるはずがない。見物しているかぎり、そうとしか思えなかった。風だな。わずか一日だけ、曹操は風下になった。その一日を狙って、周瑜はあらゆる準備をしていたのだろうと思う」

「水の上の火か。俺は、なにか相反するものの中で曹操が負けた、というような気がしていた。負ける時は、そういうものだろうとも思った」

「火攻めが成功すると、周瑜も劉備も全軍で追撃をした。よく、曹操は生き延びたと思う。運は強いな」

「負けたまま死なない。執念であって、運ではない」

「劉備の軍が、あと一歩というところまで迫ったらしい」

「劉備というのは、どんなやつなのだ。関羽、張飛、趙雲という将軍の話はよく聞くが」

「負け戦が続いたが、死ななかった。そのあたりは、立派なものだろう。なにしろ、黄巾討伐のころから、戦野を駈けめぐっていたというからな。それに寡兵だが、実に精強な軍だ」

「その話は、俺も聞いている。おぬしが、西城のあたりで、張飛にやられたという話もな」

「見事なものだった。あの時の負けを思い出すと、いまでも躰がふるえる」

「そういう将軍を擁しながら、なぜ大きくなれなかった？」

「多分、漢王室に対する忠誠が、邪魔をしているのではないかと思う。曹操にしろ袁紹にしろ、帝は利用するための存在だっただろう。劉備は、そんなふうに割り切っていないという感じがある」

馬超は、なにか考えているふうだった。

篝のそばで、兵たちが武器や旗の手入れをしている。夜になり、風もやんでいた。

翌朝、張衛は緋を連れて、先に楡中に入った。

すぐに、兵たちの間から、どよめきと歓声があがった。みんな片手を突きあげ、熱狂した声を張りあげている。

その歓声に包まれて、二百騎ほどを従えた馬超が、駈け抜けていった。

病葉の岸

1

夷陵は、なんとか確保した。

周瑜が夷陵にこだわったのは、益州へ通じる長江の、そののどくびに当たるからである。益州を攻める時には、江陵が兵站基地で、夷陵が前線基地ということになる。

だから、曹操を追撃して江陵に達した時、即座に甘寧に別働隊を組織させて、夷陵を奪らせた。曹操も、周瑜の戦略がなにか、読み切ったのかもしれない。即座に、かなりの軍を夷陵にむけ、甘寧を包囲したのである。

微妙な駈け引きになった。

江陵から援軍を派遣するべきなのか、全力を江陵を奪ることにむけるのかで、今後のお互いの戦略を読み合うようなものだった。

周瑜は、荊州に関しては、長江沿いを押さえればいい、と考えていた。厄介なのは、実は曹操軍ではなく、同盟軍である劉備だった。

劉備は、ともに江陵を攻めようという姿勢をまず示したが、周瑜が断ると、すぐに南に方向を変えた。

荊州南部の平定を、同盟軍である劉備に禁じる理由はなかった。実際、荊州南部がひとつにまとまって周瑜の背後を衝く、という事態になれば、水上での大勝を逆転されかねない。長江を飛び越え、荊州南部に政治工作の手をのばすことなど、曹操ならすぐに思いつくだろう。

だから、南部はとりあえず劉備に任せた。長江さえ押さえれば、あとはなんとでもなるのだ。

ただ、劉備の南部制圧は、驚くほど迅速だった。軍兵で制圧するだけでなく、文官を送りこみ、民政を安定させ、徴税の道までしっかり作りあげたのである。劉表の残兵も、劉備のもとに集まっていた。

劉備が、またたく間にひとつの勢力として黙視できない存在になったのは、荊州という土地の豊かさにもよる。戦乱で荒らされていないというのも、大きかった。

劉表は、ここを拠点にして兵力を充実させれば、天下の争いに躍り出てくることができたはずだ。所詮は、乱世で生きる男ではなかったということだろう。

南を制圧した劉備は、油口を公安という名に改め、本拠を置いた。江陵の眼と鼻の先である。いつでも江陵攻めの後方支援ができるという、立派な名分があった。厄介な同盟軍を持ったが、水軍の対峙で三万の陸上軍があったというのは大きく、それが曹操の進軍を止めた一因であり、結果として赤壁の勝利に繋がっている。盗っ人呼ばわりをするわけにもいかなかった。また、諸葛亮が、かなり細かいところまで情況を報告してくる。

諸葛亮も、長江の道から益州を攻略するという周瑜の戦略を、ある程度は読み切り、南を制圧して兵を養う安全な方法を選択したに違いなかった。

油断できない男たちばかりだ、と周瑜はしみじみと思う。揚州から出て、拠点ひとつを作るのも、並大抵のことではなかった。

周瑜は、江陵の陣営の寝台に横たわっていた。

夷陵の甘寧に、果して曹操はかなり強力な軍をむけてきた。周瑜は、即座に自ら兵を率いて、甘寧を救い、曹操軍を打ち払った。その戦で、肩に矢を受けたのである。流れ矢としか思えなかったが、鎖骨の下のところに箆深く突き立っていた。

応急の手当てだけをして、江陵の陣へ戻ってきた。

それから、傷の養生を名目に、陣営の居室の寝台にいることが多くなった。

夕方になると、躰が熱っぽい。ひどく疲れやすい気がする。

少し前から、そういう兆候はあった。病だとは思わなかった。眠る寸前にひどい疲れを自覚することはあっても、翌朝は回復していた。なにより、気力が充実していた。

肩の矢疵がきっかけで、潜んでいたものが突然姿を現わしたという感じだった。

咳をして、掌で口を押さえた。痰が出たのかと思って掌を見ると、赤い血があったのだ。肩の傷から出た血のように濃い色ではなく、美しいと思えるほど鮮やかな赤い色だった。それから、軽い咳が止まらなくなることがよくあった。咳とともに、しばしば血も出てきた。

眠ると、汗をかく。それもひどい汗で、雨に打たれたように全身が濡れていた。

誰にも、言ってはいない。矢疵の養生ということになっていて、知っているのは、兵士の身なりをして陣営に入っている、幽だけである。

江陵の攻囲は、すでに半年以上過ぎていた。

たやすく落とせる、とは思っていなかった。赤壁の時のように、一瞬の機を狙いすまして、ひと晩で大勝できることもある。しかし、攻城戦は、力でのまともな押し合いだった。曹操軍と較べて、揚州軍が圧倒的に有利というわけではなかった。赤壁の大勝で、圧倒的に劣勢だったものが、五分五分の力になったという程度だ。それに、揚州軍にはもうひとつ攻めなければならない場所があった。

合肥である。

かつて袁術が領土を放棄し、その空隙を衝いて曹操が奪った。それがやがて、揚州の北部に曹操が打ちこんだ楔として機能しはじめた。

曹操との直接対決を避けて、長年合肥は膠着の中にあったが、赤壁の大勝をきっかけに、孫権は奪回にかかったのである。すでに何度も、大小のぶつかり合いが起きていて、孫権自身も出馬していた。合肥の戦線が兵力不足に陥ると、逆に江陵から援兵を出したりもしている。

夷陵、江陵、合肥と、戦線がのびすぎていた。曹操軍の方は、もっとのびている。河北の押さえに兵を割かなければならないし、涼州がきわめて不穏な情勢になっているのだ。だから、のびきった戦線でも維持できる、と周瑜は考えていた。

そういう状況の中で、劉備だけはどこともぶつかっていない。ひたすら、兵の調練に精を出しているようだ。

「追い返したのだな」

一日に一度、淩統が陣営に報告にやってくる。小規模な奇襲があったが、追い返したという報告だった。

奇襲を受けるのは、大抵は攻囲軍の方である。そのための備えは、何段にも作りあげてあった。攻囲されていると想定して、部将たちに奇襲の策を出させたのである。

これまでに受けた奇襲のほとんどは、その想定の中にあり、たやすく追い返せた。しかし、想定からはずれるものもあった。

牛金という部将が、大規模な奇襲をかけてきた。それを数万で包囲し、殲滅しようとした時に、主将の曹仁がわずか数十騎で包囲を突っ切り、牛金を助け出したのである。

曹仁の疾駆は、神がかりのようなものだった。周瑜も、城から飛び出してきた曹仁を見ていたが、そのまま数万の中に突っこむとは、想像もしていなかった。槍を突き出したように一直線に包囲の中心の牛金のもとに到り、そのまま牛金の部隊を伴って同じように引き返したのだ。

そういうことがあると、士気に響いてくる。それから三日、多少の犠牲が出ても、周瑜は攻め続けさせた。

「船が入り、新しい兵糧が陸口から届きました」

周瑜は頷き、軽い咳をした。

報告を受ける時は、軍袍を着て、一部だが具足はつけている。戦陣なのだ。

「合肥の情勢は？」

船が、情報も持ってくる。いまは、攻囲軍から二万ほど援兵として割いていて、思いきったぶつかり合いをやったかもしれないのだ。合肥を落とせば、江陵を大軍で締めつけることもできる。

「それが」

「また、殿が御自身で出馬されたのではあるまいな？」

一度、血気に逸った孫権が、自分で軍を率いてぶつかり、あわやという目に遭った。曹操が、意外なほどの援軍を送りこんできたのである。

「曹操自身が出馬し、合肥周辺で大規模な水軍の調練をしたそうです」

「自分で、出てきたのか？」

「はい。およそ六万を率いていたそうです。おまけに、その兵を使って水路の整備をし、相当広い範囲で屯田を開始したようです」

「屯田をか」

退かない、という決意を見せたようなものだった。屯田は、城の守兵が、自分たちの兵糧を、自分たちで作るというものである。つまり、どれほどの長期戦でも、兵糧が欠乏しない方法なのである。曹操は、その屯田を袁紹との対峙の時もやった。

「江陵を先に片づけるしかないな、淩統」

「私も、そう思います」

「少し誘いをかけようか」

「どういう策でしょうか？」

「私の矢疵が癒えぬ。それどころか、しばしば傷口が破れて出血している。そういう情報を流せ。二日や三日では駄目だ。十日、二十日かけてもよい。少しずつ、私の傷はひどくなり、衰弱していく」

「周瑜様、私はそのような不吉な情報など、流したくはありません」

「策だぞ、淩統」

「策であろうと、私はいやです。これで罰せられるのなら、それも仕方がないと思います」

「別に罰しはしないが、そんなに悪いことかな」

「周瑜様は、柴桑を出発したころと較べると、またいっそう痩せられました。御病気ではないのか、傷の具合がほんとうに悪いのではないのか、と私は心配でたまりません」

「矢疵は、確かにこたえたな。血もだいぶ失った。負傷した兵の苦しみが、少しはわかったという気がする」

「周瑜様が、兵の苦しみなどおわかりになる必要はありません」

「それは違うぞ、淩統」

「いえ、違いません。兵の痛みや苦しさがわかるのは、私程度の部将でよいのです。周瑜様は、もっと別の痛みをおわかりください」

「なんだ、それは？」

「この国の痛み、民の痛みです」

言って、淩統は恥じらったようにうつむいた。

赤壁で、勝った。勝つためにあらゆることを考え、そして耐え抜いた。

しかし、勝ったということで、なにかを忘れはしなかったのか。失いはしなかったのか。たとえば、淩統が言ったようなことをだ。

淩統は、命令でも待つように、周瑜の前で直立していた。

「わかった、淩統。さっき言った噂を流せ」

「周瑜様」

「私が死んだ、という噂を流してもよい。おまえが言ったことは、心に刻みこんでおこう。だからこそ、おまえの心の痛みも、私は無視する。これでよいのではないか、淩統？」

「はい」

「では、噂作りをはじめよ」

「私はいやです。陸遜殿に命じてください」

「人に押しつけるな。おまえがやるのだ」

淩統が、またうつむいた。

「わかったな」

「はい」

「こちらからは、攻めるのも挑発するのも、いっさいやめにせよ。奇襲を、確実に打ち払う。それだけでよい」

曹仁も、このまま攻囲が解けるとは、考えていないだろう。お互いに、兵糧も充分なのだ。小さな奇襲が無駄であることも、わかっている。

　だから曹仁は、機を待っているのだ。
　赤壁(せきへき)で、自分がずっと南の風を待ち続けたように、曹仁もまた、自分が思い描く機を待っている。その機に、間違いなく曹仁は全軍を率いて出てくるはずだ。

「わかりました。まず、周瑜様の傷口がまた開いてしまった、という噂を流します。それから、熱を出されたと。次に、快方にむかわれたと。そしてまた、傷が開きます。大量の膿(うみ)が出ます。そうやって、周瑜様は少しずつ衰弱していかれます」

「私に、細々(こまごま)と言う必要はない。聞いていると、傷が痛むような気がしてくる」

「申し訳ありません」

　淩統が、顔を真赤(まっか)にした。

「もういい。行け」

　淩統が出ていくと、入れ替るように、幽(ゆう)が入ってきた。

「いい部将になりました、あの方も」

「そう思うか」

「人は、成長する時期に、なにかにぶつかった方がいいのだと思います。淩統殿と陸遜殿。このお二人は、赤壁で、言い尽せないほどのことを、学ばれたのだと思います」

「私は、勝利は得たが、また失ったものも多かったようだ」

「殿は、なにも失われてはいません。ただ、健康は失われました。それは、取り戻すことができるものです。よろしいですね。無理をなされないことです。曹操戦に備えはじめた時から、常人の五倍も十倍も殿は働かれ、気も張ってこられたのですよ」

「そうかな」

「こういうことは、御本人が一番わからないのです」

喋りながら、幽は薬草を煎じはじめた。

山越族に、古くから伝わるという薬草である。それを服するようになってから、いくらか体調は戻ったような気がする。

「ここも、もうしばらくで結着がつく」

「その時は、少しお休みくださいませ」

「そうもしておられぬ。劉備軍が、めきめきと力をつけていることだし」

「ふた月か三月休まれるだけで、だいぶ違うと私は思います」

周瑜は具足を脱ぎ、軍袍のまま寝台に横たわった。

「私は、益州へ行けるだろうか、幽？」

「必ず」

「そうか。そう思うか」

益州を奪れば、荊州も掌中にあるようなものだ。東西両側からの圧力で、劉備はこちらに従属せざるを得まい。曹操とは、決して結べはしないからだ。

それで、天下は二分できる。南と北の争いになるのだ。

「早く、幽を抱きたいものだ」

「また、そのようなことを」

「本心を言っている。当たり前のことであろう」

江陵を落とすまで、幽の躰に触れない。それは、周瑜自身が決めたことだった。

2

曹操は、鍼を打たせていた。

華佗の弟子の、爰京である。ほかの者に鍼を打たせるより、いくらかいい。頭痛が消えてしまうということはなかったが、耐え難さはなくなっている。

爰京もまた、曹操の全身に掌を当てた。最近では、それでなにかを読み取れるようになっている。爰京自身は気づいていないが、触れられる曹操には、それがはっきりとわかった。

「おまえの打つ鍼は細い。そして、思い切りが悪い」

「はい」

「華佗は、果断であった。おまえは、肩の凝りなどは、よく治すそうではないか」

「凝っている場所が、触れてみるとよくわかります。そこに打つわけで、肩凝りの源になっているところは、よくわかりません」

「指さきで、触れているな？」

「いけませんか？」

「掌でなければ、躰の深いところはわからん、と華佗が言っていたことがある。肩凝りも、そうやって掌で触れるところからはじめてみろ。肩凝りの源がわかるかもしれん」

「そうしてみます。華佗様が言われたことを、いまのように思い出していただくと、私にはありがたいのですが」

「思い出したら、言うようにする」

許都の館だった。

鄴と許都の道は整備され、川にも橋があった。女たちの旅も、ずいぶん楽になっている。

許都にあるのは、朝廷だけという状態だった。民政の機能も、軍の統轄も、すべて鄴に移してある。その方が、たとえ不便でも、面倒なことは起きない。鄴から誰が許都へ行ったかもすぐわかるし、帝に会う人間も少なくなった。ただ、執金吾（警視総監）の人選だけは慎重にやり、副官二人も有能な者を付けてあった。五錮の者も、ひと組張りつかせてある。

執金吾指揮下の兵は、四万であり、これはたとえ許都が襲われることがあっても、鄴からの救援の到着まで、持ちこたえられる数だった。

商人などの、民間人の居住の規制も、かなり厳しくしてある。

それでも、帝はやはりおかしなことを考える。なにをやろうと、自分が殺されることはない、と思っているのかもしれない。

「虎痴」

呼ぶと、許褚はすぐに入ってきた。

「執金吾に言って、馬騰を連れてこさせろ。手枷などをつけておくなよ。丁重に扱え」

獄に落とした馬騰に会おうと思ったのは、帝の口からその名が出たからである。劉皇叔とも言った。周瑜と劉備の連合軍に、大敗したことは、よく知っているはずだ。それでも、平然とその名を出す。かつては、もっとおどおどし、さながら小動物でも見るような感じだった。

情勢は、面倒なことになっていた。河北や中原での叛乱の兆候はないが、それは締めつけを強めたからだ。その代りに、涼州が不穏になっている。税の徴収などで、長安近辺の小軍閥を締めつけたからだ。その頂点に立っているのが、馬超だった。

長安までは、譲れる。いずれ取り戻せばいいのだ。しかし、いまの勢いだと、洛陽も落としかねない。そこに、十万規模の兵を割かざるを得なかった。しかし、まだ自領である。もともと、守兵を二万は置いてあるのだ。

江陵と合肥は、そうはいかなかった。

いままで、こちらの手中にあった合肥を、孫権に奪われると、揚州軍をさらに勢いづけることになる。だから、合肥は死守で、兵力も惜しまず投入する。

江陵は難しかった。曹仁が、どこまで耐えられるかだ。敵地にあるので、たやすく援兵も出せない。戦線がのびきって、兵力に余裕がないのだ。

あと一年、曹仁が耐え抜いてくれたら、と曹操は思っていた。どこかの戦闘が終熄し、兵力に余裕が出てくる。そうなれば、もう一度荊州を攻められる。

荊州で気になるのは、南部だった。

劉備が制圧し、すでに七万近い兵力を有し、さらに荊州の人間が集まりつつあるという。兵の調練も、相当に厳しいものらしい。劉表のころの、懦弱な荊州は、南から変りはじめていた。劉備がいくら気になっても、間に揚州軍がいて、こちらからはなにもすることができない。

「連れて参りました」

許褚と馬騰が、並んで立っていた。

「馬騰か。まあ座れ」

許褚は、壁際に立っている。馬騰が、なにかするかもしれない、と考えているのだろう。馬騰の眼光は、まるで戦場に立っている時のように、鋭かった。

「帝に、なにかしていまいな、曹操？」

むき合って座ると、馬騰が言った。

「なにかするのは、いつも帝の方なのだ。世を乱そうとばかりされる」

「それが、なぜ悪い？」

「民が、苦しむのだぞ」

「そういう運を持った民だ。いいか、曹操、この世は帝のものなのだ。その帝が、いまはなにひとつとして、思うことがおできにならない。これは、どう見てもおかしい。よく考えると、おまえがいるからだ」

「私が、なにをした。乱世をまとめようと、苦しい戦に耐え抜いている。これは、民のためだとも思っている。そして民は、帝のものだ。私は、帝のために働いているのだぞ」

「詭弁を弄するな、曹操。おまえは、自分の野望のためにやっている。野望のために、帝を利用している。要するに、薄汚れた鼠だ。少しは、恥を知れ」

許褚が動きかけたのを、曹操は手で制した。

「おまえが、帝に利用されているだけなのだぞ、馬騰」

「違うな」

馬騰が、口もとだけで笑った。

「すべてのことに、おまえの心根が出ている。おまえは、帝を帝と思っていない。だから、思い通りにならなければ、腹も立てる。おまえは、帝よりも偉いのか。だとしたら、おまえはなんだ。帝よりも偉いと思えるのは、帝を帝と思っていないからではないか」

「霊帝のころから、この国はどれほど乱れてきたと思う。帝には、帝らしくしていただかなければならんのだ」

「おまえの人形になることが、帝らしさなのか」

「もういい。この話はやめにしよう。それより、久しぶりに酒でも酌み交わさぬか」

「朝廷に出仕した時から、俺は酒を断った。女もだ」

「そうか。ならば、このまま話をしよう。涼州の東に、おまえの軍が集結している。これは、なんなのだ？」

「俺の軍ではない。馬超の軍だ」

「おまえの息子だぞ」

「息子である前に、ひとりの男だ。男としてやらなければならないと思っているから、馬超はそうしているのだろう」

「おまえが、ひと声かければ」

「倅を、男として認めている。だから、かける言葉はなにもない」

「一族二百人は、いま獄の中だぞ」

「それで男を捨てるようなら、馬超のやつのはらわたも腐ったということよ」

「そうか」

「曹操、一族を助けろなどとは言わん。帝をなんとかしてさしあげろ」

「無理だ」

「ならば、俺と話をしようなどと思うな。言葉の無駄であったな。早く、俺を獄に戻せ」

曹操は、苦笑して許褚に合図した。

馬騰の忠節は、老いの一徹のようなものだ。それが、むしろ快くさえあった。

許褚に連れていかれる間も、馬騰は堂々と胸を張っていた。

それから、曹操は執金吾を呼んだ。

馬騰一族以外にも、捕えた者たちが三百人ほどいる。

「首を刎ねよ」

それだけを、曹操は命じた。馬騰は、生かしておいて、まだ役に立つかもしれない。

「虎痴、久しぶりに、巡察をしてみるぞ。いつものように、前触れはなしだ」

まだ暑い季節である。

曹操は具足をつけず、着物で馬に乗った。従うのは、許褚の三千騎のみである。

途中で一泊するつもりだったので、荊州と予州の境界まで、ひと息で突っ走った。

別の部隊が、州境を移動していた。五十名ほどである。曹操が通りかかると、路傍に片膝をついて、頭を下げた。

「司馬懿ではないか。なにをしている、こんなところで？」

昨年、曹操の召し出しに応じて、仕官した。その前に召し出した時は、病を理由に仕官に応じなかった。

父の司馬防には、かつて世話になったことがある。司馬防には八人の息子がいて、全員が達という字の入った字を持っていた。秀才揃いで、司馬の八達と呼ばれて、評判にもなった。そういう人間は、一応召し出してみることにしている。仕官を断ってきたのが小面憎かったので、再度召し出したのである。

司馬懿、字は仲達といった。いまは、どこかの役所で仕事をしているはずだ。

「各地の役所を、巡回しております」

「ほう、荀彧にでも命じられたか」

「私が、志願いたしました」

「なにを見て回ろうというのだ」

「役所の仕事は、時として硬直いたします。それを嗅ぎ取って、荀彧様に報告します」

荀彧が、能力を買ったということだろう。昔は、荀彧が自分でこれをやっていた。

「五十人も、連れているな」

「ここは、荊州の前線の後方に当たります。役所の動きは、迅速でなければなりません。五十人をどう迎え入れるかで、どこに問題があるか、ほぼ見えてきます」

才気走ったところがある。しかしそれが、どこか闊達さに欠けていた。

「私の巡察に付いてこい、司馬懿」

「かしこまりました」

曹操は馬腹を蹴った。

父城、魯陽、叶県と回り、昆陽で夜になった。曹操が宿所としたのは、昆陽の営舎の一室である。三千の許褚の軍が入ってきたので、軍営はごった返していた。司馬懿は騎馬だったので、ちゃんと付いてきていた。供の者には、野営でも命じてきたのだろう。

「三城を回り、ここは昆陽だが、おまえがどう見たか話してみろ」

「まず三城とも普通の備えで、どこも特に乱れてはおりません。三千騎をいきなり迎えたにしては、混乱も少ないと思いました。ただし、あくまでもいきなりならということで」

「どういう意味だ？」

「城は、独立してそこにあるものではありません。お互いに補完し合い、点ではなく面を守るように心がけるべきです。最初の父城が混乱したのはわかりますが、残りの三城は、丞相をお迎えする準備をしておくべきでした。この近辺は城が多いところですが、ほかを回られても同じでありましょう。つまり、伝令のありようが、確立されておりません」

鄴近辺の城は、それが確立されている。このあたりも、戦になれば伝令の備えは機能するはずだが、それ以外の時は眠っている。曹操が感じたことと、まったく同じだった。

「ほかには？」

司馬懿が言ったことを無視して、曹操は訊いた。

「水に弱い城が、二つありました。父城とこの昆陽です。城内の高いところに、兵糧倉などは移すべきでありましょう。守兵の士気は、河北よりは高いと思います」

やはり、才気走っている。しかし、役に立つことを、しっかりと見てもいる。

「もうよい」

曹操はそれだけ言い、司馬懿を退がらせた。

確か、三十にはなっているはずだ。劉備の軍師である諸葛亮より、二つか三つ上ということになるのか。

たとえば、賈詡を同道したとして、同じことを言うか。曹操は、考えはじめた。司馬懿の資質は、前線指揮官というより、むしろ軍師むきだろう。若い軍師として、どこかで使うことができないか。

人をどう使うべきか考えている時は、どこかに充実感に似たものがある。もともと、そういうことを考えるのが、嫌いではないのだ。しかし、いまその充実感はなかった。なにか危険なものを、どう扱おうか考えているようなところがある。

いやな男だった。肌がそう感じている。そのくせ、捨て難いものも持ちすぎているのだ。曹丕などとは合うかもしれない、とふと思った。曹丕も、いやな男だと感じさせるところがある。

しばらくして、曹操は司馬懿のことを頭から追い払った。

外に出て、城塔に登ってみた。許褚ひとりが、ぴたりと付いてくる。

月が出ていた。このあたりは平らな原野が多いが、地平線まで見てとれそうな明るさだった。

「私は、負けたのだな、虎痴」

最後の戦だと思った。終れば、あとは部将たちにも任せられる、制圧戦が残っているだけのはずだった。

その戦に、負けた。ほとんど闘うこともなく、気づくと打ちのめされていた。

「負けの味は、よく知っているつもりだった。どれほど負けようと、立ち直れる。そう思ってきた。それは、ほんとうには負けていなかったのだ、という気がする」

月の冷たい光。原野は、死に覆われているように見える。心が、かすかにふるえた。泣いてみるか。そんな気分も襲ってくるが、涙は出そうにもなかった。

「殿は、生きておられます」

許褚の言う通りだった。生きているから、負けもわかる。天下の夢を抱いたまま、死ぬこともできた。自分が負けたとも思わず、だから負けを嚙みしめることも、知ることさえもなく、死ぬことができた。

しかし、生きているのだ。

「胡床（折り畳みの椅子）をもて。酒を運ばせよ」

音もたてず、許褚は城塔を降り、しばらくして戻ってきた。置かれた胡床に、曹操は腰を降ろした。

相変らず、冷たい月の光だ。

許褚が、曹操のそばに台を置いた。酒はその上にあった。杯を傾ける。風さえもない夜。心の中にゆらめき立っているのは、死への憧憬なのか。

いま、この時。夢もない。希望もない。悲しみさえもない。甘く、蠱惑するような、死の光があるだけだ。

杯を重ねていた。

酔いがあるのかどうかは、よくわからない。口から、自然に言葉が流れ出してきた。

謡っていた。戦で果てた兵士。寡黙で、うつむき、生きるためにただ歩く、兵士、兵士。友の屍を踏む。闇の囁きに、耳を傾ける。

奈何ぞや此の征夫も
安ゆえに四方に去くことを得とはする
戎の馬は鞍を解かず
鎧と甲とは傍を離れず
冉冉として老いは将に至らんとし
何の時にか故郷に反らん

神竜（しんりゅう）は深き泉に蔵（ひそ）み
猛獣は高き岡（おか）に歩み
狐（きつね）は死すときに帰りて丘に首（まくら）すとかや
故郷の安（な）んぞ忘る可（べ）き

兵士は泣かず、兵士は嘆かず、兵士は悲しまず、ただ歩き、心に故郷だけを抱いているのか。

謡い続けた。声は、荒野に拡（ひろ）がり、流れ、消えていく。

胡床から、腰をあげた。躰（からだ）が揺れる。逞（たくま）しい腕が、それを支（ささ）えた。その腕の感触を、曹操はしっかり覚えていた。

「虎痴（こち）か」

許褚は、なにも言わなかった。

月の光が、許褚の顔を照らし出している。

その頬（ほお）が、濡（ぬ）れて光っていた。

3

咳をした。

掌に、赤い花が咲いた。幽が差し出した布で、周瑜はそれを拭った。

咳をすればいつも血が出る、というわけではなかった。血が出る時は、はっきりそうだとわかる。胸のどこかが、破れたような気分になるのだ。だから、掌で口を押さえて咳をする。

どれぐらい生きられるのか。血を見るたびに、そう思った。あと五年か、三年か。周瑜は、三十五歳だった。

あと十年。それだけの時が欲しい。張り裂けるほどの思いだった。

しかし、それは表情には出さない。さきのことを考えるより、いまはこの膠着した戦線をなんとかすることだった。

凌統が噂を流しはじめてから、もう十五日が過ぎている。その間、周瑜の矢疵は、悪化と回復をくり返しながら、徐々に悪くなっているのだ。

自分の死を、餌にする。

考えると、その皮肉は笑いたくなるほど滑稽だった。自分が病であることを知れば、曹仁は本気にするだろう。

しかし、噂だけで、餌に食らいついてくるのか。

周瑜の陣舎には、程普、魯粛、淩統、陸遜の四人しか入れなかった。それに、身のまわりの世話をする従者として、兵士姿の幽が加わる。豚の血を持ってきて布にしみこませ、それを一日に一度捨てた。

「兵士たちは、みんな周瑜様のことを、本気で心配しています。まさか周瑜様が亡くなられることはない、と思いながら、不安は隠しきれていません。兵士同士の、喧嘩も起きたほどです」

淩統が、そう報告をしてきた。

陣舎に出入りできる四人は、一様に沈痛な表情をしている、と幽も言った。

「そろそろ、死ぬころか」

「はっきりわかるべきではない、と思います。隠しているが、隠しきれない。その方がよいのではないでしょうか」

「戦陣で大将が死ねば、隠す。当たり前のことだな」

「そのようにします」

「私の馬を、陣舎の前に繋いでおけ。さも出陣するようにな。これからは、全軍戦闘態勢だ。何日続くかわからんぞ」

「かしこまりました。どこをどう攻められても、混乱は起きないようにしておきます。ただ、兵は消沈していると思います」

「それは、仕方があるまい」

「斥候だけは、怠らずに出します」

淩統が出ていくと、周瑜は具足をつけた。

江陵城と、自陣の地図。配置は細かく書きこんである。それは、間者に調べさせて、曹仁もとうに知っているはずだ。

「西の柵を破って、攻めてくる。多分、間違いなかろう」

幽が、かすかに頷いた。幽の手の者も、何人か敵陣に入りこんでいる。大将の曹仁が、孤立した牛金を救い出してから、兵たちの士気は見違えるほど高くなっているという。

兵とは、そういうものだった。だから、周瑜は十数日、兵士に姿を見せていない。

曹仁が、先頭を切って出撃してきた、という報告が斥候から入ったのは、翌日だった。

「西の柵に襲いかかってきています。敵の勢いは、かなりのものです」

「西の兵を、本陣の前まで退がらせろ。いたずらに犠牲を出すこともない」

淩統が、飛び出していく。

曹仁は、ついに餌に食らいついてきた。いまのところ、まるで勢いが違うだろう。

それを、どこで逆転してやるかだった。

西の柵にいた部隊が、本陣の前まで退がってきた。主力が、次第にひとつにまとまりつつある。東の柵の部隊も、すでに本陣に移動をはじめている。

「よし、行こう」

周瑜は、兜を被った。

陣舎の外に出る。陽の光が、眩しいほどだった。一斉に、周瑜の旗が立てられた。陣舎の前の馬に乗り、周瑜は片手をあげた。旗本が、動きはじめる。旗が、風に靡く。兵士の間にどよめきが起き、それが拡がっていく。

敵の前面まで、周瑜は出ていった。

「なにをしているのだ、みんな。それで、周瑜軍の兵のつもりか。曹仁はあそこにいるではないか。自陣を侵されるなど、恥を知れ。いまこそ、決戦の時だ。この周瑜公瑾、いまだ敗北を知らず。周瑜軍の兵も、また負けを知らない」

どよめきが、空を揺るがすように大きくなった。気圧されたように、敵は動きを止めている。

周瑜は、剣を抜き放ち、頭上でひと振りした。

右翼の騎馬隊が、喊声とともに突っこんでいく。それから、左翼の騎馬隊。二方向からの攻撃で、敵が混乱しはじめた。

正面から、歩兵を突っこませた。騎馬隊は横に回る。揉み合ったのは、それほど長い時間ではなかった。敵の一角が完全に崩れ、敗走をはじめた。

旗本の一千騎で、周瑜はそこに突っこんだ。敵が、二つに割れていく。曹仁の旗が、揺れ動き、離れはじめた。

「曹仁が逃げるぞ。首を取れ」

程普が、周瑜の横で叫んだ。

城に逃げ帰る余裕は与えなかった。騎馬がすでに追撃に移っている。

周瑜は、旗本を率いて江陵城にむかった。

わずかな守兵も逃げ出し、城は無人だった。城塔の曹仁の旗が降ろされ、代りに周瑜の旗があがった。

「追撃の部隊を編成する。程普殿が指揮、副将として陸遜。騎馬隊四千に、歩兵三万。江陵からの兵站が切れないように、途中に五千の兵を配置する」

地図を指さしながら、周瑜は言った。

「どこまで攻めますか、周瑜殿？」

「襄陽のそばまで。敵は多分、襄陽は捨て、樊城に拠るだろう。漢水を挟んでむかい合う、適当な場所に陣を敷いて貰いたい」

「襄陽城は、奪らないのですな？」

「必要ない」

守りにくい城だった。ただ、場所はよく、人は暮しやすい。平時には、いい城なのだ。いかにも、かつて荊州の主であった、劉表好みの城だ。

「進発します」

頷きながら、程普が言った。揚州軍きっての、老将だった。かつては、周瑜と口を利こうとしなかった時期もある。息子より若い周瑜に、指図されたくない、と思ったのだろう。それが変ったのは、山越族討伐戦のころからだった。

「対峙して、圧力をかけるというかたちを作ればいい。そこまで、程普殿にやっていただきたい。樊城ならば、曹操軍の兵站が切れることもない。膠着になるだろう。程普殿の代りに、呂蒙をやります」

「周瑜殿も、老人の労り方を覚えられましたな」

笑いながら言い、程普が出ていった。

「水軍を集結させよ、淩統」

江陵から夷道、夷陵と水軍で繋ぐ。まず、それを整備することだった。

長い対峙だった。赤壁での勝利が、ずっと昔のことだったような気がする。

「夷道の城に一万。夷陵に二千の配置でいけ。江陵にも一万を置き、残った兵は船で建業へ帰す。殿は、まだ合肥を攻めようとなさるであろうし」

荊州軍の残兵を、江陵に収容する。それで、江陵城の兵力は二万に達するはずだ。

張昭が送っている文官が、二十名ほどいた。

翌日から、役所の場所を定めて、仕事をはじめた。

周瑜も、本営ですぐに次の戦の準備をはじめた。樊城は、まず対峙が続いて動かないだろう。揚州から、益州に手をのばすようなかたちで、領土が拡がっていた。長江沿いにのびた、長い手である。すでに、益州に届きかけていた。

荊州と益州は、険阻な山岳地帯で遮られている。その山岳を断ち割るように、長江が流れている。船さえあれば、それは長大な道ともなる。

こちら側の前線基地が夷陵だとして、益州のどこに最初の拠点を作ればいいのか。

夷陵から白帝城まで、およそ三百里（約百二十キロ）はある。白帝城を拠点にするには、まず三百里の長江を制しなければならない。南岸の崖には桟道があるが、途切れ途切れだった。白帝城に拠点を得たら、その桟道も整備しなければならないだろう。

いまの揚州の力で、どれほどの遠征軍が組織できるのか。

揚州からの出撃と考えれば、二万でも難しいほどだ。しかし、江夏郡から、江陵、夷道と領地は増えている。つまり、新しい荊州の領地を、どうやって充実させるかだった。

江陵からの遠征軍の出撃となれば、七、八万は可能だろう。物資の輸送も、船を使えばほとんど解決できる。

白帝城から南西に進撃する。つまり、長江の本流に沿って進むのだ。江州（重慶）まで奪り、同時にそこまでの長江を制すれば、成都の劉璋と対峙しても、圧倒的に優勢な局面になる。

しかし、それはまだ先のことだ。新しい領地の充実。これが、周瑜の当面の仕事だった。

できれば、江陵のある南郡は、江夏郡からの続きとして、全域が欲しいところだった。江陵は荊州の中心と言ってもよく、その充実は長江の両岸の繁栄にかかっている。

しかし、南郡の約半分、つまり長江の南岸は、劉備がすでに占拠していた。江陵からちょっと下った対岸の公安が、劉備の本営である。

荊州の南部四郡を劉備が手にすることはまだいいが、南郡にまで出てきているのがどうにも眼障りだった。眼障りなだけでなく、江陵の充実も阻害する。

敵ならば、討てばいい。劉備は同盟軍だった。すぐに討つ、ということもできない。

十日ほどで、江陵からは戦の気配は消えた。民の数が増え、物資も集まりはじめる。

民とは、実に逞しいものだった。市場には、すでに物が溢れはじめている。どこに、これほどのものがあったのか、と思うほどだ。戦の時は、身を隠し息をひそめる民も、平時になると活発に動く。

荊州の残兵で、周瑜軍に受け入れた者は、一万五千に達した。

兵の調練は、淩統に任せ、周瑜はしばしば夷陵まで行った。

快速船で溯上して一日半、帰りは半日である。

夷陵に城はなく、甘寧が築いた土塁に営舎が並んでいるだけである。まず、船着場を作った。物資は、船で運ぶのだ。さらに土塁を拡げ、倉を建てることも指示した。白帝城を攻める時の、兵站の中継点は、ここにしか取れない。

夕刻になると、微熱が出た。ひどい疲労を感じることもあった。それでも、周瑜は充実していた。益州が、目前にあるのだ。

江陵には、劉表のころからの、大規模な造船所があった。揚州水軍が使用している船と同じものを、建造しはじめた。揚州の船は、輸送船以外は平底ではない。

建業からは、顔を見せに戻ってこいという孫権からの伝言が、しばしば届いていた。孫権は、家族のことも考えているのだろう。

しかし、やることが多すぎた。

秋の終りになって、魯粛がやってきた。

「なんと、劉備と婚姻だと」

孫権の妹を、劉備に嫁がせるということだった。

公安で、小さな葬儀があり、劉備の夫人がひとり死んだらしいことは知っていた。知らせもなかったので、弔問には行っていない。

「そうか、劉備と婚姻か」

「曹操が、また攻めてくるかもしれません。劉備殿との関係を密にしておく方がいい、と殿は判断されました」

「これは、魯粛殿の意見でもあるのだろう?」

「確かに、私が勧めました」

「劉備は、遠からず潰した方がいい」

「われらだけで、曹操とむかい合おうというのですか、周瑜殿?」

「なぜ、人を頼るのだ、魯粛殿?」

「ひとりより、二人でしょう。曹操は巨大です」

「負けぬほど、大きくなろうとは、なぜ思わない。荊州南部をわれらが領すれば、兵力は同じではないか」

「それは」

「しかし、婚姻はいいかもしれん。少なくとも、足を掬われる可能性は小さくなる」

「信用しておられませんな、劉備殿を」

「劉備と諸葛亮。この二人の組み合わせには、いささか脅威を覚える。私は、天下二分の計を捨てていない。劉備が、第三の力になってくることは望まないのだ」

「曹操と対するには」

「いまは、それかな。そんな気もする。できるかぎり速やかに、益州を奪る。揚州と益州で挟みこむことによって、劉備を封じる。そうなるまでは、対曹操のためにも、劉備の存在は必要かもしれん」

「いずれ、劉備を討つ、と言われるのですか、周瑜殿は？」

「劉備でなくとも、討つ。覇者はひとりなのだ、魯粛殿」

「覇者は、確かにひとりですが」

「劉備の人となりを愛するのなら、殿への臣従を勧めるのだな。劉備を討たずに済む方法は、それしかない」

曹操の情況も、楽ではないはずだった。広大な領地の統制も、赤壁の敗戦で緩みかねない。締めつけのための兵力が、どうしても必要になる。さらには、涼州の叛乱だった。長安までそれが拡がってくると、鎮圧のために本腰を入れるだろう。その間も、たえず合肥や樊城が攻撃を受ける。

曹操も、もう若くはない。それだけでも、かなり苦しいはずだ。すべてが片づくまでに、二年か三年はかかる。

その間、劉備との連合を強化しておくのも、選択できる方法のひとつだった。劉備は、荊州南部の四郡から、さらに領地を拡げるということはできないのだ。

「いずれ、劉備殿は敵になる。それは、私もわかりました。しかし、そこに到るまでの間に、道はいくつもある、という気もするのですが」

「それはそうだ。だが、曹操が再び大軍で押し寄せてきた時、劉備が荊州全域か揚州南部を奪ることもあり得る。われらは、曹操で手一杯だからな」

「まさか、そのようなことが」

「劉備もまた、覇者にならんとしている。ならば、われらも敵、曹操も敵。みんながそうなのだ、ということは頭に入れておいた方がいい」

「周瑜殿の眼は、先の先まで見すぎるという気がします。いま、ここをどう凌ぐか。われらにとっての最大の課題は、それでしょう」

「そして、凌ぎきった。われらにとってのいまここは、赤壁だったのだ」

魯粛が、黙りこんだ。

これまで、魯粛と路線で対立したことはなかった。対劉備では、かなりの対立になりそうだ、と周瑜は思った。対立は、あって当然なのだ。

曹操と闘うか講和するかという時、張昭とは対立した。しかし決戦と決まると、張昭は揺らがなかった。揺らいでいるふりをして、曹操陣営の働きかけを受ける。

そして、黄蓋という名を、そこから流す。そういう密談まで、周瑜と交わした。書簡だけでは、曹操は黄蓋の降伏を信用せず、だから火攻めも成功したかどうかはわからない。

黄蓋を、たえず最前線に出した。対峙してからは、哨戒の仕事を過酷なまでに押しつけた。それから、降伏派の主魁と見られていた張昭から、思わせぶりに黄蓋の名が出る。

それだけの事実があって、曹操は黄蓋の書簡を信じようという気になったはずだ。

劉備との婚姻は、多分両方に利点があると、孫権は判断したのだろう。その判断は、間違ってはいない。

「魯粛殿だから、私は言っておく。もうしばらくは、劉備との同盟もいい。しかし、婚姻によって、これ以上の劉備の勢力の伸張を抑えられる、という利点もある。いずれはぶつかる。それは、覇権を争う者の宿命だ、と私は思う」

「わかりました、お考えは」

「江陵まで来たのだ。夷道の城や、夷陵の砦も見ていくといい。船は毎日のように往来している」

「夷陵ですか。そこから溯れば、すぐに益州なのですね」

「そうだ。私は、夷陵まで進んだ」

江陵城の城塔に一緒に登り、それから魯粛は宿所へ案内されていった。

居室でひとりになった時、周瑜は激しく咳きこんだ。胸の中に、なにか塊のようなものがあるという感じがする。いままでに、経験したことがないものだった。

その塊が、破れた。咳とともに、口から噴き出してくる。両手が、赤く染った。

周瑜はそれを、居室の隅の瓶の水で洗った。

なにかが、近づいてくる。それは、曹操や劉備ではない。もっと別の、理不尽なものだ。恐怖感はなかった。故ない、懐かしさに似たものさえ感じる。それがやってきたら、なにか別なものが眼の前に拡がるのだろうか。それとも、いままでとは違う自分になれるのだろうか。

調練の兵が、戻ってきたようだった。

凌統の、元気のいい声が聞える。兵力は、着実に増えている。このまま調練が続けられれば、間違いなく精兵になる。

周瑜は、益州の地図を拡げた。大量の血を吐いて、胸の中はむしろすっきりしていた。微熱は続いているようだが、それはむしろ周瑜を高揚させた。

4

銅雀台が、完成に近づいてきた。

外観は、ほぼできあがっている。それは、人の眼を驚かすに充分だった。たとえ王宮でも、これほどの規模のものはなかっただろう。

造りあげるしかない、と曹操は思っていた。銅雀台が完成するころは、揚州も掌中にし、益州は降り、曹操は天下に号令しているはずだったのだ。

そのための、銅雀台だった。曹操の威信を、天下に知らしめるためのもの。

それを、誰にもはっきりとは言っていない。心の内に、ひそかに抱いた思いだった。

銅雀台の建設は、赤壁の敗戦の前も後も、変ることなく続けられている。だから、曹操がいま抱いている忸怩たる思いに気づいている者は、ほとんどいないだろう。荀彧と夏侯惇の二人ぐらいのはずだ。

銅雀台の建設を中止しないのと同じように、戦を中止することもできなかった。天下を統一しないかぎり、戦は続く。

五錮の者が集めてきた、各地の戦力の分析をやった。

大きく変化したのは、荊州である。

北の一部、宛城から樊城にかけては、自分が押さえた。

しかしそれ以外の荊州を、周瑜と劉備が分け合っている。特に、劉備軍の肥大化がはなはだしかった。

劉表がいたころの荊州とは、まるで様子が変ってしまっている。曹操にとっては、数倍手強く、厄介な地域になっていた。荊州とともに、帰順する気配のあった益州も、いまは形勢観望を決めこんでいる。そして、涼州の馬超である。

赤壁戦後の状況は、確かに自分にとっては悪くなっている。

それでも、河北四州と中原を制している自分は、最大にして最強である。全兵力を較べれば、他のすべてを併せたよりも、ずっと多い。生産力を較べても、やはり同じことが言える。

天下が、そこにある。その情勢は、赤壁で負けたいまも変っていない。

変ったのは、心の中か。

曹操は、ふと思った。

もうここでいい、とは思っていない。しかし、心の中から、なにかが抜けている。

戦以外の時は、相変らず情欲に襲われてはいるが、以前ほど強いものではない、という気がする。頭痛も、どこかやさしい。嘔吐したりするが、吐きながら、これ以上はひどくならないということが、なぜかはっきりわかる。以前なら、吐いて吐き尽した先に、死があるという恐怖感があったのだ。

まず涼州を討つべきか。

戦力を分析すると、そういう答が出てくる。涼州を討つことで、西からの圧力がなくなるのだ。それだけで、遠征が可能な兵力が三万は増える。

曹仁が、江陵を放棄していた。江陵を保ってさえいれば、荊州の攻略は楽だったはずだ。江陵で、長江の水路を断てる。だから周瑜にとっても重要拠点で、落とすまで固執し続けたのだろう。

合肥の方は、いまのところ孫権自身が出馬してきても、追い返している。こちらは勢力下に収めてから長く、民の心も摑んでいるし、屯田すらはじめた。つまり孫権にとっては、局地戦の兵力投入では、どうにもできないということだ。

問題は、荊州だった。

周瑜は、長江を全部押さえた。前衛は夷陵に到っている。

江陵をまだ曹仁が確保している時から、曹操が気にしていたことだった。揚州の充実した水軍が、長江を溯上したらどうなるのか。益州巴東郡から巴西郡にかけて、またたく間に周瑜の勢力下に入るということではないのか。その揚州軍を、劉璋は止められるのか。止められなければ、どうなるか。それを考えると、曹操の肌は粟立ってくる。揚、荊、益という広大な三州が、曹操とむかい合うことになる。

天下二分。間違いなく、周瑜はその戦略で動いている。荊州南部の劉備も、孫権の妹との婚姻で繋ぎとめる。

恐るべき戦略だった。全土を二分しても、兵力ではずっと曹操の方が勝っている。しかし、北にも西にも、異民族の強力な軍がいる。それに対処する兵を割けば、五分五分の戦力と見ていい。相手には、外圧を加えてくる異民族の勢力はほとんどないのだ。

周瑜が、北方の烏丸や匈奴と結んだら、これはきわどい勝負どころか、かなりの劣勢になるのだ。

「天下二分」

曹操は、口に出して呟いた。周瑜は、三十五歳だという。三十五のころ、自分はただ、大きくなろうと喘いでいただけだ。忘れもしない、あの酸棗の陣で、ようやく諸侯の端に連らなり、董卓とむかい合っていた。率いていた兵は、わずか五千だった。

劉備の軍師、諸葛亮も若い。まだ三十にもなっていないはずだ。

赤壁戦後、劉備の動きはめずらしく迅速で周到だった。なんの迷いも見せず、荊州の南部四郡を奪ったのだ。そして、悠々と兵を養いはじめた。諸葛亮が加わってから、明らかに劉備の動きは、無駄のない、機を生かしたものになっている。

このままでは、天下二分の形勢が作られていく。それを阻止する手だてが、いまのところ曹操にはなかった。

鄴の中を見回って歩く。二日に一度は、曹操はそれをやった。城外に出る時は、許褚が三千騎を率いてくるが、鄴の中では、許褚のほか十名ほどが付いてくるだけである。そして、夏侯惇や荀彧などを伴うことが多かった。

「銅雀台の検分は、あまりなさいませんな、丞相」

今日は、荀彧が馬を並べていた。

「大きすぎましたか、やはり」

宮廷よりも大きなものを作ろうとする曹操に、荀彧はしばしば皮肉を浴びせてくる。

荀彧の皮肉には、馴れていた。荀彧の考えの根本には、いつも帝というものがあって、曹操がそれをないがしろにしていると感じた時に、皮肉を浴びせてくるのだ。

普通の者なら許されるはずのないことだったが、荀彧はいつも平然としている。これまでの働きは、幕僚中随一だった。曹操の無理な戦を、荀彧の手腕が背後で支えていたということを、誰よりも曹操自身が知っていた。荀彧がいたからこそ、連戦につぐ連戦にも耐えてこられたのだ。

そして、私心がない。住んでいるのは小さな館で、使用人はひとりしかいない。厖大な食邑（扶持）を与えてあり、贅を尽した生活もできるはずだが、一族に分けてしまうのである。文官は、兵を養うこともなければ、馬や武器の必要もない、という考えだった。

「馬騰を、どうされるお積りです？」

荀彧が話題を変えた。人の多い鄴の通りでも、曹操が通る時はみんな両脇に寄る。それ以上のことは、させないようにしていた。

「もうしばらく、あのままだ」

「馬超との取引に使われますか」

「いや、それは無理であろう。古い馴染みが、帝に言いくるめられて、おかしなことをやりかねん。私は、それを心配しているだけだ」

「帝のために、なにかをなしてはいけませんか？」

「なにかではない。私を殺すということだけだ、帝の考えは。私を殺せば、自分が河北四州や中原を治められる、と考えているのだな。いい加減に、そういう考えはやめさせたいものだ」

「朝廷を、もっと整備されることです。帝が、自らお持ちの権威を、しっかりと自覚されれば、落ち着かれると思います」

「そういう考えが甘い、と知って言っているのだろう、荀彧。権威を手にすれば、権力も欲しくなる。それはもう、眼に見えているではないか。すると、この国はまた乱れる。私のこれまでの闘いは、無駄ということになりはしないか」

「だからこその、整備です。帝は権威を持ち、権力を持たぬもの。すべての人間が、そう思えばよろしいのでしょう」

こんな話題は、荀彧と出会った時からくり返していた。なんの進展もないが、時々思い出したようにこうやって喋ってみる。

昔は、なんでもなく喋れたが、いまは微妙なものが入り混じる。その微妙さで、曹操は荀彧との距離を測っていた。多分、荀彧もそうなのだろう。

鳳陽門まで来ると、曹操は城塔に登り、休息した。守兵は、みんな緊張している。

武器が傷んでいるのでも曹操に見つかれば、首を刎ねられかねない、と思っているのだ。

南征の前に、曹操は徹底的に領内を駈け回り、気の緩みを見せている守将の首は、容赦なく刎ねた。自分が南征に出ている間、領内の緊張感を失わせたくなかったからだ。

満を持して、南征に出た。そう思う。大敗して戻ることがあるなどと、想像すらしなかった。

「私の調べたことですが」

荀彧が、鄴の通りを見降しながら言った。

「周瑜は、劉備にかなりの警戒心を持っているようです。孫権の妹と劉備の婚姻は、魯粛を中心にして進められた模様です」

「その二人を、対立させよというのか？」

荀彧も、独自の情報網を持っていた。主として、各地の文官に張りめぐらせた情報網である。

「対立はしております。それは御存知でしょう。対立しても、路線が決まれば、それに従うというのが、あの二人の関係です」

「なにを言いたい、荀彧？」

「丞相は、周瑜の力を認めておられます。そして、劉備と対立すればいい、とも思っておられる。違いますか？」

「確かにな」

「魯粛の意見が通れば、孫権と劉備の結びつきはいまより強くなります。将来的に、魯粛の意見が通ればです」

「なにを摑んだ？」

「周瑜は、病のようです。ひた隠してはおりますが」

「江陵攻めで、矢疵を受けたという話は聞いているが」

「傷とは別に、病を発しております」

荀彧がわざわざ報告してくるのは、病状が深刻だと見ているからだろう。

将来的には、魯粛の意見が通ることが多くなる。したがって孫権と劉備の結びつきは強くなり、曹操のつけ入る余地がなくなる。荀彧は、そう言おうとしている。

「病か。あの若さでか。惜しいな」

曹操は、そちらの方が気になった。荀彧が、声をあげて笑った。

「まず、周瑜の病を心配される。そこにつけこもうと考えられるのは、だいぶ経ってからになる。それが丞相というお方で、私はそういうところに魅かれ続けてきたのかもしれません」

「もういい。わかった」

二人で、手を汚すこともやってきた。しかし曹操は、荀彧も曹操に劣らないことをやってきた。しかし曹操は、権謀という点においては、荀彧がそれで汚れたと思ったことはない。

「ところで、司馬懿について、おまえはどう思っている？」

曹操が、話題を変えた。

「できます。そして、若い。劉備の軍師の諸葛亮より、ひとつかふたつ上なだけではないでしょうか」

「そうか、できるか」

「丞相は、郭嘉を失われました。郭嘉に代り得る才を持っている、と私は思っております。しかし、どこか暗いのです。丞相と合うかどうか、気にはなります」

「いま、迷っている」

「それは、めずらしいことではございませんか。丞相が迷われるとは」

「若い者を、育てたい。いずれは、私の代ではなくなるのだからな」

「曹丕様とは、合いますな」

「曹植様とは、まるで駄目でしょう」

「うむ」

曹操は、司馬懿をすぐに判断しようとは思っていなかった。使ってみる。慎重に使い、その力をよく見きわめる。いままで、そういう人間が数多くいたわけではない。

曹操は、胡床から腰をあげ、鄴の城郭を見渡した。銅雀台が見える。石の土台だけでもかなりの高さで、そこに何層もの建物が建っているのだ。この城塔からだけでなく、どこからでも銅雀台は見える。

あれが、自分のなにを象徴しているのだ、と曹操は自嘲的な気分の中で考えた。見つめていると醜悪なものに思えそうで、曹操は眼をそらした。

「行こうか、荀彧」

城塔の下では、許褚が直立していた。守兵も直立している。

「野駈けをするぞ、虎痴」

「供回りがおりません」

「構わぬ。おまえがいればいい」

曹操は馬に乗り、駈けはじめた。許褚が、十騎ほどでついてくる。

城壁が、背後で遠くなった。それでも、銅雀台は見えている。さらに馬腹を蹴った。許褚が、すぐ横を駈けていた。前方に気を配っているようだ。前を走ると土埃が曹操にかかるので、決して出ようとはしない。

丘をひとつ越えると、ようやく銅雀台が見えなくなった。

秋

1

結婚ということが、劉備には面倒に思えた。

しかも、相手は孫権の妹なのである。

正室を、死なせた。病で、寝たり起きたりしていたが、ある朝、死んでいたという。

劉備は、あまり妻子を顧ることがなかった。流浪の軍で、それどころではないという状態が続き、正室を持ったのは、劉表から新野を借りていた時だった。その前には、徐州で麋竺の妹を側室にしていた。麋燐はいまも側室のままで、時には抱いてみたりもする。

曹操が攻めこんできた時、家族も民もともに逃げた。息子の阿斗は趙雲が救い、妻たちを守って王安が死んだ。

結婚の申し入れは孫権側からあり、幕僚たちが協議して、受けることを劉備に勧めてきた。はじめから、男と女がどうこうという話ではなかった。同盟を、かたちではっきりさせる。それが、結婚だった。

病の床に就いていた、劉表の長男の劉琦も死んだ。喪を発することもなかった。ひとりの、病弱な男が死んだ、というだけだった。荊州の南部四郡は、完全に劉備の手中にある。南郡も、長江の南岸までは劉備のものになった。周瑜がまだ江陵で曹仁と対峙している時、孔明が、孫権と魯粛にかけ合い、決めてきた。側面掩護をするという条件があったようだが、周瑜がそれを望むはずもなかった。後で知らされた周瑜は、怒りの色を隠さなかったという。いくら怒ろうと、周瑜は曹仁と対峙中で、長江南岸を占めた劉備軍に、なにをすることもできなかった。

やがて周瑜が曹仁を破り、南岸の方にもいろいろ註文をつけてくるようになった。桟橋を出すなとか、川面はすべて周瑜軍のものだ、とかいうことである。それに反撥したのが関羽で、しばしば渡渉の調練などを江陵から見えるところでやった。

険悪になりそうな情勢を、多分、魯粛あたりが心配したのだろう。劉備との同盟を維持しつつ、曹操に備える、という考えを魯粛は持っていた。

公安から見ているると、周瑜がなにを考えているのか、よくわかった。江陵を中心とした、長江沿いの通行の確保である。それは夷道から、さらに益州にむかい夷陵までのびていた。夷陵の先は白帝城で、すでに益州である。劉備に荊州南部は任せ、いきなり益州を奪るという構えだ。

「孫家の中での発言力を持つためにも、孫権の義理の弟という立場は悪くありません」

糜竺はそう言った。劉備も、それは認めないわけにはいかなかった。

ただ、孫権の妹は、まだ二十歳そこそこである。娘と言ってもおかしくない、若過ぎる花嫁なのだった。

民政は、うまくいっている。糜竺や孫乾や簡雍に、存分に腕を振える場を、はじめて与えることができた。

劉表の残兵も、かなりの部分を劉備軍に収容した。それは劉琦の存在があったからではなく、新野での八年間が生きたのだ、と劉備は思った。

調練は、これまでよりさらに厳しいものだった。一日の調練で、死者が十人近くは出た。平和に馴れた荊州兵も、最近では眼つきが変ってきた。

七万の兵である。これほどの兵力を、いままで抱えたことはなかった。黄忠や魏延という、新参の将軍たちもいる。

ただ劉備は、孔明に言われた戦略ということを、忘れてはいなかった。

益州を奪る。そこを本拠にし、いまの荊州の四郡をそれに併せる。だから結婚も、調練も、すべて益州奪取を視野に入れてのことだった。

周瑜に先を越されると、活路はなくなる。この国は、二大勢力の対決ということになるのだ。それを考えても、結婚によって、孫家に対する発言力を得るというのは、大事なことだった。

張飛や趙雲は、調練に精を出していた。一万騎の騎馬隊を作ろうとしているが、思うように馬が集まらない。駄馬は農耕用に下げ渡したりして、まともな軍馬は七千頭というところだった。

その七千騎は、調練の成果が出て、精強なものになりつつある。不足している三千頭の馬も、少しずつ増やしてはいた。それだけでは遅々として進まず、牧場を作って繁殖させようかとも、劉備は考えはじめている。

関羽は歩兵の調練で、長江沿いに場所を選ぶことが多かった。焦っているような調練の仕方だが、さすがに歩兵の動きもよくなっていた。

孔明は、関平と陳礼を連れ、毎日どこかを駈け回っていた。夜も、二人は孔明の館で寝泊りをしているようだ。

劉備は、ひとりで夜を過すことが多かった。麋燐を抱こうと思ったこともあるが、阿斗の世話で忙しそうにしていた。

情欲を持て余した経験は、あまりない。流浪が多かったので、その場で抱ける女を抱いてきただけだ。

七万の軍を、率いるようになった。しかし、これがいつまで続くのか。かつては、徐州を手にしたこともあったが、わずかな期間だった。また誰かに追い出され、流浪の軍になることはないのか。

しばしば、ひとりでそれを考えた。

周瑜に攻められる。孫権が臣従を求めてくる。あるいは、曹操が再び大軍で襲いかかってくる。どれも、ありそうなことだという気がした。

「小兄貴が、このごろちょっとおかしいのです、大兄貴。江陵から見えるところでばかり、歩兵の調練をやりますし、騎馬と組んだ調練でも、俺より荒っぽいことをやります」

「心当たりはないのか、張飛？」

張飛が、ひとりで館に来るのは、めずらしいことだった。

「俺の女房は公安に来ていますが、小兄貴の女房は新野に留まったままで、大兄貴に会いに来ようともしません。俺の鈍い頭で思いつくのは、それぐらいです」

張飛は、決して鈍くはない。むしろ鋭い。その鋭さを隠すために、鈍さを装うこともできる。関羽の様子を、劉備より細かに見ているようだった。

「話してみよう、一度」

「二人だけがいい、と思います」

「わかっている。ところでおまえは、女房とうまくいっているのか？」

二人で、王安を弟のようにかわいがっていた。その王安は、死んだ。

「俺の方は、御心配いりません。陳礼を見ると、王安のことを思い出したりするようですが。それより、大兄貴のところへ来る孫権の妹は、とんでもないじゃじゃ馬だと聞きましたが」

「それはよい。みんなで決めたことだ」

苦笑して、劉備は言った。

「劉備軍は、いきなり大きくなりました。これは、孔明殿の力もあったことなのでしょうが。顔を見れば、兵がなにを考えているかわかったころが、懐かしいような気もします。こういう時には、兄弟がそれぞれ違うことをやらなければなりませんが、そのために心が離れたりしないように、大兄貴によく見ていていただきたいのです」

言われて、劉備は恥じるような気持になった。いまは、再び流浪の軍に戻る心配などをしている時ではない。自分には、なすことが山のようにあるはずだ。

劉備軍が、十倍以上に膨れあがったいま、自分の存在はまた違ったものになっているのかもしれない。なにかをやることで、どう違ってきているのか、知ることだった。

張飛が帰ると、劉備はひとりで考えこんだ。

関羽を呼んだのは、翌日の夜である。

従者に酒を用意させた。関羽は、飲みはするが、どこかに屈折を抱えこんだままだった。しばらくは、調練の話をした。黄忠と魏延という、新しく加わった将軍の話もした。

「おまえの妻は、公安に来ていないようだが、なにかあったのか？」

「来るな、と申しつけてあります」

「おまえの方から、来るなと言っているのか？」

「贅沢が好きな女です。公安に来たがってはいるのですが、いまはそんな時期ではありません」

関羽の屈折は、それが原因ではなさそうだ、と劉備は思った。しかし、やはりなにかおかしい。こうやって二人で酒を飲んだりすることが、楽しくないとでも言うようだった。

「なにがあった、関羽。おまえは、荊州に入ってから、急に苛立ったように見えるぞ」

関羽は、黙ってうつむいた。自慢の髭に、白いものがだいぶ混じりはじめているのに、劉備は気づいた。前から見てはいるが、改めて、多いなと気づいたのである。劉備の髪も、かなり白くなっている。

「周瑜を見ていました。赤壁からずっと。三十五の若さです」

「そうだな。孔明は、もっと若い」

「兄上は、年が明けると、五十になられます。私は、四十九です。周瑜を見ていて、時間がないのだ、とふと思いました。荊州に入ったら、北を奪るべきだと考えました。いや、荊州全域でもいいのです。孔明殿の戦略が益州にあるのなら、すぐにでも益州に進攻すべきです。そして力をつけ、曹操とぶつかり、天下を手にすべきです。それが、弟である私が、兄上のためになさねばならないことだ、と思います。

しかし、四十九でした。戦場で働けるのは、あと十年ぐらいかもしれません」

関羽は、老いを自覚したのだ、と劉備は思った。その自覚が、残された時間がどれほどあるのか、という焦りに繋がったのだろう。

孔明や周瑜という、若い者たちの働きも目の当たりに見たのだ。

「お互いに、歳だな、関羽」

劉備は笑い、関羽の杯に酒を注いだ。

「おまえの髭も、私の髪も、白くなった。しかし、心までは白くなっていない」

「心まで白く？」

「涿県を出た時から、われらはどこが変った。一度として、志を曲げなかった。そのたびに、すべてを耐えた。それはいま、私の誇りでもある。おまえや張飛の、誇りでもあるはずだ。誇りをともに抱ける兄弟に、人生で出会えた。それは、よかったと思う」

「しかし、天下に届かなければ、なんのための志だったのですか？」

「急げば、届くのか、関羽？」

関羽が、黙りこんだ。

急ぐ気持が、わからないわけではなかった。出発から、劉備の闘いを支え続けてきたのだ。しかし、老いるというのは、抗いようのないことだった。急ぐことはない。そう思える時が、関羽にも来るだろう。

「それにしても、長く闘ってきたものだな、関羽」

「そう思います。そして、三人のうち、誰も欠けなかった。死ぬ日は同じと誓い合っても、なかなかそうはならないものです。ひとりが欠け、残った二人がその復讐のために生きたりするのです」

「私も、そう思う。よくぞ欠けずにここまで来たと」

苦労をかけた、などということを、劉備はもう言わなくなっていた。言葉にしなくても、わかるものは多い。

しばらく飲んでから、関羽は帰っていった。館は持たず、兵舎の中に一室を持っている。

それから劉備は、心がけて調練の場を回るようにした。百騎の旗本も組織し、若い兵をそれに当てた。

ある日、歩兵と騎兵が組んだ調練を見ている時、丘を越えて張飛の招揺が矢のように駈けてきた。何事かと、旗本たちがみんな剣の柄に手をかけたほどだ。

「大兄貴、あれを」

張飛が、丘を指さした。

丘の頂に、一騎現われた。棹立ちになった馬を押さえこみ、劉備のいる方へむかって疾駆してくる。

「おう、あれは」

劉備も、思わず馬を出した。丘の頂に、一群の裸馬が飛び出してきて、土煙の中を駈けてくる。

「関羽を呼べ」

伝令として控えているひとりに、劉備は言った。

成玄固である。何年ぶりか、と劉備は思った。馬群を追ってくるのは、十騎ほどの騎馬である。みんな、烏丸の若者と見えた。

「殿、お懐かしい」

「よく来た、成玄固」

「いつの日か、こうしてお会いできる。それを、夢見ておりました」

成玄固が、じっと劉備を見つめてくる。

「胡床（折り畳みの椅子）を持ってこい。四つだ。それから、肉と酒も。黄忠と魏延の指揮で、調練は続けていろ」

張飛が叫んでいる。

関羽が駈けてきた。おお、と叫んだだけで、それ以上の言葉はない。馬を跳び降り、成玄固と抱き合っている。

胡床と、卓が用意された。

「曹操様に、大勝利をされたとか」

「七万の兵と、荊州四郡を擁するようになった」

「さぞ、馬を必要とされているであろうと思い、お届けに参りました。五百頭」

「五百頭だ。おい、成玄固、おまえは馬で商いをして、大金持になったな」

叫ぶように、張飛が言う。

「全部、洪紀と私が集めた馬なのだ。どこの騎馬隊の馬と較べても、遜色はないはずだ、張飛。すでに調教も済み、鞍を載せればいいだけになっている」

「すごいな。五百頭の駿馬とは」

「曹操様は四千頭註文され、士英という人が選びに来た。この五百頭にも食指が動いたようだが、洪紀が断った」

「曹操の四千頭の馬は？」

「一緒に運んできた。胡郎という者が指揮をしてな」

「おう、あの呂布殿の従者だった」

「いまは、立派な烏丸の隊長になり、広大な牧場の守備についている。曹操様は喜ばれ、胡郎に仕官しないかと言われていた。胡郎は断ったが、張遼殿のところにしばらくいる」

「張遼か。あの男が、曹操自慢の軽騎兵を率いているのだ。そうか、張遼も胡郎も、ともに呂布殿のもとにいたのだからな。あの黒ずくめの騎馬隊の伝統は、いまは張遼が受け継いでいる」

酒が運ばれてきた。

みんなで、杯をあげた。成玄固は、左の袖を縄で縛り、その縄の先を丸い輪にしていた。そこに手綱を通せば、右手は自由に使えるということだろう。

「洪紀も、達者か？」

「はい、殿。いまは、二万頭の馬を飼い、一年に五千頭は売っています。大変な分限者なのですが、いまも馬と暮す方が好きなようで」

「おまえは？」

「相変らず、牧場の守りです。烏丸の者が一千人ほど。私の失った左腕の代りを、胡郎がやってくれます」

「それにしても、洪紀のやつ、曹操に四千頭も馬を売るとは」

「それは、商売だからな、張飛」

「五百頭で、値はどれぐらいなのだ、成玄固？」

「これは、売りにきたのではありませんよ、関羽殿。洪紀と私から、殿にお届けにきただけです」

「時をくれれば、払えると思うが」

劉備が言った。南方では、ほとんど見ることができないような馬ばかりである。

「今後は、買っていただきます。それから一頭だけ、これは曹操様も執心された馬ですが、連れてきております」

全員が、成玄固を見つめた。

「張飛は、いい馬に乗っている。あれほどの馬は、なかなか北にもいない」

招揺という。なにもしなくても、気持は通じる」

「殿の馬も、立派なものです。ただ、関羽殿の馬が、あまり力がありませんな」

「俺はいいのだ。歩兵を指揮している。いい馬は、騎馬隊に回す」

「しかしこれだけは、三人のうちのひとりに乗って貰おう。そう思って、連れてきています」

成玄固が、右手をあげて烏丸の若者になにか合図をした。馬群の中から、ひときわ大きな一頭が曳き出されてきた。全員が、息を呑んだ。

「赤兎だ、これは」

呻くように、関羽が言う。

「赤兎の子が、いま三頭います。一頭は、牧場で、誰にも渡しません。もう一頭は、胡郎が乗っています。これは、関羽殿にお乗りいただきたいと思います」

「この、俺に」

関羽が、胡床から腰を浮かせ、馬のそばへ行った。首筋に手をかけ、じっとしている。

「赤兎は老いましたが、いまも威風を失っていません。まさに、馬中の赤兎。その子には、やはり一代の豪傑に乗って貰いたい、と思います」

「小兄貴だな、やはり」

「いい。実にいい。関羽に似合っている」

関羽は、まだ赤い馬の首筋に手を当て、なにも言わずじっとしている。馬が、時々耳を動かす。関羽の手が、わずかに動く。

「気が合ったようだな、成玄固」

「まさに、関羽殿の馬だ、これは。連れてきてよかった」

「おい、飲もう、成玄固。小兄貴は放っておけばいい。俺たちなんぞ、見えなくなってる」

張飛が言うと、成玄固は眩しそうな眼で、ひとりと一頭を見つめた。

2

触れてきた。

そう感じたが、声が出なかった。頭痛は、もう忘れていた。

「爰京」

鍼が抜かれた時に、ようやく曹操はそれだけを言った。しばらく、起きあがれなかった。華佗に鍼を打たれた時と同じだ。

「なにか、摑んだようだな」

ようやく、曹操は寝台に躰を起こした。

「はい、私も、なにか感じました。掌を当てていた時です。鍼を打った時も、これは、と思いました。しかし、まだ私のものにはなっておりません。次に、同じように打てるかどうか、わからないからです」

「立派なものだ。感嘆いたしたぞ。わずかの間に、どこで、どうやって摑んだ」

「夏侯惇様に」

「ほう、夏侯惇にも鍼を打ったか？」

「いえ、怪我をした兵士の治療をさせていただいたのです。夏侯惇様は、それをじっと見ておられました。それから、練兵場で私に槍を持たされました。本物の槍で、夏侯惇様とむき合ったのです」

「突けたか？」

「いえ、まだ。身が竦んで、一度も槍を繰り出すことができません。しかしひと月も続けていると、最初とは明らかに違うのです」

「どんなふうに、違う？」

「突く場所が見えるとでも言うのでしょうか。それが見えてきたころから、怪我をした兵士の治療も、格段に効果があがるようになりました。腕の怪我で、弓を引けない者、剣を振りあげられない者。それが、一本の鍼で治ったりしたのです」

「私の頭痛は、怪我とはまた違うが」

「躰の放つ気を、掌で感じられるようになるかもしれません。いまも、わずかですが、感じたと思います」

「侍医として、私に仕官せぬか、爰京。いずれ、部将と並ぶ待遇になるぞ」

「ありがとうございます。これからも、丞相の躰に触れさせていただくのは、私の願いでございます。しかし、この道を私はきわめてみたいと思っております。道をきわめるのは、ひとりきりでやるものだと思います」

そういうものかもしれない、と曹操は思った。華佗を凌ぐまでに、あと何年かかるのか。何年かかろうと、爰京は華佗を凌ぐという気がする。それまでに、苦しみ、悩むこともあるだろう。それは、戦をする者も、政事をなす者も同じだ。

「ひとつ、言っておく。華佗に欠けている、と思っていたものだ。人に対する、やさしさ。病や怪我を癒す者には、それが欠けてはならぬ、と思っている」

「心に、刻みつけておきます、丞相」

爰京が退出すると、曹操はそのまましばらく眠った。

眼醒めは、心地のいいものだった。

丞相府へ出た。

すぐに、荀攸と程昱がやってきた。

合肥と樊城の、前線指揮官の交替の話だった。守りに強い者、攻めを得意とする者。状況によって、指揮官は交替させていく。最も効率的な配置を考えるという点で、程昱は抜きん出ていた。

程昱の案に、承認を与えた。

「時に丞相、お家のことでございますが」

荀攸が言う。だいぶ前から、そろそろ後継を指名するべきだ、と幕僚たちには言われていた。

曹丕と曹植。この二人の、どちらかにするしかなかった。将来を見越した者が、それぞれの下につき、次第に派閥を形成しはじめてもいるようだ。

そして、このところ曹丕と曹植も、後継を意識した動きをしばしば見せる。

放っておいていいことだと、無論曹操は思っていない。最後まで後継を決めず、兄弟の相克を招いた袁紹の例もある。近くは、劉表が、やはり後継の指名で躓いた。

曹丕を後継にした場合、自分がいなくなった後は、弟を殺すだろう。殺さないまでも、相当なことはするだろう。曹植は、この曹操の息子としては、信じられないほど惨めな人生を送ることになる。そういう曹丕の冷たさが、このところ曹操にはよく見えた。

曹植にしたら、どうなるか。曹植は多分、兄をほとんど後見のような立場に置くだろう。最初は立てながら、徐々にその力を削いでいく。それが、曹植のやり方のはずだ。その間に、幕僚の間で争いが起きる。兄を立てるということは、曹丕に付いた幕僚も立てるということになるからだ。

曹丕、と決めるべきだった。曹植は、やはり甘い。

しかし、曹操の情は、曹植に大きく傾いていた。

後継で躓く者を見て、なんと馬鹿な真似を、と思ったのは一度や二度ではない。選ぶことの苦しさが、はじめて曹操にもわかってきた。ここ数年で、骨身に沁みたと言ってもいい。

曹植、と曹操は言いそうになった。曹植を後継にして、曹丕はどこかの戦で死なせればいい。

だが、後継となる者が、そこまでして貰わなければならないというのは、どう考えても情けない話だった。

「次の出陣までに、知らせよう」

「ということは、丞相の中では、もう決定していることでございますか？」

「まだだ。すべてを見きわめて、決める。そう思っていろ」

決めている、と荀攸と程昱は受け取ったはずだ。決めているが、まだ口に出さないのは、人の動きを見きわめるためだろう、と解釈したに違いない。それぐらいの頭は、二人とも働かせる。そして、曹丕にも曹植にもつかず、ただ曹操の意のみを汲もうとする。

武官は別として、文官で後継問題に関心を持っていないのは、荀彧だけだろう。荀彧の関心は、常に曹操にだけある。それも、意を汲むというかたちでは、必ずしもないのだ。曹操を、見きわめようとするところがある。後継問題も、曹操がなすべきことのひとつ、と考えているだけだろう。

「次の御出陣までですな」

「緊急な出陣がないとすれば、西だ」

南への本格的な出陣は、いまはまだ控えるつもりだった。しばらく膠着させ、むこうでなにかが起きるのを待つ。その時、大きく掻き回してやればいい。そのためには、西の懸念を払拭しておくことだ。

「西でございますか」

「そのつもりでおる」

出陣の前に後継を決めるというのは、説得力はある。戦では、なにが起きるかわからないからだ。赤壁での敗戦の報が届いた時、誰もが曹丕か曹植かと考え、動こうとした者さえいただろう。

二人が去ると、丞相としての事務を、いくつか片づけた。最近では、曹操が判断を求められることは、少なくなっている。領内は落ち着き、なすべきことは決まっているからだ。それは、ほとんど荀彧が片づける。

「司馬懿を呼べ」

夕刻になり、曹操は従者に命じた。

司馬懿が入ってきても、しばらく曹操は書類から顔をあげなかった。かすかな気配。どこか、まがまがしい気配でもある。

「私に、背をむけてみよ、司馬懿」

「はっ?」

「私に背をむけて、立つのだ」

司馬懿は一礼し、曹操に背をむけて立った。

「そのまま動かずに、首だけこちらへむけよ」

司馬懿の顔が、こちらにむいた。肩は、まったく動いていないが、顔はほとんど曹操にむいていた。

「もうよい」

「なんでございましょう？」

「おまえが、そんなふうにふりむくと、噂している者がいたので、確かめただけだ」

「幼少のころより」

「その相に、私が名をつけてやろう。狼顧の相、というのはどうだ」

「狼顧でございますか？」

「若いころ、狩りで狼に出会し、追ったことがある。狼は、駈けながら、時々顔だけこちらにむけてふりむいた」

「それで、その狼はどうなさいました？」

「追ってみただけだ。矢をつがえてさえいなかった。むこうも、ふりむけるがゆえに、それがわかったようだ」

司馬懿が一度頭を下げる。

「曹丕のそばにいよ、司馬懿」

「かしこまりました」

「なにかを、決めたわけではない。私は、おまえを見ていたいだけなのだ」

「はい」

冷静な眼だった。

この男が、曹丕のそばでなにができるか。

後継の争いは、すでに水面下では起きていると言っていい。曹植には、機転の利く者が六、七人ついている。それは、人望と見ることもできたし、曹植の甘さと見ることもできた。曹丕は、誰もそばに近づけていない。

「もうよい」

司馬懿が出ていった。

爰京の鍼が効いていて、頭痛は気配すらもなかった。

3

膠着だった。

つまり、誰もが力を蓄えようとしている。

孔明は、関平と陳礼だけを伴って、船に乗っていた。荊州の水軍にいたものを中心にして、劉備軍も小規模な水軍を作ったのである。中型と小型の船が百艘ほどで、艦というほどの船はない。代りに、大型の輸送船が二十艘いた。

船は、公安から江陵にむかって溯上している。哨戒の船に、三度ほど止められた。四度目に止めた船は、先導しはじめる。外来の船着場が、江陵にはあるらしい。周瑜には、訪問を告げる使者を、あらかじめ出してあった。哨戒の船にも、通達は出ていた。それでも、四度止められるのである。

戦線は膠着しているが、江陵だけは戦の臭いが強い。

船着場には迎えがきていて、一里（約四百メートル）ほど離れた幕舎に案内された。江陵の、城内は見せたくないということなのだろう。

「どういうことかな、諸葛亮殿が私に会いたいとは？」

「数日後に、花嫁が到着いたします、周瑜殿」

「知っている」

周瑜は、はっとするほど痩せていた。端正な顔立ちなだけに、やつれ方が悽愴な感じさえする。病という噂は、ほんとうなのだろう。

「こちらからも、周瑜殿に御報告しておくべきだろう、と思いました」

「それだけで、諸葛亮殿が来られたのか？」

孔明は、ただ周瑜に会いたかっただけだった。花嫁が到着するということなど、わざわざ報告にも及ばない。

「お目にかかりたかったのです、ただ」

「なるほど。面倒な話を持ってこられたわけでもないのですね」

「いまのところ、面倒なことはなにもありません。南部四州を劉備軍が領していることについても、御了解はいただいている、と思っております」

「なぜ、とは訊きますまい」

「私も、御説明申しあげることはできません」

周瑜の眼は、悲しいほど澄んでいた。

「私は、襄陽のそばの、隆中という村に五年いました」

「聞いています。司馬徽殿のところにおられたとか」

「不肖の弟子でした」

「まさか」

「いつも、土と語り合っていました。なぜ、もっと早く生まれてこなかったのか。なぜ、埋もれるしかない時代なのか。土は、私の嘆きを聞き、味のない大きな作物を実らせてくれました。確かに、私が作る作物は大きく、しかし味がなかったと思います」

「嘆きの肥料が多すぎたのですな」

「わが主は、三度、草盧に訪ねてきました。なにを語ったか、ひとつひとつ憶えています。自分のすべてを語ることで、自分を知って貰おうとするような人です。土を耕し、梁父吟（民間の、哀切な音調の葬送歌）をくちずさむ、すね者に過ぎない相手に対しても」

周瑜は、遠くを見るような眼をしていた。

「もう、曹操の時代になっている。私は、そう思っていました。それが、魅力的なものとも思えませんでした。曹操の時代を阻止できる。それを教えられたのが、赤壁の戦です。あの対岸の火を見る時まで、私はやはり、曹操の時代なのだ、と心のどこかで思っていたような気がします」

「北風が強い。その言葉、よく憶えています」

「強かったと思います」

「私には、孫策という友がいた。風の中に、よく立ち尽していました」

「周瑜殿は、いつから益州を奪ろうと考えるようになられました？」

「孫策の呪縛から、逃れたと思った時からでしょう」

益州を奪る、ということを周瑜は否定もしなかった。

「孫策という方は、それほどに」

「天才なるがゆえに、孤独でもありました」

「会ってみたかった。一度だけでも」

「私も、諸葛亮殿と孫策を会わせてみたかった。いま、ふとそう思いました」

それから、周瑜は海の話をはじめた。揚州には、河があるが、海もある。海の話は、夢の話に似ていて、どこかやさしく、現実感もなかった。

「縁というのは、不思議なものだな、諸葛亮殿。私は孫策に会わず、あなたに会っていたら、自分自身が覇者になろうとしたかもしれない。あなたは、覇者ではなく、覇者を作る人だ。私は、自分もそうだと思っていたが、あなたを見ていると違うとはっきり言える。私の、覇者たらんという思いを潰したのは、孫策です。孫策に従い、補佐し、孫策を覇者とすることを、自分の夢にしてしまった。あなたが私のそばにいれば、私は自らが覇者たらんとしたと思う」

「覇者、周瑜公瑾を、私も見てみたかったような気がします」

「こうして、敵味方になる。めぐり合わせだな、これも」

まだ、敵味方ではなかった。しかし、いずれそうなる、と周瑜は見通しているのだろう。

兵士が、幕舎の入口に姿を現わした。

「諸葛亮殿、私はこれから夷陵まで行かなければならん」

「私は、帰ります。むこう岸へ。お目にかかりたい、と思っただけですから」

周瑜が笑った。そして、かすかに頷いた。

「とりとめのない話。悪いものではないな、諸葛亮殿。あなたと、もう一度話す機会があるとは、どうしても思えないのだが」

「私もですよ、周瑜殿。これが最初で最後でしょう。これからは、面倒なことがいろいろ起きます。そこで話すことがあったとしても、もう土の話などできません」

「そうだ、できはしない。できないのが、当たり前なのだと思う」

それだけ言い、周瑜は腰をあげた。

孔明は、歩いて船まで戻った。関平と陳礼が、心配そうな表情で待っていた。

「帰ろうか」

「周瑜殿が、機嫌のよさそうな表情で、船に乗りこみましたが」

「私も、機嫌は悪くないのだ、関平」

関平が片手を挙げて合図すると、船はゆっくりと動きはじめた。

帰りは、速い。流れに乗るからだ。

周瑜は、遠からず死ぬだろう、と孔明は思った。無性に会いたくなった。会ってくるということは、劉備だけに伝えた。なぜ、とも劉備は訊かず、ただ頷いた。死ぬまでに、周瑜は益州を奪れるのか。それとも、あの一代の英傑は、死という理不尽に負けるのか。

そんなことを考えながら、孔明は流れを下った。

公安の船着場は、いつもと変りなかった。

本営まで歩く間に、簡雍に出会った。小肥りの、礼儀知らずである。しかし、民の気持は実によく摑む。つまり、人と人に礼儀などというものは、必要ないのかもしれなかった。世間で言われる礼儀はだ。簡雍は、もっと深いところで、ほんとうの礼儀を知っていると感じさせる。相手の気持を、忖度できる男なのだ。

「おう、孔明か。殿のところへ行くのか？」

「本営へ戻ろうとしているだけです」

「ならば、わしが酒を付き合ってやろう。酒が欲しい、という顔をしているぞ」

「そうですか」

関平と陳礼が、不快そうな表情をしていた。

孔明は、二人を先に帰らせた。

「おう、軍師殿が、このわしの酒に付き合ってくれるのか」

「付き合ってやる、とおっしゃったのは簡雍殿の方ですよ」

「そうだったかな」

しかし簡雍は、城郭（まち）の酒屋の方へは行こうとせず、船着場のそばの石に腰を降ろした。

「花嫁は、ここから上陸してくるのかな、軍師殿？」

「そうです」

「それから、館（やかた）へは、輿（こし）かなんかで行くのか？」

「輿車が用意してあるはずですよ」

「じゃ、手順はできておるんだな。こういうことになると、わしはのけ者だ」

「心配されていたのですか」

孔明は、思わず笑い声を出した。

「なあ、孔明。花嫁が来ることを、誰も喜んでおらんのう」

「そんなことは、ありますまい」

「いや、嬉（うれ）しいと言っている者に、わしはひとりも会ってはおらん。政略で決められた結婚といっても、その花嫁の政略ではないんだろうが。知らぬ男のところへ嫁いできて、みんなに冷たい眼で見られて」

「めずらしいことではありませんよ」

「政略は、政略。喜ぶ時は、喜ぶ。第一、嫁いで来る方にしたところで、冷たい眼で迎えられるより、喜びに迎えられたいであろう。人の心というのは、そんなことで和(なご)んでくる。それで、殿は楽になる。もしかすると、殿の役に立つ奥方になるかもしれんのだぞ」

「そうですね。まったく、簡雍(かんよう)殿の言われる通りです」

「軍師であろう、なんとかせぬか」

礼を失するような、迎え方はしないはずだ。それどころか、格式などすべてを熟考した、非の打ちどころのない迎え方だろう。

しかし、簡雍が言うように、喜びなどはどこにもない迎え方だ。それでいい、ということはあるまい。

「簡雍殿が、お迎えされるといいのではありませんか」

「わしが？」

「それもおひとりではなく、公安(こうあん)の城郭(まち)の民を連れてです。殿の御結婚なのですから、民が喜ぶのは当然でしょう」

「わしは、適役ではない。迎えの儀式の準備からも、はずされているのだぞ」

「いや、儀式などは、ほかの方に任せておけばいい。民を連れて、喜んで迎えてさしあげるのです。箇雍殿こそが、適任です」

箇雍は、しばらく長江の方に眼をやっていた。この男が、真剣な表情で考えこむのは、めずらしいことだった。

「おまえを、呼び止めるのではなかった、孔明。おかしなことを、押しつけられそうだ」

「呼び止めてしまったのです」

「そうだな。おまえなら、いい知恵を出すと思った」

「民を連れてお迎えしたいと、殿に言上してください」

「わしがか？」

「言い出したのは、箇雍殿です」

「殿に、信用がない」

「あります」

「ちょっと待て」

「私は、軍師です。戦のことならば、私がやりますが」

孔明は、腰をあげた。民が、なぜか箇雍を慕う。その理由も、わかるような気がした。ふり返ると、簡雍はまだ川面を見つめていた。

4

馬から落ちて、呻き声をあげている龐統を、猫の子でも摑みあげるように関羽が引き起こし、また鞍に乗せた。馬の尻を叩く。駈け出した馬の背で、龐統は首にしがみついていた。一里（約四百メートル）ほど走ったところで、関羽が赤兎に跳び乗り、追った。あっという間に追いついた。孔明の馬とは、較べものにならない。

公安から十里ほど南の、調練の野営地である。

龐統の馬は、もう立ち止まり、草を食もうとしていた。

「躰を起こせ、龐統殿。それは乗るというのではなく、しがみつくというのだ。まず、背筋をのばすこと。馬になめられないようにすること。そのために、手綱があるのだ」

馬に乗れるようになりたい、と言い出したのは龐統だった。剣も遣えるようになりたい。だから教えてくれ、と関羽に頼みこんだのである。

孔明にとっては、古い友だった。司馬徽のところに同じように出入りし、孔明は臥竜、龐統は鳳雛と呼ばれた。つまり、まだ雛で、空も翔べないというわけだった。ただ、鳳凰の雛である。

魯粛が孫権に引き合わせたようだが、孫権は仕官させなかった。それで、同盟軍の劉備のところを訪ねてきたというわけだった。

馬にも乗れず、武器も遣えないと言ったので、役所で小さな仕事を与えられた。魯粛が訪ねてくるまで、孔明は龐統がそんな仕事をしているとさえ知らなかった。軍学の話をしてみてください、と孔明は劉備に言った。魯粛も、なにか口添えしたようだ。それで、劉備は居室に龐統を呼び、そのままひと晩喋り続けたのだった。すぐに、軍師ということになった。なにを語ったのか二人とも言わないが、劉備はよほど気に入ったのだろう。

関羽には、孔明が引き合わせた。

すると、関羽はいきなり抱えあげて馬に乗せてしまったのだ。

龐統が、ようやく止まったままの馬の背で、上体を起こした。すでに、三度は落馬している。

「走らせてくだされ、関羽殿」

「歩くのだ、次は。最も難しいことからやった。楽に、歩けるはずだ」

赤兎が歩くと、龐統の馬もそれについていった。なんとか、背筋はのびている。馬にも乗れず、武器も遣えない。龐統は軍師として、それを恥じたのだ。だから、克服しようとしている。黙って見ているしかなかった。

しばらく草原の中を歩き回り、それから、ゆっくりと駈けた。

幕舎に戻った時、龐統は疲れ果てて、動けないようだった。

その龐統が、剣をひと振り渡された。

「軍師殿、兵は陽のある間は、いまのようにして駈け続ける。そして戦場に到着すると、すぐに戦なのだ」

頷き、龐統が剣を構える。その剣を、関羽は容赦なく叩き落とした。

やがて動けなくなった龐統が、従者たちに幕舎へ運びこまれた。

「大丈夫だ、孔明殿。本人にやる気があるのだから、三日もあれば普通の乗り方はできるようになる。しかし、剣の方はどうかな。筋力がない。つまりひ弱なのだ」

「本人が、納得するか、音をあげるか、そこまでお願いするしかありませんな」

「わかっている。龐統殿が必死なので、私も思わず力が入ってしまう」

関羽は、赤兎の鞍を降ろし、藁で躰を擦りはじめた。

赤兎というのは、呂布の愛馬だったという。その子が、白狼山の牧場で生まれ、届けられたのだ。関羽は、子の方にも赤兎と名をつけた。赤く、逞しく、大きな馬だった。

「ところで孔明殿、馬と剣を教える代りに、私は学問の講義を龐統殿から受けたいのだがな。その話を、しておいてくれないか」

「関羽殿は、充分に学問がおありですよ」

「いや、まだ足りない。戦をなすのに学問が要るものかと思っていた時期があるので、どうも片寄っているらしい。そのあたりが、いくらかでもましになれば、と思っているのだ」

「龐統には、言っておきます。しかし関羽殿、覚悟された方がいい。龐統は、あれで気が強い男なのだ」

「それは、剣を教えていてもわかる。つまり私は、学問の講義で、仕返しをされるということか」

関羽が、おかしそうに笑った。

孫夫人が輿入れしてきてから、ひと月以上経った。

輿入れの日には、侍女たち全員に薙刀を持たせ、自分は剣を佩いていた。

その姿に、全員が唖然とさせられた。表情も厳しかったが、城内の道に民が並んで、赤い絹で作った花を抛った。声もあげた。それを見た時から、孫夫人の表情は和みはじめたのだ。簡雍も、民の間に混じって、赤い花を投げていた。生花でないところが、またよかった。生花がある季節ではないが、民がひとつひとつ花を作ったということが、孫夫人の心を動かしたようだった。

しかし、劉備がいくら禁じても、剣を佩くのはやめようとしなかった。夫婦の最初の言い争いで、剣で自分に勝てる女性がいたら、剣を置くと孫夫人は言ったらしい。

呼ばれたのが、三人目の乳呑児を抱いた張飛の妻の董香だった。

勝負がどうなったのかは、三人しか知らない。ただ、翌日から孫夫人の腰に剣はなかった。

周瑜は、益州攻略の準備を、着々と整えているようだった。江陵の船の数が増えていた。すでに、夷陵には馬が五千頭運ばれているという。馬は、三日以上船に乗せておくと、走らなくなるのだ。夷陵に作った広大な馬場で、毎日五千頭の馬が走り回っているらしい。

孔明も、調練をつぶさに見て、全軍を二つに分けつつあった。ひとつが、益州進攻のための軍である。周瑜と、どちらが早く兵を出すか、というところまで来ていた。周瑜が出兵するなら、孔明はそれも利用する気だった。ただし、出兵できればだ。病が、さらに篤い容子だ、という間者の報告もある。

益州の幕僚との接触も、孔明は試みはじめていた。

張松という男がいる。別駕（属吏の長）である。劉璋の治政に相当の不満を持っているらしいことは、応累が自身で益州に潜入して調べてきた。

いまは、張松と書簡のやり取りをしている。

荊州に残る軍は、さらに五つに分けた。益州進攻軍が苦戦に陥った時の、援軍の備えでもあった。まともに益州を攻略していけば、少なくとも三年はかかりそうだ。

益州の軍の配置も、ほぼ調べ終っている。

「劉備軍は、精強だ。七万を、十万と見てもいいと思う」

全軍演習の前夜、龐統が言った。

この全軍演習が終れば、三万は益州進攻の態勢に入る。

「私と君と、どちらが益州に行くことになるかだな、孔明」

「それは、殿が決められることだ」

「私は、早く劉備軍で実績をあげたい。焦るつもりはないが」

龐統は、もう普通に馬を乗りこなすようになっていた。剣の方は、なんとか恰好がさまになってきたという程度だ。

全軍の演習は、公安の南三十里（約十二キロ）の、起伏の少ない原野で行われた。楼台が組まれ、劉備は従者とそこへ登った。孔明も龐統も一緒だった。

まず、張飛の騎馬隊が動き出す。二千騎の精鋭である。ひとつにまとまって駈け、縦列になり、鮮やかに横列に変化し、百騎ごとの小さな集団で入り乱れ、素速くまた縦列に戻る。

趙雲の騎馬隊は、やはり二千。ほかに魏延の重装備の騎馬隊が三千。あとは、歩兵を率いる騎馬隊である。

調練の成果は、確かに出ていた。実戦はこれからだ、と将軍たちは口を揃えて言った。ほんとうの実力は、実戦まではわからない。しかしやはり、調練を積んだ軍の方が、豪傑が何人か揃っているだけという軍より、ずっと強いのである。

張飛の騎馬隊がひと塊になって停止し、趙雲の騎馬隊が動きはじめた。続いて、魏延の騎馬隊。

関羽と、黄忠が率いる歩兵が、一斉に動きはじめた。原野が動いている。孔明には、そんなふうにも見えた。

「これが、私の軍か」

呟(つぶや)くように、劉備が言った。

「そうです、殿。これが、劉備軍です」

「ほんとうに、私の軍か、孔明」

「紛れもなく。同数ならば、曹操(そうそう)、周瑜(しゅうゆ)の軍にも、勝るとも劣りません」

「わかった。私の軍だ。はじめて、私は秋(とき)を得たと思える。天の秋(とき)を」

「戦は、これからです」

「闘える。天下を睨(にら)みながら、私は闘う」

全軍が、駈けはじめた。

原野が、動く。地響きが、楼台を揺(ゆる)がす。

一歩、踏み出した。

孔明は、そう考えていた。

き 3-47

三国志（さんごくし） 七の巻 諸王の星（ななのまき しょおうのほし） 新装版

著者　北方謙三（きたかたけんぞう）

2001年12月18日第一刷発行
2024年　5月18日新装版第一刷発行

発行者　角川春樹

発行所　株式会社 角川春樹事務所
〒102-0074 東京都千代田区九段南2-1-30 イタリア文化会館

電話　03(3263)5247［編集］　03(3263)5881［営業］

印刷・製本　中央精版印刷株式会社

フォーマット・デザイン＆シンボルマーク　芦澤泰偉

ISBN978-4-7584-4635-8 C0193　©2024 Kitakata Kenzô　Printed in Japan

http://www.kadokawaharuki.co.jp/［営業］

fanmail@kadokawaharuki.co.jp［編集］　ご意見・ご感想をお寄せください。